MOMU

M

馭夢少女▼麼姆國度

M

李永平 著

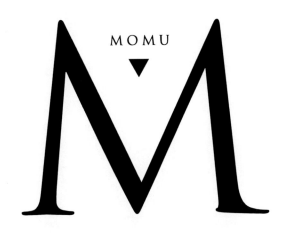

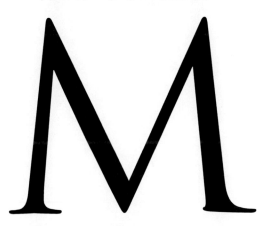

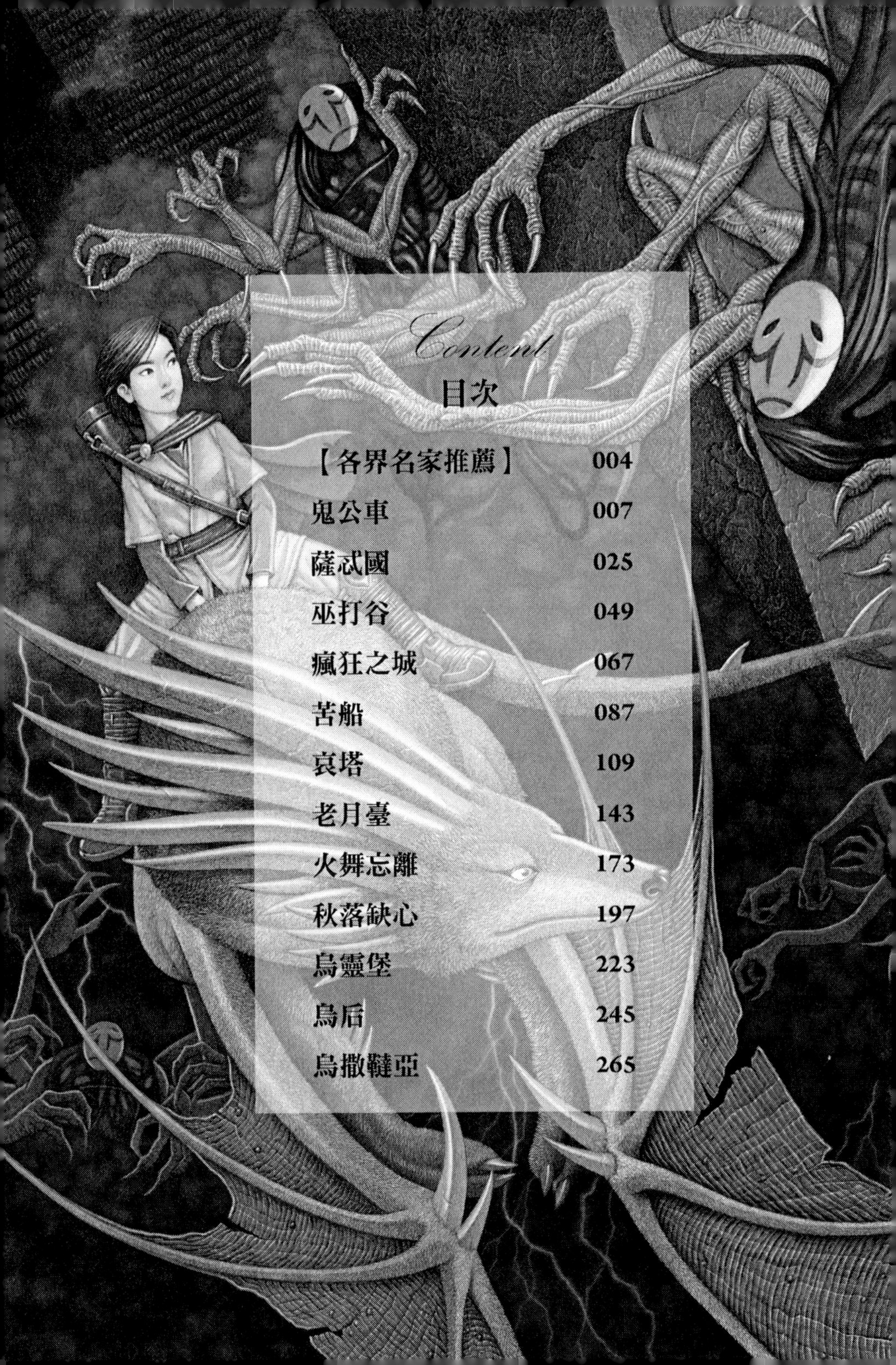

Content

目次

【各界名家推薦】

看戲時最怕碰到愛劇透的人，讀小說也一樣，誰都不喜歡旁邊有人多嘴。所以，對《馭夢少女・壓姆國度》這部驚奇一環接一環的作品，我想還是別當討厭鬼，不過，我倒是可以「爆」一點作者的「料」！

這個李永平，打從我認識他就是個靦腆的傢伙，他老是擔心用本名發表作品會被誤以為想「沾」那位前輩大作家「李永平」的「光」。喜愛他工筆風格卻想像狂野的插畫的朋友，肯定對他下筆之認真與要求完美的執著不陌生；而他跨界到小說創作，這份認真和執著更化成了令人動容的「虔誠」，對文字藝術的虔誠。

二〇〇四年，他發表處女作《艾莉亞》，這部兩冊二十四萬字的奇幻小說加上繪本，他花了四年精雕。時隔十五年，今秋推出的《馭夢少女・壓姆國度》，是他「細琢」的又一次嘗試，以影像感十足的文字執導一齣異次元的紙上動畫，演繹他一直關注的「時間」主題。

不過是搭一趟半點鐘不到的車，怎麼竟「生」出這麼多事兒？來吧！咱現在就隨他上〈鬼公車〉去瞧瞧！

——嚴曼麗（野鵝出版社發行人）

這本書讓讀者沉入一個女孩超現實的奇異旅程，卻看見人間現實的魔幻鏡相。

——夏瑞紅（作家）

閱讀《馭夢少女．麼姆國度》會讓你想起一個夢，一個你還年幼，渴望創造一整個魔幻世界並在其中來去自如的夢，它可能像《哈利波特》或《魔戒》，有時也像懷舊日本動畫，你深知無法回頭，可它就在那裡。李永平筆下的故事具有穿越時空的魔力，同時向讀者提問：「愛」究竟是一個人的弱點，還是力量的泉源？

——邱常婷（教育部文藝創作獎、金車奇幻小說獎作家）

鬼公車

唸高二的亮晴，蓄俐落短髮，不高不矮一六四公分，瘦瘦的，在學校裡有兩個大異其趣的封號，分別叫「怪手」與「女俠」。

會被喚「怪手」，是因為亮晴很會畫畫，平常在課本信手塗鴉的，不是夢幻調皮的王子、公主與精靈，便是恐怖猙獰的鬼巫、怪物和魔獸，再加上她喜歡在白皙修長的手指和手腕上，戴各種精怪雕飾或骷髏頭戒指、手環之類的東西，所以，當她初聞這樣酷酷的封號，不僅不覺意外，反倒樂於接受。

不過，對「女俠」這封號亮晴就頗有意見，儘管她真的很有正義感，常會挺身幫被霸凌的同學，但她總覺得會被叫「女俠」，是因為自己五官中最不滿意的單鳳眼，雖然爸媽常說她的單鳳眼很美、很有型，然而，每當同學叫她「女俠」，她就是不高興，懷疑對方跟弟弟一樣，在反諷她不夠大、太東方的單薄眼睛。

九月涼夏的一天晚上十點多，亮晴補完習搭公車回家，因太疲累，不知不覺打起盹來。她作了個夢，夢見自己駕著銀白十字造型的酷炫飛行器，一路馳騁在靜謐月夜的雲海裡，無垠天穹抒放了她的身心，沉重的升學壓力很快就隨風消散。

忽然，一道掃興的鈴聲像陣急雨澆熄了亮晴的美夢。

亮晴緩緩張開眼，卻見到車廂裡滿佈霧氣，從冷氣口吹出的涼風，也變得異常冷冽，讓她精神為之寒顫難安。

環顧周遭，亮晴驚覺車廂裡只剩她一名乘客，公車司機也因霧氣關係，背影顯得模糊而遙遠，她試圖從窗外景致判斷身在何處，無奈除了無盡的黑，什麼都沒看見。

難道這是輛常被同學拿來當笑話講的「鬼公車」？

亮晴開始懊惱自己不該在公車上打瞌睡，更何況，她曾經認真想過，在公車上打瞌睡，萬一流口水怎麼辦？如果還被最近常同車的那位不知名男生看到，那多糗啊。

索性一股作氣的，亮晴先按下車鈴，從座椅彈起，再抓緊書包直往前走。

待亮晴走近司機，看到長相，心跳乍止。

原來司機是頭熊，牠還轉頭對亮晴淺淺微笑，接著有道粗魯的聲音猛然響起：「柏拉圖，不是她啦。」

另一道斯文有教養的聲音卻輕喊：「亮晴，我們在這。」

亮晴想，自己一定還在夢中，熊先生開鬼公車，這個夢還真特別。她不再慌張，反而滿不在乎地四下尋覓聲音來處。

原來剛剛出聲的，是兩隻成貓大小的昆蟲。一隻是胖胖的蟬，穿連帽紅衣，交叉雙臂，對亮晴不屑一顧；另一隻是瘦高圍紅斗篷的蚱蜢，牠斯文紳士，還微微彎腰向亮晴點頭致意。

就在此時，突然碰的一聲巨響，一道猛烈撞擊讓公車向右傾翻，站在車門邊的亮晴跟著踉蹌後倒，沒想到公車前門居然就這樣被她後背撞開，她雖及時抓住門邊扶杆，但下半身卻整個懸盪車外，急灌車內的強風，像是終於逮到機會要吸走她似地狂吼亂喊，一副想以先聲奪人之勢來威嚇獵物的模樣。

亮晴好奇又害怕地回頭張望，這才看到好幾雙火紅巨眼和萬家燈火。

萬家燈火？天哪，搞半天，原來這還是輛會飛的鬼公車！

亮晴才在心底暗嚷，一隻強而有力的手臂隨即利索地將她提回車內。她驚魂未定，卻接著看到更恐怖的一幕——因為熊先生離開駕駛座救她，以致現在，那兩隻大蟲，一隻正手忙腳亂地抓方向盤，一隻則心不甘情不願地使勁側身頂壓油門。

抓著方向盤的蚱蜢高嚷：「亮晴，那是烏后的黑鯨龍，牠們想搶走妳！趕快坐好，咱們得加快速度穿過夢界！」

孰料接下來，飛天公車竟被另一道強勁攻擊撞得連翻幾轉，然後，再一次，又一次……亮晴宛如被扔進洗衣機裡的可憐布偶，霎時天旋地轉頭昏眼花，她糢糢糊糊地漸失意識，只依稀記得，突然有道白光像巡警的手電筒般橫掃過來，照得她眼前一片花白。

Φ

一道刺耳的鈴聲揚起，亮晴睡眼惺忪地望向窗外，熟悉的街景，讓她像看到老友般輕鬆自在。她坐挺身子，理理頭髮，拉拉衣領，然後像忽然想到什麼似地摸摸嘴角——還好，沒流口水。接著，她再以眼尾餘光偷瞄那位最近常同車的不知名男生——不曉得他剛剛有沒有看到我的瞌睡樣？有人擋住，應該沒看到吧。

再過兩站，就要下車，然後走過兩個巷口，便到家了。亮晴接著想，回到家，想請教媽媽，該如何幫最近情緒變得低落的死黨曉玲；提醒爸爸，明天一定要記得去唱片行幫她領預購的周董新專輯；還有警告愈來愈叛逆的弟弟，別再亂拿她的慕絲梳公雞頭。

下了車慢慢走到家，亮晴先從書包掏出鑰匙打開鐵門，再推開鋁門，但門後景象立刻教她整個人呆若木雞。

亮晴沒見到預期中自家陽台的景象，反而看到一堆奇人怪物！

他們圍著她，像在動物園圍觀可愛動物一樣。

在這堆奇人怪物裡，有正常人，有大蟲，有獸頭人身怪物，還有其他模樣詭奇的生物。亮晴沒看到爸爸、媽媽和弟弟，但卻先後發現了熊先生、斯文蚱蜢和粗魯瓢蟲，最後還驚覺自己正躺在床上。

這，到底是怎麼回事？我不是已經醒了，怎麼還在夢中？

亮晴一臉茫然。「我覺得真的不是她。」粗魯瓢蟲又說同樣的話。

聽粗魯瓢蟲這麼一說，群眾紛紛搖頭離開，最後只剩六名人物圍在亮晴身邊。

戴著高帽子的豬先生第一個打破沉默：「根據麼姆經預言，這次女卡羅出現會有六大異象——烏啼、紅起、青明、黃開、藍方、紫落。烏仙島的烏仙石已發出啼聲，紅盤湖裡的紅水正莫名掀起巨浪，不死獸青牙的視力也恢復正常，現在還剩三大異象仍未顯現。」

「所以囉，一定是時機未到，女卡羅不會是她。」粗魯瓢蟲斬釘截鐵地宣佈大家都白忙了一場。

戴高帽子的豬先生卻輕輕搖頭：「不，不，在魘姆經卡羅篇裡有進一步陳述，其他三大異象，得等到女卡羅出現後才會一一顯現。」

戴眼鏡的老狼接著說道：「要成為女卡羅的先決條件，就是『魘離』要高。」

「你們看。」戴眼鏡的老狼指著左手拿的怪儀器。

大家像小學生發現獨角仙一樣圍攏在老狼身邊，個個瞪大眼淨瞧怪儀器。

「這女孩的『魘離』超高，已經破表。」戴眼鏡的老狼說得平靜，其他人卻先後轉頭以不可思議的眼神直盯亮晴。

「你的破離擋是不是該換了？哪有人的魘離會破表的？」粗魯瓢蟲仍舊不以為然。

「不過，有件事，讓我相當困惑……」戴高帽子的豬先生忽然淡淡說道：「今早，我又重做了一次占卜，卦象相當奇怪，是個虛虛實實、真假難分的霰變卦。」

「好個虛虛實實、真假難分……喂，我們真能指望她嗎？」粗魯瓢蟲高分貝地叫嚷起來。

心情漸漸調適的亮晴，雖對眼前這六名陌生人，一味在旁品頭論足而不顧她內心感受的做法，相當不以為然，但換個角度想，既來之則安之，這夢新鮮有趣，不如先靜觀其變，看他們在玩什麼把戲再說。

穿著紅袍的老者終於開口：「亮晴，烏后已經知道我們找到妳，在完成任務前，妳不宜再回到人類世界，否則，一旦妳在人類世界閉上眼睡覺，烏后便能乘機逮住妳，然後再將妳的靈凍凝在無望塔裡，就跟我們的許多同胞一樣。」說到這，六名陌生人都不禁哀戚低下頭。

「這怎麼可能？我不相信。」亮晴話才出口，即自覺蠢，這是夢，何須當真。

「亮晴，妳不覺得每天在報紙、網路和電視新聞上看到的，都是些瘋狂的事？父不父，子不子，財殺情殺一堆，更可怕的，還有那些殺人不眨眼正在世界各地蔓延的恐怖活動。其實，這些瘋狂的人，都是受烏后影響才這樣的。」紅袍老者語重心長地喃喃道。

亮晴靜靜期待這夢能變得更有趣些。

紅袍老者接著說道：「你們人類從出生開始，世界即一分為二，一個是外在的花花世界，另一個是孤獨的內心世界。接下來的每一天，當妳面對外在世界時，會跟親人、朋友、陌生人互動；但面對內心世界時，卻只能跟內心的妳互動。」

「在妳飽經挫折、矛盾不滿、妒嫉忿恨、癡戀狂亂，甚至悲慟逾恆時，這些感覺只有妳自己在真正承受，這些屬於個人內心世界的迷障，即使外在世界有心幫忙，也都無法真正去除。是故，所有的心結，都得靠自己解開，但人類解開自己心結的能力，已漸漸失去——因為烏后已經一次次、無聲無息地，慢慢從你們的內心世界偷走它們。」紅袍老者像在傳道。

人真有解開心結的這種能力？這好玩。亮晴不由邊聽邊想。

紅袍老者清了清喉嚨：「麼姆世界藉由夢和每個人類的內心世界相連結，從遠古的原始人開始，最純淨的內心世界提供了莫大養分，讓我們的世界漸漸滋養茁壯，即使後來，人心愈來愈貪婪，幸好想像力一直都在，就這樣在人類不知有我們的情況下，靠著你們的夢，我們繁衍進化了兩百多萬年。而壓姆世界的生命泉源『九陽』，自始便靠著人類的夢發光發熱，但現在因為烏后日益壯大，九陽不但只剩一陽，且日趨黯淡，氣候更因此變得怪異嚴峻，大小天災不斷。」

「烏后這麼厲害，而我不過只是個平凡小女生，怎會是她的對手？會不會瓢蟲先生說得對，你們真找錯人了？」這個夢固然有趣，但亮晴實在不希望辜負別人。

「亮晴，妳還不明白幫我們等於是救妳自己嗎？如果壓姆世界被烏后統治，人類世界也將瘋狂，人人非癲即魔，世界末日轉瞬就到！」紅袍老者像是要叫醒亮晴似的，嗓門突然變大。

「是哦，那好，快教我神功，給我寶器，還有什麼密法口訣之類的，這樣我才有本事去跟烏后對抗！」亮晴想到許多奇幻電影和小說裡的主角，都是一下子從凡人搖身變成酷炫高手，如果她在這個夢裡也能那樣，鐵定好玩。

亮晴輕率的態度惹惱了紅袍老者。

「唉……」紅袍老者的嘆息聲，像卡車喇叭聲低沉刺耳得出奇，一團黑煙冷不防地直朝亮晴襲來。

Φ

嘆息聲還在耳邊迴盪，一道鈴聲卻已像利刃利索劃開亮晴眼前的黑幕。

亮晴終於醒了，她急著從窗外風景確認自己身在何處，深怕怪夢讓她睡太久，以致過站還不自知。

幸好，還剩兩站。亮晴摸摸嘴角，確定沒流口水，這才緩緩起身走到駕駛座後方，然後，等著按鈴，等著下車。

Φ

亮晴打開家門，發現陽台小燈沒亮，客廳燈也沒開，納悶之餘，只好先借路燈幫忙，如常在陽台脫掉白色球鞋，再整齊擺進略帶酸味的鞋櫃裡，接著，拉開落地窗嚷道：「媽，我回來了。」

沉默像一直坐在客廳等候似的，亮晴不僅沒聽到熱絡的溫柔回應，也沒見到迎面而來的慈愛笑容。

亮晴獨自站在黑暗客廳門口發愣約五秒鐘後，才忐忑地打開客廳大燈，再一個個房間找，結果媽媽、爸爸和弟弟全都不見人影。

這麼晚了，他們會去哪？亮晴在心底反覆問自己。

哦，對了，今天早上，媽媽在我急著穿鞋出門趕公車時，曾提到，弟弟的球鞋底磨平了，晚上會跟爸爸陪他去買新鞋，順便也幫爸爸買條牛仔褲。

再等等吧。紛亂的夜讓亮晴暫時讀不下書，索性先去洗澡，洗完澡回到客廳，泡了碗泡麵，再隨手打開電視，但映入眼簾的斗大標題，馬上教她心頭一凜——

瘋漢引爆自殺炸彈　賣場宛如人間煉獄！

電視台正以現場直播的方式，將半毀的賣場、猛烈的火勢、驚險的搶救、惶恐的傷患、哀慟的家屬以及看熱鬧的群眾畫面，全一古腦兒送進亮晴眼裡。那是個相當知名的賣場，會發生這麼慘烈的災難，實在令人難以相信。報導說，有一名瘋漢不知何故，在賣場裡胡亂喊叫一陣後，即引爆綁在身上的強力炸彈，接著就發生台灣治安史上傷亡最慘重的爆炸事件。檢警都強烈懷疑，這是一起恐怖行動，但是，由誰策劃？目的為何？一時皆尚難查出，不過，政治口水早已滿天噴飛。

亮晴仔細盯著螢幕左側詳載死傷名單的跑馬燈，她沒發現熟悉的名字，頓時鬆了口氣。因為太緊張口乾舌燥，亮晴打開冰箱，正想為自己找罐飲料，就在這個時候，她聽到了熟悉的聲音，而這聲音來自電視，聽起來已屆瘋狂邊緣。

「誰？誰能救救我可憐的孩子？我，我先生為了救他，也，也不見了。為什麼？為什麼？我們只是出來買雙鞋而已呀！居然就這樣讓我失去先生和孩子，為什麼？為什麼……」

那是亮晴媽媽，亮晴的眼淚決堤似地汩汩流出，她也在嘴裡喃喃唸著：「為什麼？為什麼？為什麼……」

沒一會兒，亮晴咬牙拭去淚水，在準備了點隨身物品後，便出門搭計程車趕赴案發地點。到了現場，救難人員說媽媽已經送到醫院，亮晴再趕到醫院，好不容易才在一片哀號聲中找到媽媽。

媽媽失神安靜，亮晴叫她，始終沒反應。

亮晴難過地流淚嚷道：「媽，妳醒醒呀！媽，妳不要這樣好不好？還有我，我是亮晴啊！媽，我已經失去爸爸和弟弟，不能再失去妳呀！媽，妳快醒醒，我以後會很乖，很聽話，不再頂嘴，妳叫我做什麼就做什麼，媽，是我呀！我是亮晴……」

亮晴知道自己一定要堅強，但畢竟她只是名高二女生：「媽，我好希望時光能夠倒流，讓我有時間告訴弟弟，不要急著換鞋，只要晚一天就好，晚一天，我們就不會碰上這麼可怕的事。」

亮晴忽然眼睛一亮，她擡頭望著蒼白的天花板喃喃道：「紅袍老者，不知道這是不是夢，如果是的話，我已經非常深刻感受到人心瘋狂的可怕，請再給我一次機會，我一定會打倒烏后……」

亮晴話還沒說完，媽媽便突然抓狂地狠狠轟她一巴掌，接著還推她一把，亮晴踉蹌後倒，不幸後腦著地，頓時眼前發黑，意識像被拔掉插頭似地戛然而止。

Φ

亮晴眼睛再睜開時，即見一片白茫，過沒多久，晃動的人影慢慢清楚浮出，她才認出眼前人影就是紅袍老者他們。

不過，這次重逢的感覺很不一樣，亮晴有種脫胎換骨的感覺，也多了許多複雜矛盾的情緒。

突然，臉頰上又燙又麻的灼刺感讓亮晴震驚——媽媽的那一巴掌是真真實實的，怎麼會這樣？到底哪個是夢？她疑懼自己是不是也瘋了。

「亮晴，妳剛剛遭遇的變故是真的，就在妳望著天花板向我們求援時，我們便逕自妳置身於未來的軀體抽出靈魂，再穿越時空至此。也就是說，此刻的妳在魘姆世界，而妳眼前的每一個人，也都真實存在這個宇宙裡，就像妳活生生地生存在地球一樣。」紅袍老者語氣和緩地幫亮晴解惑。

「就你們科學家的說法，姑且可說魘姆世界存在於異度空間，也就是說，除了長、寬、高、時間這四個次元之外，魘姆世界存在於你們人類尚未發現的異次元裡，雖說藉由夢，我們可自由進出你們的內心世界，但這也讓我們常常會有類似暗渡陳倉的莫名罪惡感。」紅袍老者說得很玄。

紅袍老者接著說道：「九陽能預示未來，妳剛剛所經歷的劫難，即將在三個月後發生，我原本不打算讓妳知道此事，但是，妳之前的態度實在教人失望。」

「如果我辦到你們要我做的事，我的爸爸、媽媽和弟弟真的就會沒事？還有時間呢？等我完成任務，也不曉得是多久以後的事，那我在公車上睡覺的肉體怎麼辦？」亮晴不得不認真面對魘姆世界。

「亮晴，只要魘姆世界恢復正常，烏后自然控制不了那名瘋漢，瘋漢也就不會發狂殺人，況且，九陽一定會為妳治癒他，所以，妳根本無須擔憂這件憾事還會發生。另一方面，不光他，許多受精神疾病所苦或心靈正飽受煎熬的人，只要他們的內心世界沒崩解得太厲害，都將因九陽的復元而掙脫枷鎖。」亮晴一時尚難消化紅袍老者的話。

「至於時間，妳放心，九陽不但能預示未來，還會駕馭時間。壓姆時間和人類時間同步，九陽要送妳回到原來該醒的時刻輕而易舉，不過，妳勢必得在三個月內完成任務，才來得及阻止慘案發生。」

亮晴對現況的疑惑仍困擾著她：「那我現在，到底算不算在夢中？」

「精確地說，我們是利用妳正在作夢的時機，將內心世界的那個妳帶來壓姆世界。簡言之，妳正在作夢，但妳不在夢中。再換個更淺白的說法，就是妳的肉體正在睡覺，而妳的靈魂在壓姆世界。」紅袍老者的話教亮晴覺得自己像機器人，彷彿靈魂可以同記憶體般任人插取。

Φ

「那接下來，我該做什麼？」亮晴想趕快知道任務是什麼。

「妳只須幫烏后找到失去的東西，再交還給她。」紅袍老者緩緩道出這句話。

「烏后失去的東西？她為什麼不自己找？我們幹嘛幫她找東西？她不是大壞蛋嗎？我們為何要幫她？」亮晴不禁連珠炮似地說出心底的疑惑。

「唉，其實烏后原本是我們漂亮善良的公主——海倫。」紅袍老者一臉惋惜的表情。

「！」亮晴聽得既驚且疑。

「亮晴，人心有善有惡，無論人類或壓姆世界都一樣，邪惡力量總在暗處蠢蠢欲動。事實上，人類史上的多次戰爭，像英法百年戰爭、美國南北戰爭、第一次和第二次世界大戰，都是人類惡念與壓姆世界邪惡力量結合後的災難。壓姆世界的這股邪惡力量叫做『烏撒韃亞』，祂只要一有機會就會找『蒐孤』，也就是分身，來幫它遂行恐怖統治。」紅袍老者開始詳述潛藏在壓姆世界的黑暗勢力。

「兩百多萬年來，早期曾有一段很長的時間，人類和壓姆世界除偶發的小型動亂外，大致平安無事，等到人類進入文明時代，戰事才陸陸續續在人類和壓姆世界發生。其中發生在壓姆世界的戰事，都因蒐孤的壯大而讓九陽日漸衰竭，直到女卡羅出現消滅了蒐孤，危機終得解除，不過，烏撒韃亞仍會不死心地再次伺機而起，戰事接續重演……」紅袍老者無奈地說明壓姆世界裡的善惡爭鬥史。

紅袍老者接著說道：「但是這次很不一樣，九陽傷得很重。以前情況再惡劣，壓姆史上記載的，至少剩三陽，可是這次，不僅只剩一陽，且在快速頹敗當中，沒人知道祂還能撐多久？」

「您剛剛說，消滅了蒐孤，壓姆世界的危機便可解除，但您現在要我做的，卻只是去幫烏后找回失物，難道這是因為烏后原為你們的公主才手下留情？」亮晴覺得事有蹊蹺。

「不，不是妳想的那樣。」

紅袍老者語氣略急地解釋：「之前的那些蒐孤，都是些野心邪惡之人，本就死有餘辜，但是，海倫卻是位非常溫柔善良的姑娘，她是為了救弟弟性命，不幸落入烏撒韃亞設下的陷阱才變成蒐孤的。而女皇也因公主的遭遇得了怪病，群醫束手無策，都覺得那是心病，只有公主平安歸來方能治癒。更糟的是，女皇健康和九陽相連，九陽這次會傷得這麼重，我們一致懷疑導因於九陽、女皇與公主間的連鎖關係。唉，烏撒韃亞歷經一次又一次的失敗後，終於想出最狠、也是最具破壞力的辦法。」

「我們為何不直接消滅烏撒韃亞？如此方能斬草除根、一了百了。」亮晴不解地問。

「生與死，日與夜，正與負，輸與贏，陰與陽，美與醜，愛與恨，善與惡……從亙古至今它們無處不在，也從未消失過，它們不但是天地運行之道，也是萬物生存所本。我們儘管不喜歡這類負面事物，但也只能勉強接受它們，烏撒韃亞無法被真正消滅，雖教人氣餒，但為了生存，我們也只得不斷跟祂對抗。」紅袍老者的說法教人氣餒。

「海倫公主到底失去了什麼東西？」亮晴的疑惑不斷。

「不知道，我們只知道麼姆人在變成蒐孤前，必須捨棄身上一樣被烏撒韃亞相中的東西，聽說只要能找到捨棄物並回歸原處，便可解除魔咒。」亮晴覺得紅袍老者的回答很不負責。

「你們要我去找一個，連你們自己都不知道是什麼的東西？這，太過份了吧！」亮晴覺得整件事開始變得莫名其妙。

「海倫公主精擅醫術，卻對弟弟染上雲岩病一籌莫展，後來聽說黑暗大陸巫打谷地底城裡的孤獨水能治百病，即特組遠征隊前往。沒想到，遠征隊就這麼有去無回，一年後，海倫公主突然出現，不過，她已變成失去善心的烏后。」紅袍老者像是沒聽見亮晴的抗議，自顧自地回憶過往。

「海倫公主的弟弟，現在人還好嗎？」海倫公主跟弟弟的感情那麼好，教亮晴好生慚愧，忍不住探詢王子的現況。

「說到這便不禁教人納悶，雖然遠征隊失蹤，海倫公主變了個人，但桑迪王子卻很快奇蹟般痊癒，沒人知道為什麼，應該是王子吉人天相，福大命大吧。」亮晴覺得王子的痊癒，一定跟公主變成烏后有關。

紅袍老者接著說道：「海倫公主有隻非常疼愛的寵物，叫做醒兒，牠非常有靈性，建議妳帶牠一起去巫打谷找失物，或許牠能幫上什麼忙也說不定。」

「什麼？」亮晴不曉得自己是不是聽錯了？紅袍老者竟要她帶隻靈性寵物去闖可怕地谷，說牠能為主人找到不知是什麼的東西？

「放心，我們還找了多位勇士陪妳一起去。」紅袍老者難道不怕舊事重演？亮晴不敢再想下去。

事到如今已顧不了那麼多，為了爸媽和弟弟，亮晴告訴自己，無論多拚命，都一定要幫海倫公主找到失物重回母親身邊。最後，亮晴還有個疑惑。

「你們是誰？」亮晴覺得這幾個人的身分，一定不簡單。

「我們是薩忒國的『天覺者』，主要工作就是尋找女卡羅。」

接著，紅袍老者便逐一介紹大家——開飛天公車的熊先生叫梵谷，有教養斯文的蚱蜢先生叫柏拉圖，粗魯瞧不起人的瓢蟲先生叫宙斯，戴高帽像魔法師的豬先生叫梅林，戴眼鏡配備古怪的老狼先生叫富蘭克林，博學多聞也是他們老大的紅袍老者則叫蘇格拉底。

聽完他們的名字，亮晴先愣了一下，以為是紅袍老者在開玩笑，等了一會兒，紅袍老者認真的表情依舊，這才教她忍俊不住噗嗤笑出聲來，她實在無法將這些人名跟眼前的這幾副臉孔連結起來。

粗魯瓢蟲宙斯依然不改本性：「喂，客氣點，我們的名字有那麼好笑嗎？要不是我們在人類夢裡，給你們那麼多的靈感，就憑你們的豬腦袋，有辦法想出一篇篇精彩的神話故事，和一頁頁曠世的論述哲思？哦，梅林，對不起，我不是在說你。」

斯文蚱蜢柏拉圖接著說道：「亮晴，一看到妳，我就知道妳不僅是麼姆世界，也是人類世界的女卡羅。現今的人類世界，處處充滿仇恨和瘋狂，人心的野蠻始終跟不上科技的進步，儘管我們已從九陽預見人類悲慘的未來，但我想，等妳這次拯救了麼姆世界，人類未來的命運，或許也會因此整個逆轉也說不定。」

就在這個時候，突然有個男孩闖了進來，他的模樣，教亮晴看得心驚又臉紅。

這男孩的模樣，跟最近常和亮晴搭同一班公車的那位不知名男生簡直一模一樣。

男孩興奮地直望亮晴：「她就是女卡羅沒錯，雷洞裡的黃金神木已經從中裂開！」

粗魯瓢蟲飛到男孩面前慎重追問：「你確定？」

「嗯，剛剛黃金神木的特守隊才傳訊告知。」男孩認真解除粗魯瓢蟲的質疑。

蘇格拉底像在宣佈什麼驚天動地的大事般高嚷：「各位，辛苦了，我們終於找到女卡羅，麼姆世界有救了！」

蘇格拉底的宣佈，像在亮晴身上蓋了個正字標記，奇妙的是，她此時的心情也變得篤定自信，像是有人拿油槍幫她的心加滿油似的，這是因為第四個異象帶給她信心？還是男孩的出現讓她覺得踏實？亮晴不禁在心底自問。

蘇格拉底細心察覺到亮晴心境的變化，乘機再加把勁：「亮晴，他叫采甚，是薩忒國的年輕勇士，他將隨身保護妳的安全。走，我們到外頭去看看麼姆世界，順便再跟妳介紹其他幾位勇士。」

薩弍國

亮晴跟著蘇格拉底來到一建築頂部高臺，此處視野遼闊，景觀恢宏，想認識壓姆世界，這實在是個非常理想的起點。

雖然壓姆世界給亮晴的第一印象，是陰鬱的天色，但蘇格拉底卻說：「今天是難得的好天氣。」

亮晴被蘇格拉底好天氣的定義搞得一頭霧水，索性將視覺焦點轉移至九陽身上。九陽的九顆天體，從上到下，大小不一，它們間距相當地排成長長弧線，就像條被人卸攤在天幕上的串珠項鍊，除了頂端那顆還勉強發出差強人意的光芒外，其他八顆，全像壞掉的燈泡，呈青灰色。

另在這片慘灰的天空裡，還有數不清的飛行物——像單人踩在腳下的飛行器，單人或多人駕馭的飛行機，以及飛行巴士和飛艇，此外，各種有翅膀的怪物（包括各種飛龍）也都在高空亂中有序地各飛各的。

亮晴將視線下移，一座座巨型的莊嚴建築，像這片天地的支柱似地矗立各方，而爬滿在這些巨型建築，和一般圓頂建築之間的，是一間間渾圓可愛、大小參差的紅瓦屋，它們就像紅蘑菇一路蔓延至地平線，彷彿有數不清戴著紅帽的小矮人，正交頭接耳談論著亮晴。

亮晴跳過猜疑，將注意力改放到優美雅緻的橋樑、規劃完善的運河與四通八達的街道上，這些品質精良的公共建設，不但充分維護了紅瓦屋間的秩序，也讓薩忒國看起來像位有教養，卻霸氣十足的紳士，另外，幾座氣派生動的巨像，和四處可見作為交通轉運樞紐的繽紛圓柱建物，更幫紳士增添了些許藝術味。

亮晴接著拿起上高臺時蘇格拉底就遞給她的望遠器，透過觀景窗，她雖能清楚看到街道上各種前所未見的花草樹木，但它們給的新鮮感，卻遠不及千奇百怪的群眾所帶來的視覺震撼——除了有各式直立、斜著或倒立行走，服裝爭奇鬥艷的昆蟲和動物之外，那些滿地蛇行、翻滾彈跳、圓滾滾毛茸茸色彩斑斕的小東西，輕盈推移六條長足像章魚在海底行進的怪綠人，身形成細ㄇ字走路像兩支竹竿前後擺盪的巨怪，以及把自己裝扮得像植物的正常人，和被小孩在脖子上拴鐵鍊當狗遛的各式機器人，無一不讓亮晴看得眼花撩亂，讚歎連連！

「薩忒國是麼姆世界的托答，亦即現今美國在人類世界的地位，其他還有三十九個國家，全以薩忒國馬首是瞻；而烏后所盤踞的黑暗大陸，共有十三個國家，我們統稱它們叫——烏也。」

在亮晴忘情神遊薩忒國好一陣子之後，蘇格拉底才開始介紹麼姆世界。

「亮晴，此刻妳所在的這座建築叫『卡羅殿』，是全薩忒國最高的建築。右前方那座金色瑰麗的建築則叫『伊蘭諾宮』，伊莉莎女皇正在裡頭等著見妳……」

蘇格拉底話頭方起，采甚便已默默領著五名陌生男女出現。

「你們來得正好。」蘇格拉底先跟來者點頭致意，再轉頭對亮晴說：「他們就是先前我提的，將助妳完成任務的年輕勇士。」

「好，讓我來一一介紹他們。」

「她叫薰，這次任務的隊長，戰能武陽道紫帶，麼離六千六想特。」薰是個臉蛋漂亮，身材又健美的大女生，雖是隊長，看起來身手似乎也很厲害，但態度謙和，教亮晴對她頗有好感。

「他叫葛瑞漢，戰能武陽道紫帶，麼離五千九想特。」葛瑞漢是個英挺不羈的俊秀青年，然而，他高傲冷漠得像亮晴曾在維也納看過的肅穆大教堂，雖近在眼前，心卻始終保持距離。

「他叫悠，戰能武陽道紫帶，麼離五千五想特。」悠是個憂鬱斯文的男孩，強烈的憂鬱氣質讓人不太舒服，但他心事重重的模樣，也不禁讓亮晴好奇，在這男孩身上到底發生過什麼事？

「她叫明美，戰能武陽道紫帶，麼離五千六想特。」明美是個古靈精怪的女生，兩隻靈活大眼像要看透亮晴似地轉個不停，不過，她笑容可掬，活潑有禮，亮晴也滿喜歡她的。

「他叫克拉克，戰能武陽道紫帶，麼離六千一想特。」克拉克是個非常高壯魁梧的大男生，憨憨的，讓亮晴覺得他就像一面能確實保護她的超級大盾牌，而且，他的名字也讓亮晴聯想到漫畫人物超人，其實他的樣子，也跟曾飾演電影超人的克里斯多夫・李維滿像的，給人只要他在身邊任何擔憂皆屬多餘的滿滿安全感。

「最後這位，妳已經認識。采甚的戰能也是武陽道紫帶，麼離五千八想特。」采甚只一味地對亮晴傻笑，而亮晴看他像老朋友，對他很放心。

「好，待會兒，我們就先去求見伊莉莎女皇。」蘇格拉底接著轉頭對采甚說：「回來後，可否麻煩你開始教亮晴離術？」采甚乾脆地點了點頭。

「什麼是離術？」亮晴對新玩意兒好奇萬分。

「很快妳就會知道，別急。」蘇格拉底疼惜地摸了一下亮晴的頭。

Φ

伊蘭諾宮依山傍水，左右兩側的超大瀑布，像兩扇銀白巨翼緊緊守護著皇宮，走在入宮前的長廊上，亮晴邊聽淙淙水聲，邊望一座座參天耀眼的金黃圓柱，讓她忽有種步入神之國度的錯覺。接著在皇宮裡，她除了看見像巨人國的巨門巨窗，和浮雕紋飾廣闊光鮮的壁面，以及佇立在各個角落像貴婦般的工藝擺設，無不造型優美精雕細琢之外，幾處栩栩如生的磅礡巨像宛若神之化身，敬畏之餘，很難不讚歎其鬼斧神工之妙。

另外，亮晴從巨窗外望，驚見優雅綿延的牆垣恍若一條晶瑩絢爛的花河，細瞧方知那是以閃亮七彩紋石為基底，再綴滿繽紛嬌豔花朵的成果，再加上牆內一叢叢壯麗的花樹造景，教人難以置信，浪漫與雄偉竟能結合得如此完美！

看到女皇，亮晴心情慢慢變得敏感脆弱，接著，不知是因為太思念母親，還是想到母親此刻同樣也無法與自己團聚，一時之間，淚水便不聽使喚地簌簌流下。

女皇見狀，即不捨地向前輕摟亮晴，這教亮晴再也忍受不住，索性大哭起來，讓現場許多人面面相覷不明所以。

「亮晴，別哭了，我知道，妳受了很多委屈，但是，麼姆世界需要妳堅強起來。」女皇溫柔地邊說邊輕撫亮晴的短髮。

「媽，我知道。」亮晴被自己的答話嚇了一跳。

亮晴看到女皇困惑的表情，旋即羞赧更正：「伊莉莎女皇，很抱歉，剛剛一看到您就情不自禁想起自己的母親，所以才……」

「沒關係，看到妳，也讓我想起我那可憐的女兒，她是那麼地乖巧貼心，現在卻……」此刻反而輪到女皇淚流不止。

亮晴不捨地安慰女皇：「您放心，我一定會救海倫公主回來，我一定會帶她回到您身邊！」

亮晴不只給女皇承諾，也接著在心底跟母親喊話——媽，我一定也會跟海倫公主一樣，很快就重回妳的懷抱。

Φ

海倫公主的寵物——醒兒，長得像貓兔的混合體，毛茸茸、小巧黃褐的渾圓模樣很難不教人喜歡，牠不僅有雙黑亮圓晃的大眼，袖珍靈巧的茶色鼻子，高豎機伶的長耳，和短卻俐落的四肢，還有一條偶爾會像孔雀開屏般張開的長尾巴。

醒兒相當溫順聽話，從女皇手中接過牠時，亮晴就覺得跟牠一見如故，而牠似乎也有同感，很快就跟亮晴玩得不亦樂乎，不過，才沒玩多久，采甚便很掃興地要亮晴快點學離術。

Φ

采甚教亮晴離術的第一堂課的第一句話竟是：「妳壓離這麼高，不趕快學離術，實在太可惜了。」

采甚從衣襟裡掏出兩顆銀色圓球，他將其中一顆遞給亮晴，然後輕嚷道：「注意看哦。」

采甚撳下圓球側邊的圖騰，圓球立刻從上下兩端各自伸出銀柱物，而在銀柱物延展至定位前，一連串彷彿有無數細銀蛇，彼此在那不斷騰繞穿梭，以或勾或串、融合或分枝的立體交織方式創造出的華麗銀杖即瞬間完成，圓球也不知在何時自然地融進杖裡，一支經典優雅得猶如天將神帥才夠資格配持的神使兵器，就這麼現身了。

亮晴張著嘴，眼睛瞪得不能再大，要不是親眼目睹，實在不敢相信眼前這支約兩米長，長得像是雙頭權杖的漂亮武器，居然是由剛剛那不起眼的小圓球變成的。

「離術的應用很廣，大致可分為攻、防、滲、迷、隱、心，也就是攻擊、防禦、滲透、迷亂、隱匿、心控，其中攻與防最常使用，也是入門功，而隱跟心則是高階離術，得小心運用，我先示範防禦。」

采甚話一說完，便將銀杖朝地面一插，銀杖旋即原地慢慢自轉起來，他閉起眼，接著喃喃自語之後，張開眼，伸手一抓，銀杖陡停，一道白光同時像等不及似地逕從杖頂射出，接著白光像條衝動的白蟒，急纏猛繞他數圈，待白光漸暗，一套堅韌酷炫的盔甲，就像變魔術般穿戴他身上。

亮晴看得目瞪口呆，久久說不出話來，好不容易才擠出話：「這，太神奇了，簡直就是魔法嘛。」

「不，這不是魔法，它只是壓離力量的展現。」采甚慎重地糾正亮晴的讚歎。

「壓姆世界是個充斥能量體的世界，能量體本身如果活性強、組織健康正常，就會成為壓姆人。反之，如果能量體屬惰性，組織又鬆散失序，那它就只能像人類世界裡的孤魂野鬼到處流離飄蕩。而壓離，就是一種能重新組織活化惰性能量體的力量，壓離愈高，就愈能強化控制重組後的惰性能量，不過，學會運用壓離的技巧更重要，否則壓離再高，只要技巧不入流，效果常會事倍功半，甚至還可能因走火入魔而反遭壓離吞噬，絕對不可不慎。」采甚說這些話的樣子，就像個彆扭老師父。

「聽起來壓離滿好玩的，快教我吧。」亮晴已經迫不及待地想使使像魔法般的壓離。

Φ

「這顆圓球叫做『離探』，只要一啟動，它就會變成銀杖自動偵蒐周遭的惰性能量，然後，插好它讓它平穩自轉，惰性能量自會在這個時候開始匯聚整合，接著，在我們心靈專一運用壓離下達指令之後，統合的惰性能量即快速轉化成我們想像的樣貌，直到任務達成，惰性能量釋放，離探便會恢復原狀。」采甚先簡略說明圓球的操作流程。

「離探的使用步驟很簡單，難度高的，是如何澄澈心靈、專一運用壓離。請注意，運用壓離時，絕不能三心二意，更不能有一絲絲雜念，唯有純一的信念，才能讓壓離發揮百分百的效果。」

采甚接著說道：「妳先試試。」

一開始，亮晴有點笨手笨腳，離探常潑辣地亂蹭胡竄，經過不斷練習，終於漸入佳境，使起離探變得有模有樣。

「好，接下來我們開始練習運用壓離。」采甚從衣襟裡取出兩顆瑩綠的寶石：「這是綠眼，利用它可先學會入門功。」

采甚遞給亮晴一顆綠眼後，便請她跟著做動作。

采甚將綠眼放在地上，再後退三步站定：「亮晴，等一下請妳摒除雜念，閉眼去想像一個東西。這個東西要是一隻怪物，愈怪愈好，然後，等我喊離術語『拉蘇塔卡塔』時，妳也大聲跟著喊，喊完就張開眼緊盯綠眼。」

想怪物？想像力這東西我從不缺，只要把看過的動畫和電影裡的怪物模樣隨意亂兜，絕對精彩——亮晴已經閉眼想好怪物的樣子，就等采甚喊離術語。

「拉蘇塔卡塔！」采甚終於喊出離術語，亮晴也跟著嚷，接著張眼盯住綠眼。

接下來發生什麼事，亮晴完全不知道，她只記得，綠眼發出的強勁綠光波像陣狂潮，將她的意識急往後推，她來不及追回，只得空茫地留在無光的黑地裡。

亮晴聽到一群人正在議論紛紛，不禁好奇想聽清楚他們在說什麼——

「麼離那麼高，竟不能使離術，這太不可思議了。」

「對呀，一般人麼離再低，簡單的小離術也都能使，而她居然……」

「蘇格拉底，她真的是女卡羅嗎？」

「蘇格拉底，我們時間已經不夠用，不能再浪費時間在這女孩身上。」

「我不是早說過，她不可能是女卡羅，你們偏偏不聽。」

蘇格拉底終於開口說話：「各位，身為天覺者，我從不問為什麼，九陽會讓我們走到哪都自然有祂的道理。我也從不問對不對，因為很多事根本就沒有對錯之分，此時你覺得是顯而易見的錯，可能會在未來狠狠告訴你，你才錯得可笑。今天亮晴無法使離術，可能的原因很多，身為天覺者，我只相信直覺和經驗判斷，其他的，我不想管也無力管。」

「可是，這女孩什麼都不會，這趟任務……恐怕會害她白白喪命呀！」

「我相信她辦得到。」蘇格拉底再次重申他的固執。

「蘇格拉底，我們這麼做會不會太自私？我原以為憑她超高的麼離，應能順利破關斬將，但是現在，她似乎比任何一個麼姆人都要脆弱，讓她去，簡直像在草菅人命啊！」斯文蚱蜢的聲音變得鏗鏘有力起來。

Φ

一段教人難捱的沉默直向亮晴心頭攢壓，她雖睜不開眼，但心神卻萬分清醒，她聽完剛剛那些話後，忽覺自己既可笑又悲哀。

蘇格拉底好不容易才整理好紛亂的思緒，他揚起眉輕嚷道：「柏拉圖，你相信什麼？你曾經像我現在這樣相信亮晴就是女卡羅？現在她最需要的，不是超高麼離能不能使，而是我們相不相信她，當然，身為女卡羅會有許多危險得面對，但正因如此，她才更需要我們毫無懷疑的支持。況且，我們派出的六位遠征隊員皆為一時之選，每個都是高手中的高手，他們一定能妥當地保護她的安全，這一點，我對他們有百分百的信心，所以，我們絕不是在草菅人命。」

「各位天覺者請放心，我們絕對有把握能幫亮晴完成任務，且一同平安歸來，事實上，她肯為麼姆世界冒險患難，我們早已深受感動，所以，不管她今天會不會離術，都無損我們誓死保衛她的決心。」遠征隊隊長薰突然開口支持蘇格拉底。

「我覺得，亮晴現在麼離不能使，是因為時機未到，各位天覺者實在無須憂心。記得我第一眼看到她就深信她是女卡羅，同時也在心裡告訴自己，一定要好好保護她，我甚至認為，我的生命因她而存在。」采甚也在一旁說出真心話。

亮晴雖然還是睜不開眼，但此刻，她的雙眼已溼濡地滲出一滴淚來。

Φ

隔天早上，一陣喧鬧聲把亮晴吵醒，她起身走到窗前，一幕相當怪異的景象隨即映入眼簾——一隻全身淡青色短毛，長得像狼又像龍的巨大怪物，正和遠征隊員纏鬥著。

這隻身軀矯健如狼的青色怪物，在牠壯如巨蟒的長頸上，有副頗具個性的頎長瘦臉，此臉彷彿是造物主以龍頭為藍本，先於前緣搓揉拉捏，創造出兼具野性及內斂氣質的狼鼻與狼嘴，再細細刻劃出多情又具威儀的狼眼，最後才填入清明睿智的湛綠眼珠。而生在頭頂、尾巴上緣及尾尖的崢嶸長角都各有粗細，且長短不一、造形多變，比起位於鼻骨、關節、側腹及尾巴兩側的尖錐小角，相形猙獰霸氣許多。此外，牠的兩扇巨翅如鷹般靈活威猛，當牠雙翅一展恍如大樹遮蔭，但等雙翅一收貼在身側，卻又像彎曲起來的臂膀。

奇怪的是，巨獸看起來似乎沒有要傷人的意思，而遠征隊員也都只是點到為止的被動防禦和牽制，甚至還隱約可感覺到他們對巨獸似乎滿懷敬意。

亮晴好奇地快步下樓，在樓梯口恰巧碰見端著早餐上樓的明美。

明美驚喜嚷道：「亮晴，妳醒啦，快把早餐吃了，好補充體力。」原先站在明美肩上的醒兒也興奮地跳到亮晴肩上。

「外頭發生什麼事？我看到一隻可怕的巨獸正在……」亮晴一邊心有餘悸地提問，一邊歡喜地撫摸醒兒項背。

「哦，那是聖獸，也就是不死獸青牙，牠剛剛突然出現，大家都不曉得該怎麼辦，只好先牽制住牠等天覺者來。」明美無奈地喃喃道。

突然，轟的一聲巨響，青牙居然撞破門牆硬闖進大廳來，醒兒因為驚嚇而快閃至亮晴衣襟裡。

遠征隊員跟著衝進大廳，個個表情尷尬，好似性情好的父母面對任性調皮的小孩一般。

遠征隊員一看見亮晴，便立刻動作一致地在她身前圍出人牆，他們不曉得青牙的意圖，但保護她已變成大家的反射動作。

亮晴不經意地與青牙四目相接，一道滄桑的聲音同時在她心底響起：「妳就是女卡羅？」

「嗯，他們是這樣叫我。」亮晴不知是誰在跟她說話，只得四下張望。

「別找了，就是我在跟妳說話，他們叫我青牙。」

亮晴不禁嚇得脫口叫道：「啊？」

遠征隊員紛紛回頭關心，亮晴不好意思地解釋：「是青牙，牠好像會心靈感應，剛剛在我心裡說話。」

薰一臉難以置信的表情：「從沒聽說青牙會心靈感應，難道牠今天會在這出現，全是為了亮晴？」

「喂，小姑娘，妳真沒禮貌，我話還沒說完哩。」

「哦，對不起。」

就這樣，遠征隊員只好一直默默來回望著始終自言自語的亮晴，與偶爾轉頭擺尾無言無語的青牙。

「妳叫亮晴？」
「嗯。」
「今天會來找妳，全是因為我的愛人。」
「你愛人？」
「妳是初來者，應該還不知道我們為何叫做不死獸，其實，我們跟人類世界裡傳說的鳳凰一樣，每死一次都會再從灰燼中重生。我跟我愛人銀雪，從壓姆世界創始至今，不曉得已共渡過多少歲月，沒想到昨夜，瘋婆子烏后竟派人偷襲我們，我們寡不敵眾，銀雪就這麼被抓走了。」
「烏后為何要抓走銀雪？」
「不知道，但我知道我的視力是因為妳的出現才恢復，也知道妳即將遠征黑暗大陸烏也。烏也是個非常凶險、危機四伏的地方，之前冒死去的人沒一個回來過。在烏也淪陷前，那兒的藍湖可是我跟銀雪每年避暑必訪的仙境，所以，壓姆世界沒人比我更熟悉烏也，只要你們幫我救回銀雪，我便委屈自己當你們的引路人，如何？」
此際，在青牙孤傲的眼裡隱如螢火蟲閃爍的淚光教亮晴看得難過，於是，她把青牙的來意轉告遠征隊員，並徵詢大家意見。
「不死獸對壓姆人來說，地位非常崇高，青牙跟銀雪的浪漫故事，早流傳在每個壓姆人心中，牠們的堅貞愛情，更不知感動過多少男女，有青牙隨行帶路，我覺得很榮幸，這是天助我們，牠一定是九陽特地派來的幫手。」明美樂觀天真，把青牙的出現當神蹟。

「那些老掉牙的故事，都是些穿鑿附會的東西，我不愛聽也不想聽，不過，牠是聖獸，基於尊重文化傳統，我是不反對牠同行，只是年紀這麼大，對我們是助力？還是累贅？你們可得好好想想。」葛瑞漢的態度比較保留。

「我覺得有人帶路很好，我們都是第一次去烏也，聽說那昏天暗地的，大家很可能迷路，再說亮晴出現後，青牙一視千里的超強眼力已經恢復，對我們而言，絕對如虎添翼。」采甚的話解開了葛瑞漢的疑慮。

「嗯，我也覺得有青牙加入是件好事。」克拉克也投下贊成票。

「悠，你覺得呢？」薰最後再問憂鬱男孩的意見。

只見悠聳聳肩，一副不置可否的樣子，薰接著猶如自問自答般：「好，我知道了。」

「既然各位大都肯定青牙的加入，那好，亮晴妳就答應牠吧，蘇格拉底那邊我會去報備。」

薰終於整理出亮晴想要的答覆。

亮晴答應青牙同行後，即忍不住問：「青牙，是你只對我做心靈感應？還是只有我感應得到？」

青牙答得高傲：「只有女卡羅，才有能力與資格和我心靈感應。」

Φ

隔天一早，亮晴和遠征隊員在卡羅殿高臺集合準備啟程。

高臺上，除了遠征隊員各式造型不同的飛行器之外，站在飛行器前頭的不死獸青牙身形巨碩，教人不禁望而生畏，一旁天覺者們面色凝重地排成一列，亮晴和遠征隊員則意氣風發地站成一排，特地趕來送行的伊莉莎女皇，在先和蘇格拉底寒暄幾句話後，便逕自走到亮晴面前，她先憐惜地輕撫一下站在亮晴肩上的醒兒，再態度堅定地勉勵亮晴：「別給自己太大壓力，或許妳會覺得我們很自私，但薩忒國真的只能靠妳了。」女皇眼神變得殷切：「真的，我們真的很感謝妳，但現在除了說謝謝，我真不知還有什麼辦法能表達我內心的感激於萬一……」

「千萬別這麼說，我也是在救自己和家人，我一定會帶海倫公主回來，請相信我。」亮晴不知哪來的自信。

接下來，女皇還陸續一一向遠征隊員道別

等女皇與隨行人員退到一旁，蘇格拉底才慢慢走到亮晴面前，他緩緩從衣襟掏出一個金黃扁圓的銅製鏡盒，上面雕飾了非常繁複典雅的精緻圖案，九顆紅寶石還幽幽發出內斂的光芒。

蘇格拉底表情嚴肅地慎重道：「這面離鏡只能在妳真正需要它時打開，它能適時助妳一臂之力。」

蘇格拉底接著走到薰面前：「亮晴就拜託妳了。」

「請放心。」薰語氣堅定地回應蘇格拉底的請託。

最後，遠征隊員紛紛坐進飛行器裡，耳邊的傳呼器也同時響起薰的叮嚀：「各位，現在九陽狀況很不好，我們得大幅降低對祂的依賴，所以，請大家調整引擎模組為九陽能二分子式八。」

亮晴在青牙體貼地引領坐上鞍座之後，不禁回頭再瞥望女皇一眼，一股憂傷的情緒竟猛然湧起，教她不由自主地輕顫一下，醒兒像也感受到什麼似地發出幾聲小小嗚嗚，不曉得這擾人的憂傷，是因她，還是海倫而起？她甩甩頭像要甩掉憂傷的侵蝕般，然後透過傳呼器高喊：「走，大家出發！」

Φ

亮晴他們日以繼夜的趕路，終於在四天後，開始看到壓姆世界令人膽戰心驚的一面——厚厚的烏雲遮蔽了九陽微弱的光芒，漫天的霧霾教人看不清遠方，幾座火山口像在彼此打暗號似地隱隱閃著紅光，裊裊升起的濃煙，更讓他們的視界模糊難辨。高空空氣除了火山硝煙味，還有窒息、恐懼、沉淪的氣息，而忽左忽右，一下前一下後的狂亂怪風，像隨時會動手打人的莽漢，倘若飛行技術不好，失速墜毀恐怕是早晚的事。

「注意，前方有暴流，準備緊急降落！」飛行儀器偵測到噬人風暴，薰立刻示警應變。

就在大夥兒急速俯衝的當兒，三隻睜著紅眼的龐然巨物陡地出現。

「是黑鯨龍！沒時間理牠們，快閃過。」薰再次發號施令。

大家驚險地和黑鯨龍錯身避過，但牠們仍不放棄馬上掉頭追來。

「可惡！采甚、明美、克拉克請你們保護好亮晴，葛瑞漢、悠跟我，我們三個現在就一起去教訓那三隻討厭鬼。」薰明快地分配好任務。

薰他們才離開一會兒，亮晴即不安地回頭關心他們的狀況，只見雷射光束不停從他們的飛行器射出，但黑鯨龍狡猾敏捷，總是能無恙地躲過光束攻擊。

原本站在亮晴肩上的醒兒，似乎也感受到大戰方興的氛圍，只得速速躲進亮晴衣襟裡。

這時，薰的飛行儀器開始發出嗶嗶嗶的警告聲，薰大喊：「快來不及了！用離術！」

薰立刻從衣襟丟出離探，離探隨即自動在薰的飛行器旁騰空變形自轉起來，緊接著，薰大喊離術語，三道刺眼白光飛快射出，然後，白光們就像追蹤導彈一路緊追黑鯨龍，才一會兒，先被追上的黑鯨龍還來不及掙扎，便像被人活生生拿把巨刀從中剖開，瞬間一分為二，噴濺出的黑血，灑得另外兩隻滿身，嚇得牠們轉身分逃，可惜覺悟已晚，另兩道白光也緊接著犀利剖開牠們。

就在此刻，亮晴聽到拍手歡呼聲，轉頭一看，發現在采甚飛行器裡，居然還坐著一名藍眼少年。藍眼少年忘情地直望遠處為薰他們鼓掌叫好，采甚則尷尬地對亮晴傻笑。

「他是誰？」亮晴透過傳呼器問采甚。

「他是……王子，桑迪。」采甚像是被逮到偷帶限制級書刊到校的學生，他面紅耳赤頭低得不能再低地癟嘴道出藍眼少年的真實身分。

「沒辦法，誰叫我打賭賭輸他。」采甚像在自言自語，聲音小得只有他自己聽得見。

平安降落後，亮晴他們就近找了個洞穴躲藏。

在洞穴裡，薰先向桑迪王子致意，再拉采甚到一旁。

「采甚，你在搞什麼鬼？居然敢偷帶王子出來。」薰低聲痛斥采甚。

「女皇已經沒愛女陪伴，現在你又……」薰氣到說不出話來。

采甚心虛得不敢回話，薰繼續曉以大義：「你可曾想過女皇發現王子失蹤時的心情？」

桑迪王子不知何時已悄悄來到薰的身邊，他輕拉一下薰的衣角：「別怪采甚，是我求他的，而且，也請不用替母后擔心，我早已跟她溝通過無數次，她會理解，也早有心理準備。」

薰實在無法苟同王子的說法：「王子，此時女皇的心情絕非你想的那樣，她現在一定著急得像熱鍋上的螞蟻。我看，等暴流過了，我們馬上送你回去。」

「不行，不行，我好不容易才出來，怎麼可以就這樣回去！姊姊因為我而變成烏后，如果不利用這次機會贖罪，我真不知道自己還有沒有勇氣活下去！如果不再為姊姊盡點力，我真的沒辦法原諒自己！真的，我沒辦法再繼續假裝下去，我真的快活不下去了！」桑迪王子一聽到薰要送他回去，立刻情急大喊。

桑迪王子依然激動：「我一直在想，如果當初我就死於雲岩病，今天的狀況一定不會這麼糟。母后跟姊姊都一定會比現在快樂，或許，偶爾會為我這早夭的生命感歎，但絕不會像現在這樣——一個被禁錮在無止境的悔恨與哀傷當中，另一個失去自我變成活死人一般！」

薰感受到桑迪王子快要窒息的壓力，不忍再堅持什麼，只好說：「王子，無論如何，最起碼，你得先跟女皇報個平安。」

薰抬起左手，在手腕處像錶的機械裝置盤面上輕抹一下，一道從盤緣射出的綠光，即在桑迪王子面前映出清晰半透明的伊莉莎女皇全身影像。

女皇影像表情詫異地嚷道：「桑迪，自從遠征隊出發後，宮裡一直找不到你，原以為你又跟以前一樣負氣躲起來，沒想到你居然是跟遠征隊偷溜走了，真是太好了，桑迪，快回來。」

「母后，我現在還不能回去，我得為自己的存在多努力，就像之前我常跟您談的一樣。母后，請您讓我為姊姊多盡一分心力，好嗎？母后，有薰他們在，我絕對不會有事，您真的毋須擔心。」桑迪王子頗為固執。

「……」不安與信任，難捨與放手正在女皇內心拉扯。

「好吧，桑迪，你得聽薰的話，千萬別逞強喔，知道嗎？還有，你一定要答應我，跟姊姊一起平安歸來，好嗎？」伊莉莎女皇終於強作鎮定地答應王子的請求。

Φ

暴流過了，天色還是一樣黑，風也一樣亂竄。

離開洞穴，花約莫半天時間低空飛過只見荒涼的景色後，青牙終於在一險峻的峽谷前著陸，牠淡淡地在亮晴心底說道：「前面這條拉比峽谷是進巫打谷的必經甬道，走到底巫打谷就不遠了。」

「不過，在進峽谷前，妳和這些小傢伙們最好先了解一下巫打谷裡面有什麼較好。」亮晴很快就轉述青牙的話給大家知道，但青牙對遠征隊員的不敬稱謂她自是略過。

「悲哀倒楣的海倫公主，在變成瘋婆子烏后之前所要找的孤獨水，就深藏在巫打谷『無靈洞』的地底城裡，它是座名叫『瘋狂之城』的試煉之城，想得到孤獨水，只有通過瘋狂之城的試煉一途。如今，我們雖不想找孤獨水，而是要找倒楣公主的失物，同樣仍得先通過瘋狂之城的試煉才行，因為只有過關見到城主，我們才有機會問他們，究竟倒楣公主在那發生了什麼事？失物可能掉在哪？」亮晴先去掉青牙話中對公主的輕蔑，再統整傳達牠的意思。

「瘋狂之城裡有什麼？」桑迪王子一聽到是姊姊為他犧牲的受難地，便忍不住想知道更多情報。

「和小跟班王子說，在瘋狂之城裡，除有各種機關陷阱和數目不詳的無靈人之外，據我所接觸過那些死於該城的怨靈都說，兩位城主的離術非常厲害，沒有人不死得莫名其妙的，不過，我看那只是失敗者的託詞，學藝不精淨怪對手太強。」聽青牙這麼說，大家都不禁吞了口口水。

亮晴再接著描述青牙所講的故事：「傳說中，瘋狂之城的兩位城主父親烏坦韃亞，和魘姆世界的邪惡力量烏撒韃亞原為孿生兄弟，從小感情甚篤，與生俱來的魔力也不分軒輊。成年後，他倆因為同時愛上絕世美女蘇伊娃娜而反目，最終烏坦韃亞雖贏得美人心，但也與兄決裂避居無靈洞。後來，蘇伊娃娜在產下雙胞胎，亦即兩位城主之後不幸難產去世，烏坦韃亞悲憤不已，自此性情大變，祂不但到處蒐集壓姆人魂魄壯大自己力量，還費盡心力創建了這座試煉之城，為的就是要悼念愛妻，並把對命運的控訴與不滿，一一設計進殘酷的機關與陷阱裡。最後，烏坦韃亞再以魔力製造能治百病的孤獨水，引誘無數的闖關者進城送命，直到現在，這些鮮血和象徵其淚流不止的孤獨水，都未因祂的殞逝而停止流淌。」

「因此，在巫打谷，有一股不亞於瘋婆子烏后力量的勢力存在，所以，瘋婆子掌控不了這，這裡自然也就成為烏也唯一的化外之地。」青牙的詳細介紹，讓大夥兒更加認識了巫打谷與瘋狂之城。

巫打谷

遠征隊進入拉比峽谷後，靜得出奇的幽谷讓大家神經緊繃，果然他們飛馳不到十分鐘，狀況便發生。

一隻隻長得像蠶蛹的灰黃巨蟲，接連從峽谷潮溼黑褐地裡竄出，牠們彷彿從地獄伸出的巨魔手迅捷且自信地追攫飛行器，儘管屢屢撲空，仍毫不氣餒地爭先朝半空猛啃狠咬，喀喀喀的利齒空撞聲直刺耳裡教人驚惶難安。

「這些黃土蟲叫兜目岩蟲，算峽谷地的土流氓，肯定是瘋婆子丟出來的第一波攻擊。」青牙喃喃在亮晴心底說道。

兜目岩蟲長滿數圈利齒的巨大口器，像止不住似地一直噴濺出黏稠像膿水般的黃綠唾液，頭部兩側沿著嘴各三隻排成弧線的六隻紅眼，更是虎視眈眈，牠們一次又一次惡狠狠地咬向遠征隊，像是只要能逮到飛行器，就會立刻連人帶鐵一塊啃碎下肚。

薰看情況不對，馬上改變奔逃計畫：「葛瑞漢，我們先用迷離術。」

薰和葛瑞漢急拉飛行器回頭，再快速以離探打出白光，接著白光幻化出許多飛行器，而飛行器裡也都一一乘坐著假的采甚、假的明美、假的克拉克……就在兜目岩蟲被繞著牠們轉的假飛行器，搞得頭昏眼花，只得暫停原地之際，早已和葛瑞漢飛遠至兜目岩蟲後方的薰，即調頭飛返並高嚷：「葛瑞漢，快用雙繩斬！」

兩道金黃光束才各從薰和葛瑞漢的離探射出，下一秒便在空中完美銜接，一條由他倆各執一端的金黃光繩就這麼不可思議地出現，然後，他們越飛越開，最後幾乎沿著峽谷岩壁飛行，金黃光繩也因此被拉到不能再長的地步，接下來，他們就像兩名自信滿滿的獵人，直朝一隻隻餓狼似的兜目岩蟲疾飛而去。

緊接著，利索的喀嘶聲不絕於耳，亮晴回頭，便見一隻隻兜目岩蟲的巨頭就像崩坍的巨岩一一離身滾落。

原來，被拉開的金黃光繩就像利刃刀鋒，只要對方閃避不及和持繩者錯身而過，馬上就會慘遭斬首厄運——所以這招才叫「雙繩斬」。

「『雙繩斬』要有很好的默契才得使，否則很容易反傷自己，在我們這幾個人當中，也只有他們兩個敢用。」明美像是警告正在觀看特技表演的小朋友般叮嚀亮晴，千萬別亂嘗試，以免無端受害。

Φ

「看來，我找對幫手了。不過，別高興得太早，下一波攻擊隨時會展開。」努力展翅趕路的青牙提醒所有人，危機仍在左右。

沒想到青牙的提醒馬上應驗，一個神出鬼沒超大黑漆的龍捲風突然出現，捲起的巨岩石礫，就像無數發炮彈無情擊向遠征隊員。

帶頭的薰首當其衝，她的飛行器被砸得開始不聽使喚，緊抓失控方向儀的她不得不大喊：

「是黑龍風，大家快逃！」

薰困獸般想使出離術抵抗，但她早已失去機先，離探一出手馬上被吸走，數不清的飛石襲擊和暴風吸噬，讓她只能做些徒勞的抵抗。

每位隊員雖都早以最快速度調頭逃離，終究還是難逃黑龍風強大的吸噬力量，一架架飛行器最後都沒能再堅持下去，接連像掉進超大漩渦裡的小船，轉呀轉地漸漸隱沒進黑龍風的黑肚裡。

幸好，因體積龐大，再加上豐富的飛行經驗，青牙僥倖掙脫了黑龍風的糾纏，待牠在峽谷岩壁的凹穴裡安置好亮晴，旋即轉身鑽入黑龍風，亮晴知道牠想回去救人，但救得了嗎？牠的不死命還能保全嗎？

Φ

驀地，亮晴邊從衣襟取出離鏡，邊想——蘇格拉底說，離鏡能適時助我一臂之力，現在正是時候。

亮晴將離鏡對準黑龍風，再戰戰兢兢準備打開，孰料無論她使多大勁，不管用什麼方法，都無法開啟，就像開口早被牢牢封死。

「搞什麼，根本就是破銅爛鐵嘛！」亮晴抓狂地將離鏡狠甩一旁。

亮晴沒時間猶豫，再從衣襟取出離探對它喃喃道：「我知道你不當我是女卡羅，但現在救人第一，求求你行行好，配合一下，好不好？請幫我開開眼界，讓我見識一下祢那天地間最最強大的力量，好嗎？」

亮晴忐忑地按下離探圖騰，沒想到離探竟聽話地乖乖變成銀杖，她再接再厲小心翼翼將離探插穩地面，離探還真賞臉地像芭蕾舞者般優雅地原地自轉起來，然後，她閉起眼在心裡想像出一個超大的、結實的、美麗的「白龍風」，在喃喃唸完離術語後，她猛張眼，緊抓離探，離探驟停。

難以想像地，一道白光直從離探射出，就像一條向高空拋撒翻捲的白亮絲質彩帶，在落地前，彩帶早已分生無數且飛速快轉，其運轉範圍更像核爆瞬間擴散般，一下子，一個足與黑龍風鼎立，而旋轉方向卻相反的白龍風於焉誕生。

此情此景，讓亮晴激動得流下淚來。其實，這份激動挺複雜的——她不僅對離探的大力配合感動，也對同伴的可能獲救高興，更對女卡羅壓離超高的這個說法，從此有了個教自己有感覺的畫面。

果如預期，黑龍風和實力相當的白龍風纏鬥結果，就是兩敗俱傷，黑龍風終於消失，白龍風也接著功成身退。

接下來，亮晴手腳並用直從岩穴攀爬而下，醒兒則先一步逕自離開，等到她好不容易才趕到滿佈青灰巨岩、石礫和飛行器殘骸的谷底，除了看到青牙像擱淺的巨鯨昏癱在雜沓的石堆間，也發現分別被青牙左右掌牢牢抓住的桑迪王子與采甚，和被青牙啣在嘴邊的悠，以及像無尾熊緊緊抱住青牙側腹的明美，他們一個個全都昏迷不醒，而薰、葛瑞漢以及克拉克皆像憑空蒸散了般不見人影，她不敢多想，只得無力地守在朋友身旁，一邊無奈瞥望醒兒輕舔采甚慘灰臉頰，一邊默默等待他們醒來。

Φ

然而，烏后是沒耐性的，從遠處傳來的啊嘎尖刺叫聲，像是她施捨的警告，宣告她的新一波攻擊即將展開。

亮晴不知道也不敢想像待會兒會出現什麼樣的怪物，她驚慌地一一去搖晃昏迷的朋友們，但效果欠佳，她只好開始輕拍他們的臉頰，而且還緊張地語無倫次：「快醒醒，有，怪物有，又有怪物！拜託，你拜託，快醒醒！」

醒兒當然也沒閒著，牠換努力輕舔明美，但跟亮晴一樣徒勞無功。

亮晴終於看到峽谷的另一頭有怪物逼近，她本想再以離探回擊，但這次離探卻在原地轉了一會兒，她也閉眼想像好大怪物，接著唸完離術語之後，才一睜眼，竟碰的一聲從中爆裂開來。

「完了，難道就這樣GAME OVER？」亮晴被絕望壓得擡不起頭。

驀地，亮晴猛抬頭，她鬥志昂揚，一副不管三七二十一全豁出去的樣子：「采甚，你趕快給我醒來！」

「啪！」這是亮晴這輩子第一次用力摑人耳光。

「唉唷。」采甚終於醒了。

采甚搓搗著有紅掌印的左臉問：「亮晴？妳也死了嗎？」

「喂，你在發什麼神經，快看後面！」亮晴沒時間解釋，乾脆讓危機說明一切。

「是三頭鵰狼！」采甚像被丟進冰河般，一看到巨怪立即機警翻身，他同時自衣襟掏出離探高嚷：「烏撒韃亞，看我回敬祢三頭蜥犬！」接著，一隻犬身長有三顆蜥蜴頭的巨怪，就在離探白光消失後現身。

三頭蜥犬立刻飛奔向前，三顆蜥蜴頭更是氣勢熾盛地直張利齒咆哮，三頭鵰狼見狀，隨即以狂吼前衝回敬，一下子，「碰」的一聲，兩隻巨怪便像死敵般糾纏激戰起來，整個峽谷地也因此地震落石連連。

時間緊迫，亮晴只好再以驗證過的最有效方法叫人。

非常乾淨俐落地，亮晴又在悠、明美和桑迪王子的臉頰上各給一巴掌，采甚在旁看得雙眼圓睜，還忍不住摸了摸自己麻燙的臉頰。

亮晴不得不回頭給采甚一個尷尬的笑臉：「沒辦法，只有這招管用。」

悠、明美和桑迪王子真的就這麼一一醒來，而且，他們醒來的第一個動作都跟采甚一樣，搓搗著臉。

「隊長和葛瑞漢、克拉克他們呢？」明美清醒後問的第一句話，沈重得教亮晴不知該如何回答。

「他們……他們都失蹤了。」大家聽到亮晴的回答，都不禁默默低下頭。

不過，亮晴知道，現在根本沒有悲傷的時間，接下來的任務只能靠他們自己奮力完成。首先，該如何喚醒青牙？青牙的頭那麼巨大，她的小耳光恐怕只會像蚊子叮一樣，起不了任何作用。

「明美，趕快給青牙一盆水。」采甚因為自己的離探正在使用，只好請明美支援。

「不行，牠是聖獸，又是我們的救命恩人，怎麼可以對牠不敬。」明美對聖獸的虔敬態度，令人啼笑皆非。

「真囉嗦，完全狀況外。」悠不屑地丟出話後，即運轉起離探釋出白光，白光馬上變成大水直沖青牙腦門。

青牙終於緩緩張開眼，然後像突然想起什麼似地猛翻身，牠速速觀察眼前狀況：「丫頭，快叫小傢伙們都爬到我背上來！」

然而，就在大家乘兩大巨怪打得難分難捨，紛紛爬上青牙後背之際，方坐齊，亮晴這才想到離鏡：「青牙，對不起，蘇格拉底給我的離鏡還在岩穴裡。」

儘管巨怪間耗時的拉鋸戰，讓亮晴有足夠時間從岩穴找回離鏡，但是，就在她重新坐回青牙後背的當下，烏后的另一波攻擊也跟著啟動。

Φ

嗡嗡聲就像一道音牆突從巫打谷的方向傳來，亮晴沒看到什麼，但青牙卻已清楚來者為何：

「是食肉烏蝶。」

「抱緊了，火烤飛蝶的時候到啦。」聽青牙這麼一說，大家雖難解其意，仍聽話地使勁抱住牠，十指更是緊揪短毛不放。

一大群黑壓壓的東西終於出現，遠看就像蝗蟲過境，但震耳欲聾的嗡嗡聲，卻會讓人誤以為迎面飛來的，是第二次世界大戰期間像蒼鷹滿天飛的螺旋槳戰鬥機。

亮晴他們忽覺渾身發燙，有點像感冒發燒的感覺，但不適感並沒那麼強烈，接著他們才發現，原來溫度的急竄，並非來自他們的體溫，而是青牙真的冒火了！不過，最教人稱奇讚歎的是，亮晴他們坐在冒火的青牙背上並沒有灼燒的感覺，反倒有點像坐在暖和的熱水袋上。

接下來，青牙就像浴火鳳凰頂著熾盛烈焰直撲烏蝶群。

雙方一交鋒，亮晴旋即看到一隻隻如成人頭大小的烏蝶和她擦身而過——烏蝶翅膀全黑，但綴有深藍螢光酷似骷髏的猙獰圖案，兩隻長鞭般的觸角，像天牛抽得老長，而它們不停開闔的口器，長得出奇巨大發達，尤其堅碩的下顎，更教人看了以為隨時可啃噬掉成串鋼筋似的。

一隻隻沾到青牙烈焰的烏蝶，就像撲火的飛蛾遭火舌吞沒成灰。其他沒被烈焰波及的烏蝶，則像飢不擇食的餓鷹，直撲還在纏鬥的三頭鵰狼與三頭蜥犬，兩大巨怪竟瞬間就這麼被啃個精光，緊接著，吃飽的烏蝶信心和元氣俱增，於是猛轉調頭，急欲再和青牙大戰一回。

「巫打谷快到了。」青牙在亮晴心底公佈了這個好消息，但大夥兒聽了都高興不起來。

亮晴不禁心想，大家的反應會如此，實因——一來，烏蝶還在後頭緊追。二來，三位主將生死未卜，讓人擔憂難過。三來，戰力大減，想要完成這次任務猶如登天。

儘管如此，亮晴還注意到一件事，發現拉比峽谷愈來愈窄愈暗，光線已經快要照不出前路，而且，路面也有愈來愈向下陡降的趨勢。因此，空間的變化，讓烏蝶的嗡嗡回聲，變得愈來愈大，就像魔音傳腦，不僅醒兒痛苦地摀住耳朵，亮晴他們也都快忍受不住，只好盡可能將耳朵埋進青牙的短毛裡，效果雖不彰，但總比沒埋好些。

果然，整條暗路開始向下急降，而且還是峰迴路轉地東拐西彎。

烏蝶群依然像食人魚般緊跟在後，它們的口器開闔聲，就像已經失去耐心的老饕拿筷子猛敲空碗所製造出的噪音。更糟的是，峽谷已完全失去天光，若不是青牙渾身烈焰像顆火球照亮周遭，亮晴實在很難想像，一個失去方向與勇氣的闇黑空間，將會帶來多大的恐懼與折磨。而烏蝶翅膀上的深藍螢光圖案，也在此時，讓它們看起來就像帶著猙獰笑臉面具的藍魔鬼，在愈來愈濁黑的空間裡直對亮晴他們的竄逃訕笑不已。

飛奔許久，青牙陡地在亮晴心底大喊：「快深呼吸，準備閉氣，馬上要潛水了。」

亮晴聽不懂青牙的意思，潛水？哪來的水？不過，她還是如實轉告大家。

亮晴想到醒兒：「那醒兒怎麼辦？」

「放心，醒兒是拿拉，本來就是水陸兩棲生物，牠不會有事的。」采甚熱心地為亮晴解疑。

「好，準備閉氣。」亮晴再一次傳達青牙的指令後，才若有似無地聽到附近好像真有潺潺的流水聲。

「各位，就是現在。」大家一聽到亮晴大喊，紛紛先深呼吸，再立刻閉氣。噗通驚天的破水聲，挾著寒徹心扉的冰凍水溫，讓亮晴他們不由自主地瑟縮起身子，也把青牙的短毛揪得更緊。

緊追在後的烏蝶群來不及應變全直撲水面，參差的啪吋啪吋翅膀空拍聲，就這麼彷彿冥河安魂曲，在嗜血的黑裡幽幽合奏著……

Φ

青牙一入水，身上的烈焰隨即熄滅，儘管采甚立即點亮離探，但對阻擋無盡的黑企圖清空憋在他們胸膛裡的那一點點空氣的情勢，一點幫助都沒有。冰刺肌膚的惡水，更像貪婪的禿鷹早等在一旁準備享用死神的餵養，以致青牙在水裡潛游的時間雖不長，但每個人都覺得，自己像被禁錮在黑暗與時間凝結在一塊兒的空間裡——黑始終是黑，而時間一直停滯不動。

就在大家快憋不住氣，彷彿將要溺斃之際，潑剌一聲，青牙終於破水而出。

亮晴他們個個張大嘴吸氣、吐氣，等氣順了，才開始注意周遭環境。

由於離探照明的空間有限，無法讓大家藉由目測來瞭解空間大小，但每個人的皮膚，都感受到風的涼沁拂拭，腦袋接收到的空間感，也是開闊舒暢的。

「這裡就是巫打谷。」青牙的話像黎明的第一道曙光，照亮溫暖了現場每個憂鬱的心靈。

「雖然，巫打谷原本位於巫打山與奇靈山之間，但歷經多次大規模的崩塌與地層下陷，從地表已找不到入口。進入巫打谷唯一的方法，就是先通過拉比峽谷的甬道，再游過這條跟巫打谷相連的地下水道『黑橋』，之前不講明，是因為黑橋這段有點難捱，早說小傢伙們會意見太多，徒增麻煩。」亮晴最後委婉地傳達青牙的說明。

Φ

青牙緩緩游上岸，一個教亮晴他們屏息的地底空間，就這麼恍如好萊塢大製作的電影場景般戲劇性地呈現在大家眼前，實在教人很難想像在地層裡，居然會有這麼遼遠高闊的地方。

崎嶇嶙峋的岩塊，像堆積木般構築出撼動人心的地底世界，嵌附在岩塊裡的寶石，不甘寂寞地爭先發出各色螢光，為這詭譎神祕的世界增添了不少浪漫熱鬧的氣息。而各種前所未見的地底植物不時就會亮眼現身，其中像手掌慢慢闔起又張開，彷彿一頂頂上飄髮絲的紅藍螢光植物尤為殊異，讓亮晴他們在緊張恐懼之餘偶有放鬆的心情。幾座不見頂的超高石柱，像巨人似的，在它們眼裡，亮晴他們恐怕就像小蟲般微不足道，即使像青牙這樣的巨獸，應該也頂多像隻幼鼠而已。

青牙敏捷地在陡峭的地形間起伏前進，不知過了多久，忽從遠方傳來若有似無的淙淙水聲，再過一段時間，亮晴他們便循聲看到，一個自不見頂的高處直洩而下的地底大瀑布，它像地底神祇般微顯幽幽白光，發出的低沈吼嘯令人驚疑生畏。

「丫頭，無靈洞應該就在這附近了。」青牙在亮晴心裡喃喃說道。

「這個地底大瀑布，應該就是所謂的『白樓』。」亮晴接著轉述青牙的話。

采甚聽亮晴這麼一說，即刻輕嚷：「對了，我曾聽蘇格拉底說過，『巫打谷裡白樓起，無靈洞口樓白底。』」

明美一聽，不禁嘟囔：「啊？又要潛水喔。」

悠冷漠依舊：「小姐，請把話聽清楚，是『樓白底』，不是『白樓底』。無靈洞口，就在這個瀑布上面。」

「小傢伙說得沒錯，丫頭，快叫他們坐好。」青牙下達起飛指令。

青牙展開巨翅，蹬地飛起，接著就一路沿著大瀑布，向上朝望不見頂的黑暗深處挺進。

然而，此時此刻，隆隆水聲震耳欲聾，有好一會兒，幾乎就要讓亮晴他們忘卻自己正置身在地底深處，就像在醒不來的夢裡——眼前除了大瀑布的幽幽白光之外，藏在黑暗裡的神祕、恐懼、不安與未知，其實一直團團圍住他們，先前經歷的種種險阻，突然都像過往雲煙，甚至像薰、葛瑞漢和克拉克的失蹤，也都變得像是惡作劇，所有的真實，在此刻都被無情地稀釋掉了。或許這個地底大瀑布真會魅惑人心，它利用湍急的水勢抓住他們的茫然，再以催眠的水聲勾引他們的懦弱，好讓意志動搖的他們漸失信心與戒心，最後黑暗裡的真實才將他們一口一口慢慢吃掉。

「你們看。」桑迪王子手指前方。

就在接近瀑布頂端左側，出現一排向左上方蜿蜒的石階，青牙見狀，隨即調整方向沿著石階飛行，過沒多久，一個巨大的黑洞終於出現眼前，彷彿惡龍張得大大的血口，正等著不自量力的亮晴他們自投羅網。

Φ

進入無靈洞後，兩旁石壁上的火炬陡地陸續燃起，像是洞窟主人的迎賓儀隊般。

「咻，咻」幾道黑影隨著飄搖的火光過眼即逝，教亮晴他們神經緊繃。

「你們也看到了嗎？」亮晴轉頭輕聲問夥伴。

「嗯，那會不會就是無靈人？」采甚低聲回應。

「如果薰還在我們身邊，那該多好。」明美這句話，直襲到每個人內心深處不敢碰觸的痛點。

「薰在這，又能怎樣？難道危險就會少一點？怕死的話，當初就不該加入遠征隊。」悠說話有時像利刃。

明美不服氣地嚷道：「誰怕死了？我只是懸念薰而已，不曉得她現在人在哪？平安嗎？」

桑迪王子也接著表達自己的感傷：「這回探險，母后一再叮嚀我要聽薰的話，沒想到她卻……難道我們就這樣放棄他們？」

「當然不會！不過現在，大家也只能繼續勇往直前，只有在通過試煉之城的考驗，接著找到烏后失物之後，我們才可能在烏后那找到人！」亮晴刻意提高聲調，藉以鼓舞自己也提振士氣。

Φ

大夥兒隨著石洞一路東拐西彎沒完沒了地默默走著，起起伏伏的單調路面，像是不停重播的畫面，讓人漸感昏沈，忽有自己始終在原地踏步的錯覺。

直到爬上一處陡坡後，亮晴他們終於遠遠望見一座雄偉的城堡。

很難想像在無靈洞這麼神祕詭譎的地底世界裡，會有這麼一座經典瑰麗的巍峨城堡，這跟亮晴之前想像的實在相差十萬八千里，她原以為無靈洞裡面的瘋狂之城，應該是陰暗溼臭的，而且裡頭的無靈人，一定行屍走肉如殭屍般。

但亮晴現在所看到的，卻是個充滿歡樂氣氛，洋溢著各種色彩的夢幻城堡，說得精準一點，它簡直就是一座帶有濃濃嘉年華會味道的超級馬戲城堡。

身著各種奇裝異服的人群，在瘋狂之城的廣場上忙碌穿梭，從他們色彩鮮豔的造型打扮和身上的道具不難猜出，哪些是小丑、空中飛人、玩火人、馴獸師和魔術師，哪些會走鋼絲、平衡術、玩碟盤、耍大旗和吞劍吞火。七彩的耀眼燈光更像是萬花筒，在這稍嫌喧囂的世界裡不停變換角度與花色，亮晴實在很難將眼前的場景，跟死亡、闖關與陷阱聯想在一起，不過，從這個城堡目前沸騰熱鬧的情形來看，倒真已達瘋狂程度，瘋狂之城可謂名符其實。

Φ

走進城裡，除偶爾會有人注意到青牙龐大的身軀之外，根本就沒人搭理亮晴他們。瘋狂之城裡的無靈人，似乎都很忙，采甚隨便找個人問：「你在忙什麼？」

「在忙什麼？我不知道耶，我只知道，今天有很多事得忙。不過，我記得上次當空中飛人的時候，怕摔死，每天狂練空中翻身、迴轉、接人、被接、甩盪以及美姿，真是忙翻天。」一個看似小丑的年輕男子，兩眼發光、手舞足蹈地生動描述好像正在眼前重播的回憶畫面。

采甚接著問了玩蛇女、馴獸師、吞劍男和弄帽人，答覆都一樣，不曉得正在忙什麼，只知道今天有很多事要忙，而上一次因為不同身分所接觸到的艱苦訓練，卻讓他們印象深刻玩味再三。

瘋狂之城裡的無靈人，都只記得最近的回憶，卻不知自己正在忙什麼，即使他們當下的穿著已說明一切。

亮晴有點失落感傷，想到自己在人類世界不也如此？每天穿著學生制服搭公車，在學校、補習班與公寓老家之間穿梭，不斷重複著一成不變的生活。每天都很累很忙，若問自己在忙什麼？

亮晴恐怕只會想到那些考不完的試和做不完的功課，接著，她也可能會驕傲地想起之前還不錯的成績，或者無奈地抱怨超重課業所帶來的沉重壓力。

其實，很多人都是這樣——現代人步調緊張，總是從早忙到晚，在忙什麼？有多少人會真正去想或瞭解到？只知道每天都很忙，也沒興致去跟別人聊自己正在忙什麼，唯有在回憶當年勇時才侃侃而談。恐怕許多現代人就是人類世界裡的無靈人，他們行屍走肉的一生，甚至比壓姆世界裡的無靈人還可悲，亮晴不禁心想。

Φ

一個踩高蹺，戴微笑面具，身穿七彩格子燕尾服，肩上還坐著侏儒的瘦高男子正朝亮晴他們走來。高高在上的侏儒，身著悲戚黑色鬥牛服，戴了露出下巴山羊鬍的上半截哭臉面具，還不時搖晃右手上一塊手帕大小的紅布，在他左手則拿著一支造型像犀鳥頭，但在嘴部形變成喇叭狀的擴音器，他扯起嗓門大喊：「我們等待許久的貴賓，已不遠千里而來，今晚的瘋狂之夜，將是我們籌畫多時的迎賓之夜，請大家趕快各就各位！」

原本就已經熱鬧萬分的瘋狂之城，突然間狂亂起來，無靈人個個像熱鍋上的螞蟻慌張地東奔西竄，好似空襲警報陡地響起一般。

亮晴原以為，踩高蹺的男子會繼續朝他們走來，侏儒再鞠個躬說些什麼，沒想到侏儒在宣佈完消息後，便逕自以左腳踝輕點踩高蹺男子的胸膛指示他轉身離開，教心情受挫的亮晴他們當下尷尬悵然不已。

亮晴不禁納悶，難道他們並非侏儒所指遠道而來的貴賓，迎賓之夜要歡迎的對象另有其人？一下子從自以為是馬戲盛會歡迎的主角，變成什麼都不是的路人甲，落差還真大啊。

瘋狂之城

沒多久，廣場人煙漸稀，遠處開始樂聲大作，亮晴他們只好循著樂聲，來到嵌建在岩壁上的巨大小丑頭石像前，侏儒和踩高蹺男子就分別站在巨石像張開的大嘴兩側，侏儒一見到他們，即不耐煩地嚷道：「客人就要來了，你們怎麼還在閒晃？還不快進去準備！」

亮晴莫名所以，不禁嘟囔：「進去準備什麼？」

侏儒先瞅青牙一眼，才沒好氣地回答：「妳後面跟了一隻大怪物，不進去準備馴獸道具，難不成叫妳去準備當空中飛人？」

青牙聽到自己被當作大怪物很受辱，旋即向侏儒吼哮一聲，嚇得原本站在門邊的侏儒，趕緊逃竄至踩高蹺男子的肩上，動作之利索迅速，亮晴前所未見。

侏儒直揮手：「快進去，快進去，不管你們想表演什麼，都不關我的事。還有，今晚瘋狂之夜的主題，叫做『誰是真正的瘋狂之人？』大家除了得認真表演，還要留意哪一個人是真正的瘋狂之人，不管是誰找到真正的瘋狂之人，兩位城主都將有重賞，這個題目是我幫忙想的，挺酷的吧。另外，我好心提醒你們，今晚的貴賓不好惹，表演不好，小心被吃掉。」侏儒說完話便微笑地瞇起眼，標準的一副不安好心等著看好戲的可惡模樣。

青牙不甘示弱再向侏儒吼哮一聲，侏儒和踩高蹺男子卻像被吹熄的燭火，隨青牙吼聲結束全都消失不見。

醒兒似乎感應到什麼，忽從亮晴肩上跳下一溜煙就竄進巨石像的大嘴裡，亮晴他們見狀，不得不也跟著追進去。

穿過一道亮著詭譎幽黯好似磷火般青綠燈泡的長廊後，亮晴他們看到原來在小丑巨石像裡藏了一個超大洞窟。

Φ

整個洞窟的洞壁，被巧妙地以華美雕紋細細鑿構出一排排的看臺、座位和包廂，上頭的織錦坐墊五彩繽紛並綴有精緻流蘇，不但讓觀眾席看起來賞心悅目、舒適高雅，也具體呈現了瘋狂之城兩位城主的不凡品味。另外，各個角落的全身雕像與包廂護牆上的頭像，皆為各種精怪的生動石雕，讓整個會場再增添了些許詭譎與淡淡的童話味道。

教人詫異的是，此刻坐在看臺上的，竟是剛剛那些在廣場上忙碌奔竄的無靈人，他們都已著好裝準備就緒，讓亮晴不禁想像，現在他們雖只是看臺上準備欣賞表演的觀眾，但晚一點他們一上台，都將搖身變成散放萬丈光芒的馬戲巨星。

從洞頂像天女散花一路張牙舞爪撒下的各種大小、顏色、素材和造型皆不同的彩帶，夾雜在幾面通天款擺繡有華麗花紋圖騰的巨幅佈置之間，不僅充分烘托出嘉年華會的熱鬧氣氛，其他相關的馬戲設施，如表演空中飛人的鋼架和擺盪桿，走鋼索的鋼線索具，以及攀繩用的七彩繩索，全都各有典雅造型和細緻質感，讓這場盛會的演出，變得更是眾所期待不容錯過。

正值亮晴他們不知如何從偌大的會場找尋迷你的醒兒之際，有個高壯的男人走向他們：

「喂，你們還在幹嘛？節目就快要開始了，怪獸還不快帶到後臺去。」青牙聽到高壯男人這麼說牠，差點也想吼他幾聲，不過，眾目睽睽，為免橫生枝節，只好隱忍下來。

亮晴順勢跟采甚使了個眼色，暗示他先帶明美、悠以及桑迪王子到看臺區找座位，自己則和青牙藉機到後臺找尋醒兒看看。

Φ

在後臺，擠滿了人、怪物和道具。

這裡的每個人，不是在緊張地等待上場，就是不斷努力練習，而一隻隻大大小小的怪物，或栓或關的，其中幾隻關在籠子裡的巨怪，總是發出怪聲，讓人心裡始終忐忑難安，不過，在四處擺放的各種造型南轅北轍的道具裡，有幾個超大道具，雖一時看不出用途，卻教亮晴對其精巧工藝與大膽創意讚歎不已。

就這樣，亮晴和青牙在後臺零碎的空間裡，像大海撈針一寸寸地尋覓醒兒。

直至熟悉的吱吱聲如鬧鈴般響起，亮晴腦門一亮，隨即循聲鑽過盲動人群，好不容易才在一名女無靈人肩上發現醒兒。

「嗨，妳好。」女無靈人先向亮晴問好。

「妳在找牠嗎？牠好可愛。」

「嗯，謝謝妳。」醒兒一晃眼又竄回亮晴左肩。

「不要怪牠，好像是我引牠來的。」
「？」
「是這樣的。我也不知道怎麼回事，剛剛我在後臺準備道具的時候，心頭突然莫名湧起一股驚喜的感覺，而且還隱隱約約聽到吱吱吱的叫聲，等我靜下心，就發現牠已站在眼前。」
亮晴大膽假設：「妳認識醒兒嗎？」
「不知道。」女無靈人哀戚地回答。
「我不知道很多事，兩位城主只留一點點的記憶給我們。」女無靈人的補充教亮晴聽得難過。
和女無靈人道別後，青牙催促亮晴：「我看，我還是繼續留在後臺找『真正的瘋狂之人』，丫頭妳也趕快回看臺和那群小傢伙一起找找看。」

Φ

在看臺上，亮晴他們四處張望，亮晴不由心想，要在這茫茫人海裡找人本就不易，而這裡的無靈人不是眼中無神安安靜靜，就是狂亂氣躁手動腳跳的，都像瘋狂之人，真不知該如何辨識誰才是「真正的瘋狂之人」？
「各位，我們恭候多時的貴賓已經蒞臨會場，請大家以最熱烈的掌聲歡迎——寶——爺——

進場！」一個戴著惡魔面具，身著墨黑緊身皮衣，頻頻撥弄披散黑長髮，還圍了件綴滿火紅長鳥羽披風的高健男子，活像個搞怪的重金屬搖滾歌手般，開始以他高八度的怪聲音主持起今晚的馬戲盛會。

接著，就在掌聲如雷不歇的熱烈氛圍當中，「貴賓」終於從緩緩拉開的華麗包廂布幔後方現身。

亮晴他們看到一隻長得像超肥蟻后的慘灰巨蟲，緩緩蠕動著龐大肥膩的身軀進場，從它遍布灰藍斑點的黏溼皮膚滲出的稠狀透白液體，隨著牠的挪移在包廂的紅地毯上拖出一大段汙痕，而牠的眼睛就像一排紅豆從頭部左側整齊延伸至右側，其中在頭部正中間的那三顆，彷彿紅豆隊伍裡的三個老大，長得特大且有神。

亮晴覺得奇怪，這怪物怎麼看都不像「貴賓」，無靈人怎麼會這麼歡迎牠？

掌聲漸歇，巨蟲終於爬到包廂前緣，牠靜止不動像睡著似的，全場靜默，驀地，原本布滿牠全身的灰藍斑點緩緩放大，接著牠像打噴嚏一樣，身體急遽收縮再驟然暴脹，啾的一聲巨響，從牠身體爆射出的無數光點，就像數不清的七彩螢火蟲，紛紛飛向舞臺和看臺的各個角落。原本站在亮晴肩上東張西望的醒兒，因為巨響嚇得溜進亮晴衣襟裡，亮晴的額頭和手臂，也在這時被幾個光點打到，低頭一看，才知道從巨蟲身體噴出的，竟是各種不同顏色如紅豆般大小的寶石。

難怪巨蟲會被叫做「貴賓」，亮晴先前的疑惑終於得到解答。

凝望臺上臺下搶得一團亂的無靈人許久，采甚才喃喃道：「它應該就是『寶豺』，蘇格拉底的百怪錄裡有牠。寶豺的真面目很可怕，它不單只是無靈人以為的財神爺而已。」

「各位，貴賓都已經先發紅包了，待會兒大家可得好好賣力表演啊，表演得好，紅包才會再發第二、第三次啊！」聽主持人這麼一說，全場馬上又響起沸騰掌聲。

「好啦，廢話不多說，節目馬上開始，已經抽好籤的『冰天』、『紅無』以及『高嵐』三隊請準備上場，剛抽中的『黃月』、『舞門』以及『十三彩』三隊請到後臺預備。」

主持人在瞥見後臺布幕邊的舞臺總監點了點頭後，即大聲宣佈：「貴賓和各位觀眾，請熱烈歡迎冰天七重奏所帶來的精彩飛人秀！」

Φ

馬戲節目在曲曲動聽的高歌與演奏下，如火如荼地進行著，就像朝陽初升給人目不暇給的感覺——女高音的歌聲沙啞滄桑，總是揮擺著優雅靈巧的和聲翅膀，在由各種奇妙樂音所匯聚成的旋律雲海裡，舞出一幕幕獨特的優游身姿。整個馬戲表演，就這樣在時而輕快歡愉，時而黯然神傷，時而狂暴風發，時而雲淡風清的多變情境裡，娓娓道出瘋狂之城淒美的傳奇故事，與低迴的繁華哀榮。

全場觀眾如癡如醉地沈浸在動人的歌聲和樂音裡，一連串精彩豐富的演出，更像是一隻隻張著羽翼的蒼鷹，在觀眾眼前傲然展現無懈可擊的飛行技法，這些極盡華麗的馬戲饗宴，都在在予人飄遊在瑰麗魔幻時空裡的錯覺，興奮又迷離的詭奇感受，像神祕香水幽幽勾引著每個人的魂魄……直到有人從高空墜下。

原來在高空表演走鋼索的男無靈人，一時重心不穩失足跌落安全網裡。

沒想到卻在此時，一道黑影在眾人眼前閃過，當下失足的男無靈人隨即不見，接著大家赫然發現，在寶豺右腹竟有個人形在拚命掙扎，全場驚呼，而寶豺隨後發出咕噥聲，亮晴竟能聽出其意：「表演不好，吃掉。」

入場前，侏儒不安好心告誡的警語，居然成真。

主持人尷尬地出面安撫大家：「有得必有失，相信大家都已準備得很充分，應該不會再有憾事發生。請大家務必集中精神，好好努力表演，只要貴賓看得高興，接下來很快還會有撿不完的寶石。剛剛的事，當警惕就好。」

什麼！拿吃人當警惕？亮晴聽主持人這麼一說，氣得差點想當場發飆抗議，不過，在人家地盤，自身難保，只得低調。

中斷的走鋼索表演重新開始，然而，可能是剛發生的事還歷歷在目，表演者壓力超大，讓人覺得每位在鋼索上的人，看起來好像都在顫抖個沒停。果然，又有人從鋼索墜下，這次失足的女無靈人，在掉落安全網後，便從網邊彈落地面，以致原先戴在臉上的面具鬆脫翻掀——是她，剛剛醒兒找上的女無靈人！亮晴在心底驚喊。

「于豔！」采甚幾乎在亮晴認出女無靈人的同時喊出這個名字。

采甚、明美和悠動作迅速一致地飛身至女無靈人身邊，並以離探射出的防護光罩，及時擋下寶豺如變色龍般彈出的長舌攻擊。

亮晴和桑迪王子在跟采甚他們會合後急忙問：「怎麼回事？」

「她就是和海倫公主一起來找孤獨水，結果一直失蹤至今的遠征隊員于黜。」采甚以直視寶豺的弓形身姿，邊警戒邊回答亮晴疑問。

「我不能眼睜睜看著于黜，就這麼被這醜八怪吃掉！」采甚氣憤難抑。

「那當然。」亮晴完全贊同采甚的做法，不過，「那救了她之後呢？現在所有做發財夢的無靈人都惡狠狠地瞪著我們，得趕緊想辦法，否則他們一擁而上，後果不堪設想。」

驀地，青牙在全場觀眾的注目下，慢慢踱步到亮晴他們身邊。

「老妖怪，你的壞毛病還是沒改。」

「老不死的，你指的是我愛吃人嗎？呵，你不也一樣？」

雖然青牙對寶豺發出的低吟聲，音頻之低常人無法察覺，只見寶豺不時以咕噥聲應答，但實際上，亮晴在一旁可聽得一清二楚。

「活著，多少得試著長進點，我早吃素了。」

「吃樹？會好吃嗎？少唬我。」

「老妖怪，你還是一樣，愛裝糊塗。」

「呵，老不死的，你會在這，難不成，這幾個不怕死的小傢伙是你的人？」

「饒了小傢伙們吧。」

「……」

「就當賣我老臉，如何？」

「要我放小傢伙一馬，可以，不過，那女人，我要。」

「老妖怪，你明知小傢伙會鬧場，就是為了要救那女人，你還……」

「除非……」

「除非什麼？」

「嘿嘿，除非你這老不死的，也好好表演一場馬戲，本大爺看爽了，就放過那個女人。」

「什麼！」

亮晴看到青牙的臉色變得很難看，一會兒白，一會兒紅，一會兒綠的，青筋更是一條比一條清楚。

沒多久，青牙像洩了氣似地轉頭吩咐亮晴：「丫頭，妳先帶小傢伙們回看臺去吧。」

Φ

接下來，亮晴他們就在看臺上和其他無靈人一樣，一起目瞪口呆地追著青牙的身影，看牠如何表演出神入化的炫技。

首先，青牙一飛沖天，就在接近洞頂的瞬間消失不見，同時另一個青牙，卻以飛快的速度從另一頭挑釁衝向寶豺，直到快要和寶豺撞個正著的時候又消失不見。現場的燈光師從青牙表演開始就忙翻天，因為他們移動燈光的速度，根本追不上青牙飄忽的行蹤。

正值現場鴉雀無聲等待青牙重新現身的時候，嵌有雅致圖案的地板陡地冒出青色湧泉，一下子湧泉就將整個場地淹上半個人高，然後一個人，接著兩個人高……最後，所有人都像是坐在海底等著看秀的石頭，奇妙的是，大家不但從一開始就沒有害怕溺水而逃離座位的念頭，後來也沒有像坐在水裡看表演的感覺——空氣一樣呼吸自如，嗅覺暢通無礙，氣溫雖稍涼但仍宜人，樂音的流轉也沒有朦朧不清的問題，完全是一種前所未有的新鮮體驗。

噗通一聲巨響，青牙現身，伴隨在牠身邊的，竟是一隻比一隻兇狠的變種巨鯊！這些龐然巨物在大家眼前，以優雅的流線身形款擺游移，每個人都屏氣凝神，怕稍大的呼吸或心跳聲，會引來惡鯊的注意。青牙突然低吼一聲，所有的變種巨鯊隨即應聲圍住牠，然後開始繞圈圈，速度由慢漸快，最後竟快到讓變種巨鯊像白粉末做的一樣，一隻接著一隻被水溶化，取而代之的，居然是個巨大漩渦。

青牙奮勇衝出漩渦，而漩渦卻像隻超大跟屁蟲緊跟其後，牠滿場跑，漩渦整場追，以致許多馬戲道具、佈置和設備都慘遭漩渦的恣意破壞，不得不以支離殘破之姿到處漂流，宛如無辜破碎的遊魂，讓觀眾看得怵目驚心。

在一陣激烈追逐後，青牙忽從高空倒栽蔥地俯衝而下，漩渦也像是要把握最後機會似地卯力纏上，牠就這樣帶著漩渦儼如神風特攻隊直墜地面，轟的一聲驚天巨響，除撞射出數道暴烈的激流，一道刺眼的亮光也同時吞噬了所有人的視界。

亮光漸暗，原先盤踞整個馬戲場地的清澈海水不見了，所有被破壞得慘不忍睹的道具、佈景和器械也都完好如初，霎時全場掌聲如雷，安可聲不斷，青牙則站在舞臺中心低頭致謝，寶豺也相當滿意地頻頻點頭。

主持人倒是很會挑時間投機嚷道：「萬分感謝貴賓朋友帶來的驚人表演，大家真是三生有幸，才有辦法托貴賓之福，看到如此難得一見的演出，請大家再以熱烈的掌聲，感謝貴賓和貴賓朋友大方賜予我們的無上榮寵！」

又是一陣震耳欲聾的掌聲，寶豺被捧得忘形，索性使出渾身解數，再像散財童子丟了滿場的寶石，無靈人很沒形象地又搶成一團，甚至還出現鬥毆的場面。

Φ

亮晴他們和于豔跟著青牙在舞臺總監引領下，來到另一個與寶豺遙望的包廂繼續看表演。總監離去後，大家紛以感激的眼神直望青牙且異口同聲道：「非常謝謝你，青牙！」

青牙卻正色回應：「不過是離術，沒啥大不了的。倒是，丫頭，妳知道你們剛剛面對的是什麼嗎？為何這麼不自量力？」

亮晴只好將于豔是前遠征隊員的事告知青牙。

青牙了解後喃喃道：「ㄚ頭，既然她已經在這待了那麼久，妳何不問她看看，知不知道誰是真正的瘋狂之人？」

「于豔，妳還好吧？」亮晴先試探性地問候表情木訥的于豔。

「于豔？無靈人沒有名字，我不知道自己有這樣的名字。我現在很好，這都得感謝你們剛剛冒死救我，不過，你們一定不是無靈人，無靈人是不會救人的。」

「妳也不是無靈人啊。」

「是嗎？」

「妳也曾經跟我們一樣，為了任務，參加遠征隊來此，不記得了嗎？」

于豔痛苦地猛搖頭。

這時在亮晴腦海裡，陡地莫名浮現離鏡影像。

那個怎麼也打不開的破銅爛鐵？亮晴想起在岩穴裡，離鏡對她的求救，像石頭一樣不理不睬，便不禁在心頭暗罵，儘管現在，她一點都不覺得離鏡能發揮什麼作用，但拿出來試試，也沒什麼損失。

「于豔，試試這個。」亮晴從衣襟掏出離鏡遞給于豔。

「這是什麼？」

「裡頭有一面特別的鏡子，我想，妳可能需要它。」

亮晴好奇地直盯準備打開離鏡的于豔。

「天哪！」亮晴在一旁看得好氣——她怎麼可以這麼容易、一點都不費吹灰之力地打開離鏡？看起來，離鏡就像是她隨身攜帶的化妝鏡，離鏡不公平，離鏡太欺負人了！

于豔在打開離鏡看到鏡子後，就像木頭人整個呆住，任憑亮晴和采甚如何叫喚，都不見她眨一下眼。只見她的瞳仁忽大忽小地變換著，一道奇異的光芒在瞳仁底不停翻騰閃耀，她的靈魂好似已被抽離引領到另一個時空，那裡有好多她失去許久的東西，它們正一步步接近她，呼喚她，希望能叫醒她。

于豔終於慢慢恢復記憶，她開始淚流滿面。

「那天，我們在『瘋狂之尺』遭遇伏擊，一隻無靈獸撲向我，我雖立刻反擊但被閃過，接著，牠的巨掌便重重打在我腦門上，頓時眼前一黑，就這樣昏死過去。」于豔哀傷地望著正在表演馭火術的嬉火獸，那些熊熊的猙獰烈火，就好像正在她腦袋裡不斷回流倒帶的記憶洪流，它們狠狠沖出了真相的不堪與殘酷。

「于豔大姐，妳還記得我嗎？當初多虧妳的教誨與鼓勵，我才開始認真學習武道和離術，沒有妳，到現在我可能還是個憤世無用的年輕人。」采甚激動得眼眶溼紅，就像找到了失散多年的親人。

「我當然記得你，帥小弟。」于豔給了采甚一個大大的熱情擁抱。

接下來，于豔就迫不及待地跟采甚探詢起海倫公主的近況，經采甚給了她一個震撼的概要說明後，她原本已經稍乾的眼眶又開始濡溼起來：「都是因為我沒好好保護海倫公主，才害她變成烏后，我得趕快振作起來，我要贖罪。」

「于豔，別難過了，大夥兒都跟妳一樣，想儘快解救海倫公主，所以，可否請妳幫忙想想，畢竟妳在瘋狂之城已待過一段不算短的時間，就妳觀察，誰可能是今晚瘋狂之夜裡的『真正的瘋狂之人』？」亮晴不希望于豔繼續深陷在自責裡。

于豔先將離鏡遞還亮晴，再認真思索半晌後才喃喃道：「真正的瘋狂之人？抱歉，我完全摸不著頭緒。不過，我得說明一件事，你們以為我在這待了那麼久，應該很了解瘋狂之城，其實，我一直都在渾渾噩噩過日子，對瘋狂之城的了解，應該不會比你們多多少。」

「那你們上次闖關，有沒有遇到類似的題目？」亮晴聽了回答，頗為失望，不得不調整思考方向。

「我只記得一路打打殺殺，好像沒碰過這麼文謅謅的考題。」于豔的回答再次澆息亮晴初萌的希望。

「我覺得真正的瘋狂之人，應該就是兩位城主。」悠突然慎重地開口道。

「兩位城主？」大家都很好奇悠的想法。

「這裡所有人，除了我們，就只剩無靈人，而無靈人所有的記憶，甚至是思想活動，全被兩位城主控制。所以，這裡的人再怎麼瘋狂，也都是被兩位城主操控出來的，那你們說，還有誰能比這兩位城主更瘋狂？」悠的說法頗有道理。

「不過，今晚的題目是『誰是真正的瘋狂之人？』而不是『誰是瘋狂之人？』我覺得『真正』這兩個字，有玄機。」桑迪王子也提出自己的看法。

亮晴忽然腦袋發光地想到：「對了，你們還記不記得那個坐在踩高蹺男子肩上的侏儒，他曾說過，今晚的題目是他幫忙想的，可見他跟兩位城主的關係匪淺。」

「妳說的侏儒，是不是留著山羊鬍？」于豔好像猛然想到什麼似地急切叫道。

「嗯，沒錯。」侏儒戴的是上半臉面具，下巴的山羊鬍再明顯不過。

「他叫茲夠，他說自己是兩位城主的參謀，在我們闖『瘋狂之尺』前，曾不甘寂寞地現身。」于豔斬釘截鐵地道出侏儒的真實身分。

解題有了重大進展，大家接著把討論的重心全放在侏儒身上，青牙雖有疑慮，但又沒更好的線索，索性沉默不表達意見。

問題是，該怎麼找侏儒？此刻整個馬戲會場萬頭攢動，他如果在裡面就已經很難找，假使不在，更不知該從哪找起？桑迪王子不禁提問。

此際，馬戲舞臺正上演著小丑秀，十幾個小丑不計形象地搞笑，惹得全場笑聲連連。

「我們何不去問問主持人看看？」明美的天真提議看似無稽玩笑，卻不失為可行之策。

Φ

為了壯膽，明美挽著亮晴一起輕步走到正在看臺旁休息的主持人身邊：「叔叔，您好。」

「哦，是剛剛的勇敢小女生，有什麼事嗎？」打扮得像重金屬搖滾歌手的主持人態度頗親和。

「我們想找那位坐在踩高蹺先生肩上的小小先生，您知道他現在人在哪裡嗎？」亮晴和明美都故作無辜可愛狀，好降低主持人戒心。

「妳們想找威力嗎？他今晚的工作是幫忙燈光及佈景操控，如果沒偷溜摸魚的話，這個時候應該在操控室裡。」主持人神色自若，就像在回答迷途人般尋常。

「操控室在哪？」亮晴想乘勝追擊，忍不住插話。

「就那，從那道樓梯上去便是。」主持人舉臂直指後臺布幕右側的幽黯樓梯口。

Φ

沒想到，那是個怎麼也走不完，像鸚鵡螺一直盤旋而上的樓梯，石壁上的火炬照亮的，總是向上無限延伸的石階。青牙覺得不對勁，才告訴亮晴侏儒可能不是謎底，一道熟悉的聲音隨即響起：「你們會走這條路，就表示你們並沒猜出真正的瘋狂之人。」

那是侏儒的聲音。

「你們已經錯失可輕鬆過關的機會，接下來，可有你們忙的。」侏儒的話教人難以理解。

「小小先生，您在說什麼？我們完全聽不懂。」亮晴有話直說。

「兩位城主大發慈悲，為了增加瘋狂之城的人文深度，這次特別接受我的提議，首度精心籌畫一系列以解謎為闖關方式的關卡。而第一道謎，不但最好猜，也是最大獎，只要你們真能解題，就不須再冒死闖越其他關卡。這是千載難逢的機會，不過可惜，你們顯然沒好好把握。」侏儒說這些話，不曉得是真替亮晴他們惋惜，還是只為彰顯自己在兩位城主面前的份量。

「那麼，讓我們退回馬戲會場重猜，可以嗎？」亮晴樂觀到異想天開。

「你們已無路可退。」侏儒的聲音變得冷酷無情。

「既然如此，那您現在可以公佈謎底嗎？」亮晴好奇心依舊旺盛，不因身陷險境而稍減。

「謎底已經不重要。」侏儒開始不耐煩。

「誰說不重要？如果是我們猜對了，而你們想要賴的話……無論如何，你一定得公佈答案！」采甚不想任人擺佈。

「笨蛋，答案就在你們身上，等下地獄後，你們再用豬腦袋好好想想吧。」侏儒的回答，讓所有人都震驚得說不出話來。

亮晴驚疑——在我們之中，有一位是真正的瘋狂之人？搞什麼？這是侏儒為了要賴和瓦解我們士氣所使的卑劣手段嗎？

「胡說！」亮晴強烈質疑侏儒的答案。

碰的一聲巨響，像在回覆亮晴似的，石壁的火炬也全在瞬間應聲熄滅，接著，亮晴他們腳下所踩的石階，忽像百貨公司的手扶梯，開始以四十五度斜角迴旋向上地挪移起來。孰料，就在采甚和悠利用離探照明周遭的前一刻，啊的一聲尖叫，讓大夥兒惶恐心慌，待離探亮光照見彼此，大家才發現于豔失蹤了。

「喂，小矮人，快把于豔還給我們！」采甚悲憤到口不擇言。

「呵，闖關者只有一次機會，于豔早已失去闖關資格該回城裡，更何況這次闖關內容全新，她根本幫不了你們。不過，嘻，要不是她，你們也不會這麼快就踏上死路，不是嗎？話說回來，你們若真替她設想，就該讓她回城裡當個沒痛苦回憶的快樂瘋城子民，而不是跟你們一塊送死！」侏儒的話教采甚頓時啞口，不知該如何反駁，只得默默擦了又擦潸流不止的淚水。

「還有，小毛鼠很可愛，陪你們送死太可惜，先借我玩一下，若不幸你們命大過關了，我再考慮還給你們，嘻。」聽侏儒這麼一講，亮晴探了探衣襟，發現醒兒真的也不見了。

「你……」亮晴正想大罵侏儒要回醒兒，原本四十五度斜角緩緩迴旋上移的石階，居然陡地轉換成垂直快速升起，亮晴沒站好後倒，幸被采甚機警扶住，亮晴回頭想道謝，嘴正好輕碰上采甚的，明美看在眼裡很不是滋味，竟向前推開亮晴！每個人都被明美唐突的舉止嚇到，但也在此時，叩的器械定位聲響起，大家才回神發現自己已被莫名送進一間木屋裡。

亮晴心頭雖還留有剛剛與采甚意外親密接觸的羞赧，以及對明美粗暴反應的震驚，但理智告訴她，現在沒時間也不應該掛心這些，於是，她很快調整好心情，接著才向青牙吐露不安：「青牙，怎麼辦？醒兒被他們捉走了，烏后失物沒牠該怎麼找？」

「丫頭，甭擔心，小不點不會有事的，只要我們闖關成功，一定還能再見到牠。倒是眼前這間木屋，我想，應該就是接下來一連串試煉的開始。」青牙在亮晴心底淡淡說著。

苦船

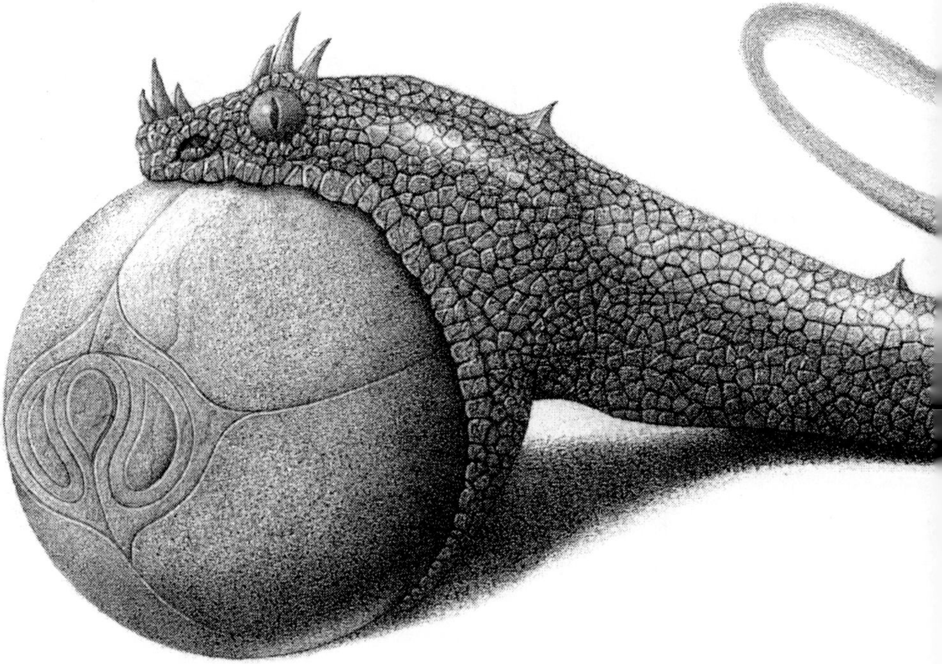

撥開一道道像門簾擋道的蜘蛛絲，拂去各種擺設上頭的厚厚塵埃，亮晴他們紛紛在木屋的各個角落尋找可能有用的線索。

正廳裡，有兩幅自傲的油畫（一幅掛在前壁，畫的是木屋外陰鬱的景色；一幅掛在右壁，畫的是正廳裡單調的擺設），一個讓人看了發冷的壁爐，一組衰弱可憐的缺腳桌椅，一隻像鹿又像山豬怒氣騰騰的上身標本，一個打瞌睡的復古五斗櫃和一個擺在上頭打鼾的空花瓶，一張暗自啜泣已看不出圖案的灰舊地毯，一隻等不到主人正生悶氣的搖擺木馬，以及一盞安靜沈穩的油燈。

旁邊的臥房裡，則有一張沒有被褥的空蕩癡情雙人床，一個囉嗦的床邊矮櫃，一個低頭抱怨的雙門衣櫥，一張發呆沈思的書桌，以及一個早已枯槁不知種的是什麼的木訥盆栽。

桑迪王子悄悄打開五斗櫃，第一、二層抽屜都空無一物，只有六、七隻像蟑螂的蟲子四處逃竄。

接著，桑迪王子想打開第三層，但第三層卻像被人惡意黏上膠或釘死住般，怎麼也打不開，沒有鑰匙孔，也沒看到什麼機關按鈕，就像拒絕被關心的老頭兒，石頭似地杵在那一動也不動。

沒辦法，桑迪王子只好跳過第三層改試第四層，結果，第四層可輕鬆打開，裡面擺的全是會發出嗆鼻異味的衣物，左半邊是長褲，右半邊是上衣，大人小孩的都有，它們全被安心且井然有序地摺疊排好。

第五層則琳瑯滿目，有各式小孩的玩具，像跳繩、小鼓、竹蜻蜓、發條鳥、塑膠人偶、橡膠鴨、絨毛熊、木頭傀儡、小沙包、陶笛、小球、球套、球拍、迷你小車、機械獸，其他的還有針線盒、放大鏡、燈泡、膠帶、鏡子、剪刀、鉛筆、大大小小的藥罐、沒有電池的手電筒、一張發黃的白紙，以及一副老舊還堪用的指南針。

其他人也陸續發現一些可疑的蛛絲馬跡，像空花瓶裡有一枚刻有小丑哭臉的圖章，地毯底下有一隻壓扁的死老鼠，衣櫥裡有一台打字機，床底下有一本空白的書，書桌抽屜裡有一本空白的筆記本，以及寫在那幅畫木屋外陰鬱景色油畫背面的壓姆字——死亡與重生。

顯然兩位城主留這麼多線索，有很多都是障眼用的，經大家熱烈討論，覺得其中可能有用的——五斗櫃裡發黃的白紙、指南針和被封死的第三層抽屜，空花瓶裡的小丑圖章，衣櫥裡的打字機，床底下的書，書桌裡的筆記本，以及風景畫背面的壓姆字。

大夥兒一一將有用的線索挪移在一塊兒。

明美先在打字機上敲下「死亡與重生」這幾個字，才一離手，打字機居然就自己慢慢動了起來，明美將新出現的字一一抄下，再喃喃唸道：「烏蘇努亞。」

當大家正為「烏蘇努亞」這幾個字代表什麼想破頭之際，悠發現，手中的白紙不知在何時突然浮現出圖案——那是一張地圖，木屋的位置就在地圖的右下角，另有三個位置被人拿紅筆圈了起來，並在旁標註小紅字，分別是「第一關——嬰兒的搖籃——苦船」、「第二關——爸爸的五斗櫃——哀塔」以及「第三關——爺爺的紅圍巾——老月臺」。

難道「烏蘇努亞」是咒語？是明美剛剛唸了咒語，所以白紙圖案才應聲顯現？亮晴不禁臆測。

這張怪怪的地圖讓大家看得發悶，采甚卻驚叫道：「你們看，它們是童謠！筆記本跟白紙一樣，都在明美唸完『烏蘇努亞』之後，才出現這些手抄的童謠。」

采甚一邊指著筆記本裡的手抄麼姆字，一邊慎重唸出〈嬰兒的搖籃〉這首童謠：

媽媽的肚子呀，
是我的第一個搖籃，
天天神遊徜徉水樂園，
美夢一個一個做不完。
媽媽的肚子呀，
是我最喜愛的搖籃，
天天傾聽媽媽說愛我，
美麗心情似花一朵朵。
媽媽的肚子呀，
是我忘不了的搖籃，
天天吵鬧哭喊要媽媽，
爸爸總淚眼哀傷回答——
親愛的孩子呀，

媽媽像條船，
因為你們她早已遠航，
我天天都在想，
她現在是否遇上大風浪？
現在是否已找到避風港？

接著采甚翻過好幾頁，再唸了〈爸爸的五斗櫃〉，然後是〈爺爺的紅圍巾〉。

這幾首教人感傷的童謠，讓木屋氛圍變得怪異，就像在可樂裡加了不知名的苦酒，連好奇過動的醒兒都像感應到什麼，雙耳悶悶地垂了下來。亮晴不禁猜想，這三首童謠是誰寫的？為什麼會在此地出現？它們是新創的？或在瘋狂之城流傳已久？

此外，在筆記本最後剩下的六張空白頁裡，采甚發現其中有一頁被人撕去約三分之一角，不曉得這又是障眼用的，還是另有意義。

很快地，采甚便將能隨身攜帶的線索重做分配——亮晴拿小丑圖章，采甚帶地圖，桑迪王子將指南針塞進腰帶，明美和悠則分別把筆記本和書收進衣襟裡。

正當大夥兒想離開木屋循圖找線索時，才驚覺青牙個頭那麼大怎擠得出窄門？沒想到，青牙竟在這時渾身忽冒水氣，沒一會兒，原本身軀龐大恍如超級巨象的體形，即收縮成帶翅青狼般大小。雖然縮小版的青牙，看起來不再那麼雄壯威武，但牠的聖獸威儀與不世氣質，依舊絲毫末減。

「丫頭，為破關，這木屋破壞不得，雖然使用換形縮骨術會傷元氣，短時間內也無法再使離術，不能常用，不過，這樣也好，身形小，闖起關來，比較方便自在。」青牙的說明教大家讚佩不已。

Φ

走出木屋，大家都像中了邪似地目瞪口呆——這太誇張了，在地底下，怎麼可能會有這麼高聳、這麼遼闊的森林！

參天望不見頂的巨樹，像城市裡的摩天大樓，它們蓋章似地據地為王，這些從地裡伸出的擎天巨臂，也不知在此征服了多少歲月，讓被困在它們粗糙黝黯表皮底下的枯黃年華，不時哀怨地隱隱發出喟嘆之聲。另外，不知從哪冒出的陣陣青煙，好似巨樹對亮晴他們吐出的挑釁與不屑，除讓原本就深邃神祕的地底森林再添幾分鬼魅氣息外，也讓所有人都深切感受到，一股對他們嗤之以鼻的輕蔑與厭惡氛圍。

另外，迴盪在整個地底森林裡的各種詭異聲音，不但教亮晴他們心神難寧，混雜的紛亂想像與恐懼心情，更讓他們的心狂躁不已，幸好，到處發出各色螢光的生物，就像一隻隻跑龍套的小妖精，讓原本乖謬懾人的氣氛，頓時多了點詼趣輕俏的因子，它們一看到亮晴他們，就像終於等到伯樂，無不使出渾身解數起來——

其中，有發著綠螢光長得像樹枝，但它的枝節可伸長縮短，彈力好似橡皮筋的畸形生物，它們不斷地在樹與樹之間像猴子般擺盪躍進，發出的喲喲聲尤其滑稽好笑；還有長得像海竽發出黃色螢光的生物，它們不停在地面如陀螺般旋轉輕移，三五成群的，個個都像捧著喇叭跳華爾滋的高手；另有左右擺盪像迷你海藻的生物，它們依附在大樹或岩石上，一叢一叢的，幽幽亮著忽紅忽藍的螢光，數量看來是最多的。

其他尚有，長得像小小螢光棒，不時以彈射方式移動位置的生物，它們各種顏色都有，數量大一起彈射時，便宛若小型煙火秀般。

然而，最奇特的，莫過於四處飄移，模樣七分像水母，同時還散發藍橙兩種螢光的半透明生物，它們不歇地伸縮款擺分歧捲握的長長腳器，而腳器尾端不時爆出的小小花火雨，就像點燃的仙女棒。它們或上或下，忽左忽右，時聚時散的優雅飄移，看起來就像夜空中的芭蕾舞者，彷彿在長睡不醒的夢裡，它們是會演繹幽夢的精靈，在化身為數不清的夢囈之後，即圍繞在入夢者耳邊輕聲呢喃，你一句我一語的，好讓夢可以全面佔領完全征服。

Φ

亮晴他們輔以離探的亮光，一路在新鮮詭奇的風景裡小心前進，不過，幸虧有地圖的提點，他們才知在地底森林的哪些地方有哪種怪物，像在「巫毒洞」有巫頭巨蜥，「精靈橋」有噬魂妖，「食人岩」有紅石怪……繞路避開牠們之後，大家終於來到地圖上被紅筆圈起來的第一關——嬰兒的搖籃——苦船。

一艘壯觀精緻的古帆船擱淺似地嵌在地裡，層層疊疊的帆幕恍如露天電影院的螢幕，在黑暗的螢光世界裡，它們輪流播放著苦船的滄桑過往；一條條粗壯交織教人眼花的纜繩，忙碌卻計畫周詳地纏繞住各式長杆與船舷舳艫，繩梯也像被拆開的蜘蛛網，一道道圍住老神在在的桅杆；船頭的斜尖桁杆，如長劍般刺進旁邊的巨樹，而倚靠在巨樹邊的大樹，像要幫老大哥出口氣似的，也彎身直從船側穿刺竄出。

「你們看！」明美高指船首側邊名牌上的麼姆字。

「烏蘇努亞……哦，原來它是第一關苦船的船名。」采甚恍然大悟地喃喃道。

向右頹傾的船身看似結實，卻不時發出咿呀怪聲，待亮晴他們一一登船後，即進一步發現，這苦船可沒想像中牢靠，甲板上很多木板都已腐朽，稍有不慎，極易踩破甲板掉落船艙。

另外，一隻隻搖著長尾巴，有巴掌大，像蝌蚪，還亮著青綠螢光的生物，始終像游魚般，在這看似海底沈船的周遭一群群地來回遊晃，讓人忍不住懷疑，牠們和苦船之間是否有某種關連？

亮晴他們小心翼翼地走過甲板來到船艙入口，發現船艙裡不僅蓄了七、八分滿的水，還黑黝倒映著森林的幽幽螢光，教人不禁望而生畏。

看樣子船艙下不得，亮晴他們只好轉往船尾的操控室找線索。

操控室裡的灰塵跟蜘蛛絲不比林間木屋少，但裡頭的擺設，除了航行必備的器具，和滿布儀表、轉鈕、閥把的操控台之外，實在少得可憐，甚至連張椅子都沒有。

當大家思緒正陷膠著之際，自個兒走到操控室前簷下的亮晴，忽指眼前的大舵輪高嚷：「你們快來看，這裡有小丑圖案！」

大夥兒湊近大舵輪軸心一瞧，果真見到一圓形陰刻的小丑圖案。

悠好奇想扳弄看看，大舵輪硬是不賞臉一動也不動。

「亮晴，放小丑圖章上去試試。」悠酷酷地給亮晴一個狡黠的微笑。

亮晴先望采甚一眼，在采甚微微點頭後，才從衣襟掏出小丑圖章，仔細調整好角度，再對準大舵輪的軸心圖案嵌入。

突然，汽的一長聲，就像公車氣閥門開闔的聲音，讓大家精神為之一振，而小丑圖章也應聲緩緩下陷，最後竟消失得像被軸心吃掉一樣，軸心原有的陰刻小丑圖案，就這樣變成了平面圖案。

悠輕撥大舵輪，大舵輪馬上調皮地輕轉約四分之一圈，接著再自動回轉歸零。桑迪王子見狀，立刻興奮輕叫：「我們走對了第一步，那接下來呢？」

「明美，麻煩妳翻翻筆記本，查查〈嬰兒的搖籃〉這首童謠，從第幾頁開始？」采甚眼睛發亮地輕喚道。

明美拿出筆記本翻了翻：「在第十二頁。」

「好，讓我試試。」大家很有默契地退開，好讓采甚無礙地走到大舵輪前。

采甚先左繞大舵輪一圈，等它自動歸零後，再右繞兩圈。
大舵輪再度歸零，周遭沒任何動靜，采甚改先右繞一圈，再左繞兩圈。
依然沒動靜，只有偶從林間傳來的動物吠鳴聲，以及拂面的沁涼微風。
接著，采甚賭氣似地猛往右轉十二圈，沒動靜後，再左轉十二圈，結果依舊。
「怎麼會這樣？」采甚眼裡的光熄了，迷濛的氣氳取而代之。
「別氣餒，我一直在想，〈嬰兒的搖籃〉這首童謠裡——

媽媽像條船，
因為你們她早已遠航，
我天天都在想，
她現在是否遇上大風浪？
現在是否已找到避風港？

這部分描寫的媽媽，你們不覺得跟這艘船很有關係嗎？大舵輪該向左向右轉幾圈的答案，有沒有可能就在童謠裡？」明美手指童謠，逐字唸出可疑字句，把內心暗忖許久的想法一古腦兒全講出來。

每個人都很認同明美的想法，紛紛皺起眉努力思索童謠字句裡暗藏的玄機。

青牙突然在亮晴心底說道：「ㄚ頭，這無趣的童謠，從現今的麼姆文去看是沒什麼，但若自古麼姆文的音義去讀，就有些名堂，像古麼姆字裡『她』跟『右』同義，而『浪』跟『六』、『港』跟『九』也都同音，所以，你們要不要試試『右轉六、左轉九』看看？」

亮晴像得到天啟般，趕緊告訴大家青牙的題解，采甚的眼睛再次發亮，馬上依解轉動大舵輪。采甚收手，大舵輪自動歸零後約三秒，震耳欲聾的嘩啦水聲猛然揚起，彷彿在亮晴他們腳底下就有個超級大瀑布，甲板隨聲響不停顫動，大家不得不就地抓牢船舷，等待磅礴水聲結束。

在瀑布聲轉成答答滴水聲後，大家便像群好奇的小孩漸次靠攏，一一探頭察看船艙裡有何變化。果然，原先離艙頂不遠的黑水已經流光，但一股重重的溼氣和黴味卻直沖上天。

「我們現在就進去嗎？進去以後找什麼？這艘船這麼大，裡面的房間一定多得嚇人，再說，沼氣也可能致命。」亮晴對從臭水池變回船艙的空間，有股莫名的恐懼。

「沼氣的問題，確實該注意，但我們又不能不進去。」采甚覺得亮晴的憂慮不無道理。

就在大夥兒為沼氣問題傷腦筋之際，原先在苦船周遭流連盤桓像蝌蚪的螢光生物，突像食人魚終於等到大餐般，猛然匯聚成一股巨大光流直朝亮晴他們襲來！

由於事態翻轉太快，大家的第一個反應都先就地趴下，但奇怪的是，亮晴他們並未遭受攻擊，原來像蝌蚪的螢光生物的進擊目標，並非亮晴他們，它們只是從旁經過而已，它們真正要去的地方，其實是船艙裡頭。

巨大光流直灌船艙的壯麗光景，持續了好一會兒，看來苦船周遭的蝌蚪螢光生物幾乎全都已溜進船艙裡。

亮晴他們由船艙口望進去，只見整個船艙就像間以綠光照明的夜店。

一隻隻蝌蚪螢光生物爬滿艙壁的景象，教人怵目驚心，它們看似安靜不動，但尾巴偶爾會輕晃一下。亮晴不由心想，它們肥碩腹部一收一放的蠕動模樣，像極了正在用力吸血的怪物，只是艙壁哪來的血？它們正津津有味地在吸什麼？

面對這麼怪異的場景，大家都看傻了眼，不知下一步該做什麼。

過沒多久，采甚忽然輕叫道：「大家有沒有注意到，從船艙傳出的空氣味道，變得很不一樣了？」采甚的發現，讓大家對情勢的發展有了較正面的想像。

「嗯，的確，為什麼會這樣？」桑迪王子說出大家心底的疑惑。

「ㄚ頭，是它們，這些長得像蝌蚪的螢光生物，一定嗜吸沼氣。沼氣提供它們能源和樂趣，也經由它們的吸收，轉換成新鮮空氣，難怪它們一直在船邊徘徊，因為它們早已偵測到這裡藏有大量的沼氣。」青牙又很有見解地在亮晴心底說出自己的觀察。

「哦，原來如此。」聽完亮晴轉述，桑迪王子第一個附和。

「既然如此，那我們現在應該就可以下去了。」悠話一說完便逕自鑽進船艙裡。

船艙上下共分四層，每一層艙壁上，全都已爬滿像蝌蚪的螢光生物，亮晴他們就這麼戰戰兢兢地走在船艙裡，除了發現幾處開放空間，擺放了些鏽蝕殘缺的遊樂設施，像旋轉木馬、碰碰車、旋轉杯、小火車、小摩天輪、小海盜船、鞦韆、蹺蹺板以及溜滑梯之外，其他全都是緊閉的房間，其中幾間，雖是一般房的數倍大，設備豪華精緻，門牌設計也優雅許多，無奈其貴賓身分，並無助於它們逃避歲月的催逼毀傷。

儘管艙壁上爬滿了像蝌蚪的螢光生物，但原先畫在艙壁、艙頂，因長期泡水以致斑駁褪色的馬戲場景，仍可隱約辨識，不少馬蹄鐵狀的吊環，和各式馬戲圖案(如小丑、空中飛人、吞火人、軟骨人、馴獸師等)的綴飾，依然高掛在艙頂，讓整個船艙看起來，就像座荒廢已久的兒童樂園。

一開始，亮晴他們先一間間打開房門查看，但千篇一律的陳設教他們不知該如何找起，毫無頭緒的盲目尋找，讓他們不時忍不住心虛驚惶而停下思考——到底要找什麼？

「童謠裡面，一定還有提到什麼。」采甚已把童謠當作解謎聖經。

明美再反覆唸了幾回〈嬰兒的搖籃〉，大家苦思良久全都認輸，只好再將希望寄託青牙身上。

青牙果然不孚眾望：「美麗心情似花一朵朵，這句子似有玄機。在古麼姆字裡，『似』與『四』同音，『朵』與『肚』也同音，而『肚』這個字，又有『暗示』、『答案』的引申意義，所以你們要找的，可能是四朵花。」

亮晴宣佈青牙的題解後，大夥兒隨即七嘴八舌——

「四朵花？好奇怪的謎底。」

「剛剛誰看到房間裡有花？」

「就算有花，泡在水裡這麼久，恐早爛成泥。」

「雖是花，也不一定就是真花，它有可能是工藝品，或一幅畫，反正任何形式都有可能。」

亮晴加入討論的最後這句話，讓大家的耳朵為之一震，的確，任何形式都有可能。接下來，大家就像重新裝填好彈藥的戰士，準備重返戰場搜尋——那四朵不知依附在什麼東西上面的花。

「你們看！」明美發現，原先黏在艙壁上猛吸沼氣像蝌蚪的螢光生物，不知從何時開始乾硬起來，就像蝴蝶由毛毛蟲化成蛹的階段一樣。也就是說，這些螢光生物，似乎在以極快的速度演化，可能很快就會破蛹而出，它們將和蝴蝶一樣，以完全不同於毛毛蟲的嶄新面貌出現！

亮晴不禁擔憂，雖然它們現在就像一盞盞壁燈，呈半透明的硬殼裡，有蠕動的青綠螢光身影，但最後將以何種面目現身，沒人知道，萬一是猙獰的，數量又如此駭人，恐怕到時，即便大家再有本事以一擋千都難以應付。

「我們只好先下手為強。」悠不由紛說，提起由離探變成的鋼鎚就直往已蛹化的蝌蚪狀螢光生物狠狠擊下，但這一擊，卻沒造成任何傷害，可見它們半透明的硬殼相當堅韌，吸附艙壁的力道也大得驚人。

悠準備再下第二擊，遭采甚制止。

采甚嚴正道：「悠，別這樣，只要我們能趕在它們破殼而出前，找到那四朵花，應該就會沒事。」

悠頗不以為然地別過頭，然後逕自前行。

Φ

每個人都小心翼翼地尋找不知在哪的四朵花，但事實上，他們也不得不同時對已蛹化的蝌蝌樣螢光生物，投以提心吊膽的關注，因為它們的演化進度已宛若魔咒，迫使大家非得一心二用，造成的緊張恐慌，幾已令人直達瘋狂邊緣。

大家在偌大的船艙裡，就這麼一層一層樓找，一間一間房翻，不知過了多久，每個人都已腰酸背痛，疲累不堪。

「哎喲，那四朵花到底在哪呀？」明美不耐地發牢騷。

「在童謠裡，是不是還有我們沒發現的線索？」桑迪王子像對運氣還存有一絲希望的潦倒賭徒。

明美再拿出筆記本反覆唸著〈嬰兒的搖籃〉。

亮晴仔細聆聽，突然靈光乍現。

「『天天神遊徜徉水樂園，美夢一個一個做不完』以及『天天傾聽媽媽說愛我，美麗心情似花一朵朵』這兩句童謠的內容，好像都藏有玄機。你們看船艙佈置成這樣，之前又整個泡在水裡，無疑就像童謠第一段裡提到的『水樂園』。其實『水樂園』，即暗喻胎兒在媽媽子宮裡的羊水環境，而第二段裡提到『天天傾聽媽媽說愛我』，可想像是胎兒在羊水裡，聽到媽媽溫柔呵護的聲音，但這媽媽的聲音，其實來自於羊水外面媽媽的嘴，也就是在『水樂園』外面的環境，所以，我們要找的那四朵花，有沒有可能是在船艙外？」亮晴沒把握自己的詳細說明，能說服多少人。

「可是，『美麗心情似花一朵朵』講的是胎兒的感覺，而胎兒就在『水樂園』裡呀，因此，我認為那四朵花應該就藏在船艙裡。」明美的異議似乎也有道理，不過，她挑釁的眼神教亮晴看得難過。

「問題是，感覺是抽象的，看不到也摸不著，但媽媽的聲音較具體，而且，它也是造就以花來譬喻美麗心情這樣的『果』的『因』，就因果關係來說，只要能找到因，果將不遠，所以，我也認為那四朵花應該在船艙外。」采甚挺亮晴的話，讓明美的眼神變得銳利。

「我覺得采甚說得很有道理。」桑迪王子也加入亮晴這邊。

「我覺得明美有理。」悠以簡潔的語句投明美一票，不曉得他是真覺明美有理，還是純為方才采甚的阻撓一吐怨氣，明美顯得相當意外，但她很快就收回訝異，再大方給悠一個燦爛的微笑。

「少數服從多數，大家重回甲板再找找看吧。」桑迪王子逕自像裁判一樣發號施令，且一馬當先大步向前。

「我想，我們上去後，應該先從操控室找起。」亮晴的這句話像觸動了什麼機關，讓原本恍若裝飾品黏在艙壁上像蝌蚪的螢光生物的蛹，陡地發出嘎啦聲響，蛹的半透明硬殼也微微顫動起來。

桑迪王子發現異狀，連忙驚喊：「快，大家快跑，蝌蚪怪好像就快要跳出來了！」

大家臉色發白驚愕不安地開始狂奔起來，但顯然有不少較早化成蛹的蝌蚪樣螢光生物已在努力啃咬蛹殼，喀吱喀吱聲不絕於耳，像有無數隻老鼠，正大口咬門準備直衝進來。

亮晴他們好不容易才從第四跑上第二層船艙，但無數的黑影即紛如跳蝦般一一從艙壁蛹殼竄出，大家掏出離探準備應變，無奈去路已遭大量破殼而出的怪物所擋，路霸的長相也在這時原形畢露，桑迪王子不禁哀叫：「不會吧？牠們該不會就是我們要找的花吧？」

破殼而出的怪物，有個青蛙身體，四肢頎長，後腿粗壯有力，在後背還抽出一對半透明的翅膀。但牠們的頭，卻像朵時而含苞時而盛開的花，開開闔闔像在呼吸似的。牠們有的長得像百合，有的像玫瑰，有的像鬱金香，有的像向日葵，有的像蓮花，甚至還有像蘭花的……各式各樣的花，讓亮晴他們眼花撩亂，一時之間，還以為自己誤闖了百花齊放的神祕怪花園。

但是，等牠們像虎頭蜂一擁而上，藏在花瓣畸形組織裡的枯槁牙床與彎長利齒，便宛如不斷張合的魔爪不時探出，再加上咯咯咯的利齒碰撞聲與四濺的唾液，讓它們看起來像極了來自地獄沒長皮肉的瘋狂狗骷髏頭。

桑迪王子見狀，迅即以離探打出光罩護衛大家。

亮晴他們不知道四朵花跟花怪物之間，到底有沒有關連，深怕傷了牠們，也斷了線索，當下除了呆呆就地防衛外，完全不知道接下來該怎麼辦，直到花怪物翅膀發出的嗡嗡聲，像會催眠似地讓大家昏昏欲睡，青牙才突然在亮晴心底吶喊：「是毒氣！牠們先前吸收沼氣讓船艙空氣清新，但現在反將之前吸收的沼氣濃縮成毒氣排出，為的就是要毒昏獵物，好讓才剛轉化完成飢腸轆轆的牠們能馬上飽餐一頓，所以，我們再不反擊，恐怕都會沒命！」

亮晴明白是毒氣作祟後，立刻捏住鼻子並高嚷青牙的危機警語。

大家很有默契地不再管三七二十一，各以不同的方式反擊。

采甚打出一隻直立站著，像青蛙也像蜥蜴的大怪物，牠張著深黑大口，吐出滑溜分岔八方的長舌，再佐以大手不停抓攫，一下子就吃掉不少花怪物。

悠也變出一把能隨他操控的旋轉飛刀，不斷在半空中砍殺花怪物，一顆顆花頭紛如大冰雹般答答墜地。

明美則利用離探變出一條長鞭，而長鞭經她漂亮拋擲抽甩後，竟儼然形變成各式武器——長鞭時而如長槍刺進花怪物的身軀，時而如利劍揮斬花怪物的怪頭，時而如遊刃割剮花怪物的翅膀，時而如快刀狂砍花怪物的四肢，時而如飛箭一次穿射多隻花怪物，明美這種幾近淩虐的變態反擊，教采甚不忍卒睹。

采甚乘隙擋下明美的長鞭，明美卻像個意猶未盡的變態殺手抗拒：「對敵人仁慈，就是對自己殘忍，不要管我！」

能戰的正大開殺戒，不能戰的像桑迪王子依舊盡責在原地利用光罩，護住憂心忡忡的亮晴與元氣尚未恢復的青牙。然而，縱使采甚他們已奮力收拾掉不少花怪物，但從各層船艙陸續湧來的花怪物，仍如浪潮般一波波，對照之下，他們實在太人單力薄，處境岌岌可危。

孰料，花怪物的再生能力超強，掉在地上的斷頭，不到十秒長出新身體；躺在地上的無頭身軀，約莫四秒長出新頭；其他只缺手腳、翅膀的，更以飛快速度補足缺項。

「不行，我們每殺一隻花怪物，就會多長出一隻，我們不能再動手了，大家快停！」采甚發現狀況不對，趕快喊停，三人接著速速退回桑迪王子打出的光罩裡。

就在此時，花怪物似乎想趁勢大展神威，讓采甚先前打出的大怪物，在像個餓鬼不停吞食花怪物之後，肚子愈來愈渾圓碩大，肚皮上還不時有花怪物掙扎踢出或頂出的腳形與頭印，最後，牠居然像氣球灌氣灌到爆，轟的一聲巨響，大怪物爆得破碎稀爛，肚裡的花怪物全像蝗蟲過境般蜂擁而出，看得躲在光罩裡的亮晴他們驚駭萬分。

亮晴突然想到離鏡：「離鏡，現在只有離鏡救得了我們！」

亮晴慌張地在衣襟裡東抓西扒，好不容易才找到離鏡猛掏出來，沒想到卻因沒拿穩，硬是讓離鏡掉進花怪物堆裡，她一時不知哪來的傻勁與勇氣，竟奮不顧身撲救離鏡，雖然不少原本張牙舞爪的花怪物，就這樣被她壓個正著，發出嘰吱嘰吱的哀叫聲，但其他花怪物可都沒放棄這大好機會，紛紛撲上來狠狠咬她，痛得她趕緊爬起身退回光罩。

儘管方才亮晴被花怪物咬得傷痕累累，現仍不喊疼地繼續努力想扳開離鏡，但離鏡卻一點也不感激她的救鏡之恩，依舊像個不知好歹的頑固老頭，不開就是不開。

亮晴不禁哀求：「拜託，拜託，離鏡，快帶我們離開這裡好不好？拜託……」

亮晴的指甲，因手指用力扳鏡過猛過久，已開始滲血，疼痛、驚懼再加上花怪物愈聚愈多，攻擊也愈來愈猛烈，眼看大家就快撐不下去，她終於失控發瘋似地狂吼：「臭鏡子！快送我們回操控室！否則砸爛你！」

亮晴的吼聲還在耳邊迴盪，悶頭襲來的濁黑與虛晃，讓大家猝不及防，宛若遭巨浪瞬間吞噬，只感覺到一陣涼，像冰溼毛巾從臉頰輕拂而過，待眼界再開，大夥兒都被眼前的景象震懾得說不出話來。

亮晴他們居然瞬間隔空移位到操控室裡，密密麻麻的花怪物已經不見，取而代之的，是沾滿灰塵和蜘蛛絲的孤單器具及儀表板，之前的慘況就像惡夢般，但每個人身上的傷痕，卻都清楚揭示，那不是夢！那他們到底是怎麼來到操控室的？沒有人不在心底這樣疑惑著。

每個人都瞪大眼睛直瞅亮晴，亮晴抓了抓頭髮傻笑：「是離鏡，是離鏡救了大家。」

采甚眼睛發光輕嚷：「離鏡根本沒打開，不可能是離鏡帶我們來這，亮晴，妳……」

采甚的話還沒說完，操控室窗戶玻璃上的叩叩聲讓大家同時轉頭，驚見危機又再度找上門。

花怪物追上來了，牠們不死心地拚命啃咬操控室外的玻璃跟木頭，這些爛木頭脆弱不堪，整個操控室很快就又會淪為花怪物的天下。

「沒時間了，大家快找四朵花！」亮晴當然對剛剛移位成功的事，有很深的困惑，但現在沒空去想那些，眼前最要緊的是趕快找出那四朵花。

大夥兒到處東翻西搜，就像一批惡劣的竊賊把別人的家搞得天翻地覆，而花怪物的動作似乎也變得更抓狂，好像牠們就是苦船的守護者，不容任何人破壞這裡的一器一物，雖然，青牙在一旁能幫的有限，但心情同樣也緊張萬分。

亮晴在腦海裡不斷咀嚼童謠裡的一句話——天天傾聽媽媽說愛我。

突然，亮晴驚叫起來：「說愛我，麥克風！」

「快，快找麥克風！」亮晴不顧他人疑慮，一味高喊。

大家又是一陣亂翻亂找，終於在儀表板下方的左側地面，找到棄置許久已裹滿塵土的麥克風。

小心刮去麥克風上的塵土，一朵精雕看似玫瑰的花圖案慢慢顯現——花瓣繾綣柔情，花莖優雅俐落，花葉疏落有致，接著，亮晴陸續看到第二朵、第三朵……一共四朵，這四朵花圖案，就繞著麥克風的下半部圍成一圈。

亮晴他們終於找到四朵花，但操控室外的花怪物也已咬破木頭，一隻隻正準備從木頭破洞鑽進來。

亮晴用力搖了搖麥克風，鏗鏘的聲音告知裡面藏了東西。

亮晴趕快用力轉動麥克風底部的活蓋，活蓋一開，一隻生鏽的長鑰匙便掉了出來，也幾乎在同時，所有由花怪物製造出的噪音像被人突然抽走——吵嚷猙獰的世界，一下子變得安靜平和。

操控室門牆上的木頭破洞，都還虛弱地張著嘴，但花怪物卻像尋仇找錯人般一哄而散，只剩沁涼的微風穿過破洞，在亮晴他們驚魂未定的臉上輕輕拂著。

「過關了嗎？」桑迪王子輕聲打破久久的沉默。

大家面面相覷，下一秒，笑靨像會傳染似地慢慢傳開。

哀塔

離開苦船後，亮晴他們即隨意找了塊空地歇息。

周遭靜謐安詳的氣氛，依然稀釋不了方才花怪物留給大夥兒的震撼，驚險畫面在他們腦海如快速剪接的電影預告一再重播，等時間一拉長，這些畫面雖慢慢變得失真而遙遠，但一直在大家心底波濤洶湧、默默發酵的，皆為同一件事——亮晴會瞬間隔空移位，她真是女卡羅，她是壓姆世界的救世主。

之前，除了采甚，其他人都曾因亮晴無法使離術而猜疑她，但現在，不會再有人質疑，大夥兒對她的態度明顯變得謙敬起來；反倒她自己，一再解釋，說會瞬間隔空移位，真是離鏡幫的忙，她不可能有那樣的能耐。

待大家體力慢慢恢復，在趕往下一個地圖上被紅筆圈起來的地點——爸爸的五斗櫃——哀塔之前，基於在苦船上的經驗，所有人皆一致認為，在〈爸爸的五斗櫃〉這首童謠裡，絕對藏有許多哀塔的破關線索。

於是，明美一遍又一遍地高聲唸出〈爸爸的五斗櫃〉：

爸爸，你喜不喜歡我？
不准接近五斗櫃，
因為裡面住著精靈巫婆，
因為裡面躲著鬼怪妖魔，

還是你討厭我。
爸爸，你討不討厭我？
不准接近五斗櫃，
因為裡面住著傷心難過，
因為裡面躲著悔恨落寞，
還是你太愛我。
爸爸，你愛不愛我？
不准接近五斗櫃，
因為裡面住著回憶歲月，
因為裡面躲著過去毀滅，
還是你恨我。
兒啊，我怎會恨你？
不准接近五斗櫃，
因為裡面住著媽媽，
因為裡面躲著爸爸，
怕你發現，
原來爸爸懦弱又無用。

聽了又聽，沒人有靈感，只覺得這首童謠好悲傷，彷彿有片黑巧克力在舌後根淡淡散放苦味，大家心裡頭也悶悶的，就像被無緣無故裝上一道門，再扣上鎖。

「有誰聽出端倪？」采甚詢問大家。

包括青牙都搖了搖頭。

「看樣子，只好見機行事。」采甚喃喃說道，像在自言自語。

Φ

長相古怪的哀塔本體，呈右傾圓柱狀，就像個醉酒的老頭歪立在亮晴他們面前，它雖沒比薩斜塔傾斜，但其搖搖欲墜的模樣，教人不得不擔心，會不會在下一秒就無緣無故倒下？除了樣子不穩當外，一座座向四方延伸爬高的小柱塔，讓它看起來活像一株長相畸形的巨無霸仙人掌，輕顫暈黃的光芒在其中幾扇小窗微微亮著，幽幽散發的善意倒為這冰冷的螢光世界稍添了些許溫暖。

亮晴將四朵花麥克風裡掉出的長鑰匙，插進哀塔巨大鐵門的鑰匙孔後，旋即右轉，喀喳一聲，門鎖跳開，鐵門接著也自動向內敞開。

待亮晴領著大家魚貫進入哀塔的圓形大廳，巨鐵門便像長了眼似地自個兒緩緩闔上。接下來，大夥兒發現，哀塔裡的空間，其實比它外觀給人的感覺大上許多，放眼望去，幾乎有八個籃球場大，且地面平穩，走起路來，一點都沒有原以為的斜傾。

在幽暗的大廳裡，一股怪異頹廢的氣息，和著原先充斥在裡頭略似香菸味道的乾澀甜臭，讓亮晴覺得，自己好像走進了不被關心的獨居老人家裡，哀傷、孤絕、怨懟以及放棄的氣味，一直在她身邊徘徊，深深的無力感讓她覺得沉重，好似自己是顆直往湖底下沉的石頭。

挑高約達九米的大廳裡，有一盞相當突兀華麗的大吊燈，就像是中樂透頭彩的暴發戶為炫富而買的東西，跟哀塔的孤苦氛圍完全不搭。更弔詭的是，大吊燈並沒亮燈，這裡的唯一光源，反而是從大廳正中心的一口古井裡向上投射的幽靜黃光，這口井，恍如一支超大手電筒，黃光就這麼直直照在大吊燈上，一縷縷輕飄遊移的微塵，被照得宛若浮晃輕紗。

除此之外，大廳裡空無一物，不過，在巨鐵門左側的一道寬闊樓梯頂，另有一扇厚重鐵門堵在那，鐵門上沒鑰匙孔，也沒門把，開啟它的機關應該就在大廳某處。

「現在，該怎麼辦？」桑迪王子像在死水裡丟了顆石頭。

「這口井，我覺得裡頭一定有名堂。」采甚語氣堅定。

「那就下去看看囉。」

悠在下井前，看到井底有一大片障礙物，由於不曉得它們有沒有危險，不得不利用離探變出一張有靠背扶手的浮椅，先自己下井試探，避開障礙物無虞之後，才接著送亮晴下來，其他人也依樣畫葫蘆跟進，最後，元氣稍復的青牙則自個兒一溜煙展翅而下。

井底有個跟大廳一樣大，一樣挑高，也一樣幽暗的圓形空間，中心處宛如象塚般的巨獸枯骨，亂中有序，層層疊疊，它們就是方才悠在井口以為的障礙物，然而，在這像是造型燈籠的巨大囚籠裡，還有顆飄浮的發光物，它直在那幽幽散放著慵懶黃光，不禁令人好奇，這將是道怎樣的謎題，好像還滿有趣的。

彷彿要為巨獸枯骨畫出制約範圍似的，城主特意以巨獸枯骨為中心，以小黑石拼出一個超大的五芒星，接著再以五芒星尖角為頂點，接砌出一個五邊形，最後再連結五邊形的每個頂點，畫出一個大圓，且在距離五芒星尖角約兩指寬處，還有五個成人拳頭大小像小衛星乖乖窩著的圓凹洞。

另外，還有五尊巨大石像環牆繞著巨獸枯骨，而它們所站的位置，也都正好位於五芒星尖角所直指的方向上。

五尊巨石像的樣子，一看便知其身分——它們分別是精靈、巫婆、魔鬼、妖怪與女神。

大家都不禁聯想到〈爸爸的五斗櫃〉裡的第一段文字：

爸爸，你喜不喜歡我？
不准接近五斗櫃，
因為裡面住著精靈巫婆，
因為裡面躲著鬼怪妖魔，
還是你討厭我。

「在看到精靈巨石像的樣子之後，我便聯想到《創世封神錄》裡頭的神話故事，其中，安耝莉女神對其座騎『五頭妖』的暱稱，就叫『五斗櫃』。另外，古麼姆語『喜』這個字也跟『井』同音，所以，這裡才會有這口井。」亮晴驚喜地將青牙的發現轉告大家。

聽完青牙的話，大家隨即重新檢視巨獸枯骨，發現枯骨不僅身軀、手腳完整，且沿著五芒星五角方向擺放的四條脖子跟一根尾巴，皆在末端緊扣一顆猙獰頭骨，雖然尾巴那顆較小，看起來有點畸形和發育不良，但五頭妖的模樣，至此已具體呈現在亮晴他們面前，不再只是一個傳說故事裡的稱號。

「我想，這是五頭妖的枯骨沒錯，不過，那五尊石像裡的女神，就是安耝莉女神嗎？」亮晴的提問，也是青牙的疑惑。

「那我們來哀塔的目的，就是為了要拿那顆困在枯骨中心的發光物嗎？」采甚的大膽推論，教大家都不得不轉頭注視那如夜燈般發亮的不明物。

「那到底是什麼東西？」桑迪王子好奇發光物的模樣，想湊近瞧個仔細，於是，話才說完，便逕自走進小黑石圍成的大圓圈裡。

「小心！」采甚的警告慢了半拍，就在桑迪王子像個頑童伸手去觸摸巨獸枯骨的剎那，便瞬間消失，緊接著，亮晴他們即在枯骨圍成的囹圄中心發現他。

桑迪王子先是羸弱地趴跪地上，接著他緩緩抬頭把嘴張得老大，但喉嚨像被什麼東西卡住似地久久擠不出半句話，然後，在一陣斷斷續續的氣岔乾咳後，他終於吃力地爬到枯骨旁，等他再費力從骨縫間伸出右手輕揮求救幾下之後，那顆發光物的黃光隨即轉紅，且開始不停閃爍，恍若正在一口一口猛吸桑迪王子的元氣一樣。

接下來，桑迪王子的皮膚不但變得暗沈薄弱，身軀也像洩了氣似的——眼窩下陷，雙頰瘦削，雙肩垂垮，鎖骨突出，掉髮如落葉，肌肉乾癟萎縮，一道道深刻的縐紋像雨後春筍浮現，身形愈來愈荒枯猥瑣，眼看就快變成一具風乾的木乃伊。

「桑迪王子，忍一忍，我們馬上救你出來！」亮晴他們雖早利用離探發動各種攻擊，救桑迪王子脫困的喊話也始終不絕於耳，但巨獸枯骨堅如銅牆鐵壁，任何攻擊都耐何不了它。

桑迪王子哀戚地望著亮晴他們的徒勞努力，他無力地再輕搖右手幾下，最後，他只得使盡全力，好不容易才迸出沙啞微弱的濁音：「救我……」

下一秒，桑迪王子的求救聲跟手勢即一同戛然而止，整個人像斷線傀儡瞬間垮散，除身軀扭曲側傾枯骨，右手還卡在骨縫間，他眼睛睜得大大的，嘴也不甘地虛張著，發光物的紅光則漸漸又安靜地換回黃光。

Φ

亮晴他們筋疲力竭、絕望痛苦地直瞅已乾如枯屍的桑迪王子，他那絕望空洞的眼神，和控訴青春生命早逝的嘴，都在在啃噬著大夥兒早已碎裂的心。

亮晴哭成淚人兒，采甚低頭不斷拭淚，明美掩面啜泣，悠則沉默不語。

「我覺得，我們應該還有機會救回桑迪王子。」亮晴無法想像桑迪王子都已經變成這副模樣，怎麼可能還有救？青牙是在安慰大家嗎？

「ㄚ頭，我猜那顆發光物，應該就是『重生石』，它是安軛莉女神的守護石。」

「重生石？既是重生石，怎會讓桑迪王子變成這副模樣？」亮晴在心底反駁青牙的樂觀臆測。

「重生石不光只是塊寶石而已，它還深具靈性。我想，應該是方才那小傢伙的輕率無禮，惹它生氣了，所以才……」

「生氣？光生氣就要人命，它……」亮晴的憤慨突被青牙打斷：「ㄚ頭，妳可要好好想想，若不是五頭妖的枯骨對重生石有制約效果，而你們也沒有身觸枯骨，否則像你們剛剛那樣大肆攻擊，恐怕也早已遭它無情報復了。」

亮晴收拾好心情後，才娓娓跟其他人轉述青牙的說法。

「亮晴，快問青牙，接下來我們該怎麼做才能救活桑迪王子？」采甚哭紅的雙眼，驀地重燃希望。

「把哀塔這關破了，打開五頭妖枯骨，放重生石自由，小傢伙自會重生。」青牙答得輕鬆，亮晴卻深感悲觀。她覺得，苦船那關破得僥倖，好運不可能一直跟著，況且，這關一開始就如此駭人，再下去，不知還會不會有更可怕的事發生？

聽完亮晴轉述，采甚隨即重拾信心嚷道：「我想，要打開五頭妖枯骨，一定得先在哀塔裡，找到被設定用來嵌進五芒星尖角圓洞裡的東西。」

采甚深吸口氣，再抬頭凝望井口：「所以，下一步，我們非得打開大廳通往二樓的鐵門不可，我相信在那裡頭，絕對有我們要找的東西！」

問題是，怎麼打開它？沒鑰匙孔，也沒門把的，開啟它的機關到底在哪？大家茫無頭緒，現場一片靜默，彷彿全迷失在瀰漫濃霧的海上。

忽然，明美若有所思地喃喃道：「你們看，大廳的大吊燈從井底往上看，好像哪裡怪怪的。」

大家經明美提醒，紛紛擡頭仰望大吊燈。

亮晴一直盯著大吊燈，直至要眼花才驚覺道：「它一層層的燈泡和水晶被重生石一照，再加上枯骨的暗影遮擋，看起來好像……好像玫瑰。」

「玫瑰！」青牙在亮晴心底驚歎：「丫頭，在麼姆世界，刺絨花長得就像人類世界的玫瑰。刺絨嬌豔易謝，種植和保鮮都很困難，故物稀為貴，我記得兩位城主的母親蘇伊娃娜，就非常喜愛刺絨，而且，我現在還聯想到在苦船那關，謎解麥克風上刻的那四朵花，也是刺絨。」

「現在，綜觀眼前的線索，探究一下刺絨與五尊巨大石像之間的關係，讓我不禁聯想到《創世封神錄》裡的一則故事——酷愛刺絨的九陽之母採奴雅，曾因宿怨和美神迦娃展開激戰，歷經三天三夜的纏鬥，美神不但慘敗，還被囚禁於醜臭山的醜狼洞窟裡。美神的愛慕者精靈易流士在得知消息後，即快馬加鞭日夜趕路，好不容易在通過九陽之母設下的種種障礙與磨難之後，終於來到醜狼洞窟，最後再以神力轉動刺絨封印，救出美神。除了這個故事，我剛剛還突然想到，五芒星好像就是美神迦娃的象徵符號，所以，接下來該做什麼，我心裡已經有底了。」青牙在亮晴心頭詳細說明自己是如何解題的。

亮晴轉完話後，青牙再接再厲：「首先，我猜象徵刺絨封印的大吊燈，應該就是打開二樓鐵門的機關，而要轉動大吊燈，機關鐵定在我們眼前的這座精靈巨石像上，因為，《創世封神錄》裡對精靈易流士模樣的描述，就是眼如銅鈴，耳若扇。你們看，它像不像？」

聽完亮晴轉述，大家即不約而同將目光聚焦在精靈巨石像上。果然，它的眼睛斗大，耳朵也像兩張扇子。

「丫頭，在《創世封神錄》裡，也有提到精靈易流士的先天弱點，就是他的左耳。」亮晴很快喊出青牙的提點。

采甚迫不及待地利用離探白光，一口氣將自己帶上精靈巨石像的左肩，經仔細尋找，發現在巨石像的左耳垂底部，有一正圓隙縫，他臆測那應該就是按鈕，索性用力揿下。

喀的一聲巨響，大吊燈應聲向上轉動，重生石黃光照在燈泡和水晶上頭的反射光點，像突然睡醒般也一起跟著翩然起舞，乍看之下，彷彿有數不清的光精靈，應著水晶的碎鈴聲，在水晶與燈泡間跳躍飛梭，就像有無數朵晶瑩剔透的刺絨花，正在大吊燈上搖曳旋轉。

大吊燈就這麼緩緩收進大廳頂部，而留下一個神祕的大圓洞，重生石的亮光照進裡面，猶如在好奇探索一個充滿無限可能的時空。

緊接著，另一道嘎啦嘎啦的聲音直從大廳左側傳來，大家知道，二樓鐵門已經開啟。

Φ

回到大廳，采甚禁不住好奇請亮晴問青牙：「美神迦娃和安鉏莉女神之間到底有何關係？為什麼跟她們有關的五芒星和五頭妖會放在一起？還有這顆重生石，真的就是《創世封神錄》裡的那顆嗎？五頭妖的枯骨也是真的嗎？」

「因為安鉏莉女神是美神迦娃的孿生姊姊，只不過，妹妹常闖禍，總靠姊姊善後，所以，重生石和五頭妖會被五芒星困住，不正顯露出安鉏莉女神總是要無奈幫妹妹收爛攤的困境？依此類推，我猜，五芒星尖角那五個圓凹洞裡要放的東西，應該也是能困住美神迦娃的東西。」

青牙的回答讓大家惶惑不安——無靈洞的兩位城主，同樣也是孿生兄弟，這應該不會只是巧合，應有某種意義。至於能困住美神迦娃的東西，會是什麼？在哀塔二樓真能找到嗎？

倒是重生石跟五頭妖的真假，青牙給的答案，有點答非所問，且耐人尋味：「你們覺得我是真的不死獸，還是假的？我的年紀跟麼姆世界和九陽相當，但在今天之前，我沒見過重生石、五頭妖，也沒看過其他女神和精靈，然而，我不會因為沒見過，就說他們不存在。」

Φ

走進哀塔二樓，沒人不被眼前的壯觀景象震懾住。一座座緊靠在一起的超級大書櫃，沿著哀塔牆壁向上延伸至塔頂，裡頭塞滿了五顏六色、大小不一的書。放眼望去，會有這座巨塔是由一本本書堆砌而成的錯覺，也會感歎，到底是誰，肯花力氣和時間蒐集這麼多的書？

另外，一座倒金字塔形的石室，像盞造型現代又奇特的巨燈嵌在塔頂，它的模樣突兀又神祕，亮晴他們都一致認為，要找的東西應該就在裡面。

悠和采甚分別從大書櫃裡隨手抽出一本書。

在這兩本書裡，沒有半個字，只有同一位漂亮女子的手繪速寫。一本是畫她一口一口輕啜花茶的雍容姿態，另一本則畫她回眸輕瞥再含羞撥髮微笑的優雅模樣。每張紙只畫一面，每頁的動作差異都極小，所以當采甚他們撥書快翻時，一頁頁動作便陡地連成一氣，恍如書中美女自己動了起來，雖然這樣的動畫視覺暫留原理每個人都知道，但親眼看到書裡的線條有了生命，而且還是位絕世美女，仍難免怦然心動。

亮晴他們陸續再翻了翻其他大書櫃裡的書，發現都是同一位美女的速寫——畫她在河邊沉思、在樹下生氣、在鏡前傻笑、在房間看書，畫她彈奏樂器、品嚐點心、認真下棋、馳騁白馬……可以想見，這裡的每一本書，皆記錄著同一位女子的一項舉止。

亮晴不禁心想——眼前的書海，無疑是漂亮女子的愛人或其愛慕者情深似海的具體呈現，如果繪圖者就是漂亮女子的愛人，那他的愛，已經完完全全、熱烈熾盛，如遮天巨浪般展現在大家眼前，這要愛得多深，才可能親自一筆一筆地畫下愛人的一顰一笑？沒完沒了的浩大創作工程背後，又隱含了多少孤寂和淚水？

儘管大家都已體驗到一段撼動人心的愛情，但畢竟有任務在身，不得不速速拉回理智。明美應采甚要求，掏出筆記本，再把〈爸爸的五斗櫃〉裡第二段以後的文字唸個幾遍：

爸爸，你討不討厭我？
不准接近五斗櫃，
因為裡面住著傷心難過，
因為裡面躲著悔恨落寞，
還是你太愛我。
爸爸，你愛不愛我？
不准接近五斗櫃，
因為裡面住著回憶歲月，
因為裡面躲著過去毀滅，
還是你恨我。

兒啊，我怎會恨你？
不准接近五斗櫃，
因為裡面住著媽媽，
因為裡面躲著爸爸，
怕你發現，
原來爸爸懦弱又無用。

亮晴像突然想到什麼似地輕叫：「悠，那本書，那本我們在木屋裡找到的書，我記得它的樣子很像這裡的書。」

「哦，我差點忘了。」悠馬上從衣襟掏出書來。

接下來，悠的眼睛愈睜愈大：「我之前翻過書，裡面一片空白什麼都沒有，但現在……」

漂亮女子的速寫，就這樣在大夥兒眼前一筆一畫地快速浮現，宛如遇上顯影液的相紙，整本書從蒼白無物，到頁頁美人倩影的過程，約莫六秒，一氣呵成，乾淨俐落。

然而，驚歎之餘，一縷哀傷的氣息，仍猶若枯葉掉落每個人的心湖，只因書裡的漂亮女子，抿唇低眉，淚眼汪汪，教人看了好生憐惜。

驀地，攤在悠手上的書，竟自己動了起來，它就像隻蝴蝶騰空飛起，一路啪噠啪噠快拍封面、封底直奔書牆深處。

沒多久，書牆就像被點燃炸藥般，突有轟然反應，所有原本安靜窩在書櫃裡的書，竟像感應到大地震將臨，一本本逃生似地各自大書櫃翻跳出來，然後，再像方才那本落淚女子的書一樣，啪噠啪噠彈飛起來。

於是，亮晴他們看到一群群的書，如海底魚群飛過來，又飛過去，哀塔頓時變成忙碌的海底礁岩，五彩繽紛的書影穿梭交織其間，好不熱鬧。但這樣的場景，結束得跟它開始時一樣唐突，一切又安靜了下來，彷彿剛剛魔法書滿天飛的景象，純屬想像，什麼都沒發生。

但很明顯地，哀塔世界已有所不同，各種顏色的書背，現在就像在運動會或慶典看臺上，常被拿來排列各種圖形文字的色板，已悄悄組出一個再清楚不過的圖案——超大的綠線空心正圓，被綠十字像切派一樣分成四等份。

這麼一個巨大的詭奇圖案，正凌空跟亮晴他們遙遙相對，剛剛的騷動所引起的陣陣塵煙，還在眼前從容飄移，但在大家心底，都只有大大的問號。

「這個怪圖案到底代表什麼？」采甚道出大夥兒內心的疑惑。

所有人紛紛轉頭望向青牙，牠也再一次不負眾望：「這個圖案，在《創世封神錄》裡是大刺王羅忘的代表符號。」

亮晴接著轉述青牙的話：「大刺王羅忘是九陽之母探奴雅的丈夫，在一次狩獵途中巧遇美神迦娃，美神迦娃對大刺王一見鍾情，雖知其已有家室，仍橫刀奪愛。後來，儘管大刺王拋妻棄子與美神迦娃私奔，在樂雲天過了好一陣逍遙甜蜜的時光，但良心的譴責讓他漸生不安，與美神迦娃的感情因而質變轉淡，彼此慢慢變得貌合神離、猜忌不斷，直到有天他提出分手，美神迦娃無法接受，竟趁其不備，以追魂花粉迷昏，再軟禁於離神洞的孤繭室裡。聽到這，你們是不是已經想到，先前我說過的那個九陽之母與美神激戰的故事，裡頭提到的宿怨，就是指這件事。」

「你們看塔頂的倒三角錐石室，就好比孤繭室。」亮晴邊轉述青牙的話邊擡頭遙望石室。

亮晴繼續傳話：「失去自由的大刺王，對從前的荒唐行徑甚感悔恨，有一天，他居然自己割下頭頂上的五根綠角，而這五根綠角，其實是他神力的來源，他企圖以自毀神力來宣誓，自此跟不堪的過往一刀兩斷，並渴求九陽之母探奴雅的原諒與寬恕。然而，大刺王的宣誓動作對美神迦娃而言，簡直是奇恥大辱，旋即憤怒地造了四隻神行獸來死守孤繭室，決意永遠囚禁他。所以，丫頭，就這故事的脈絡來引申推測，我想，那五根斷角，現下恐怕就藏在塔頂的倒三角錐石室裡，它們定是我們要找的破關嵌入物。」

接下來，一陣突如其來的沉默讓大家惶惑不安，采甚不禁提問：「然後呢？亮晴，青牙還說什麼？」

「我也不知道怎麼回事，青牙像是突然想到什麼似地愣住了。」亮晴跟大家一樣不明所以。

「明美，對不起，青牙想請妳再唸一遍童謠第二段以後的文字。」亮晴一接到青牙的指令，即不怕尷尬立刻傳達，深恐耽誤什麼機先。

明美則刻意擺著臭臉唸道：

「爸爸，你討不討厭我？

不准接近五斗櫃，
因為裡面住著傷心難過，
因為裡面躲著悔恨落寞，
還是……」

「等等。」亮晴突然喊道。

接著，又是一段沉默，但亮晴眼睛，卻一直睜得大大的，看來，青牙似乎正在告訴她一件非常可怕的事。

Φ

「亮晴，怎麼啦？青牙剛剛跟妳說了什麼？」采甚關心輕問。

「青牙說，那四隻神行獸的古麼姆名字發音，分別唸作『ㄒㄩㄥ』、『ㄍㄨㄟ』、『ㄏㄨㄣ』、『ㄈㄛ』，意思即為——傷心、難過、悔恨與落寞，而這四個名字，在童謠第二段裡，全都提到了！」亮晴緩緩道出教她震驚的訊息。

「青牙的意思是，那四隻神行獸現在就在哀塔裡？」采甚實在不願意相信青牙說的遠古故事，都將在眼前一一成真。

就在這個時候，一道青影忽從亮晴他們眼前閃過，原來是青牙為了證明自己所言非虛，索性以身當餌引蛇出洞。

果然，青牙才起飛沒多久，離倒三角錐石室還有段距離，即被從四方飛射來的絲狀物和黏漿攻擊，見目的達成，牠隨即折返飛回亮晴他們身邊。

接著，兩隻龐然大物，便慢慢從左右兩側書牆暗處現身。牠們各戴了一副愁苦的人臉面具，而面具後面的身形卻宛如倒在水裡的彩墨——半透明且流晃個不停的深藍與深紅身軀，彷彿隨時會四散消失，又驀地在別處現蹤似的，不過，在牠們浮蕩的軀體裡面，仍隱約可見臟器與骨骼，就像從幽暗的湖面，窺見三五成群的游魚一樣。另外，牠們各自的十隻手腳，也都跟面具一樣具體清楚，末端直發寒光的長長利爪，像鐮刀一樣，教人看了頭皮發麻，心驚膽顫。

「還有兩隻。」亮晴再轉青牙的提醒。

「只要不靠近石室，牠們就不會主動攻擊我們。」雖然大夥兒對青牙的說法存疑，但也因此稍寬心。

亮晴接著再幫青牙說故事：「大剌王羅忘的故事還有後續。羅忘的小兒子九陽王子羅中，從小跟父親感情很好，但在父親拋妻棄子後，曾一度非常怨恨父親，直到父親自毀神力衷心懺悔後，他心生不忍終有救父的念頭。不過，九陽之母探奴雅不但不願寬恕丈夫，也一再阻止小兒子救父，後因突發火雁嶺暴亂，探奴雅分身乏術，才給了羅中救父機會。然而，儘管一心救父的羅中神力高強，仍難敵四隻神行獸的狡詐陰狠，羅忘眼見小兒子就快慘死在自己面前，便痛哭流涕跟眾神之主闕罕穆夫祈求，只要能救小兒子一命，不管要他做什麼、變成什麼，他都無怨無悔。」

「羅忘的祈求居然應驗，四隻神行獸當下即被莫名鎮住，羅中雖驚魂未定不明所以，仍把握機會續攻孤繭室，沒想到闖入後，卻怎麼也找不著父親，僅見孤單擺放在木桌上的一本書，羅中好奇翻閱，驚見裡頭畫的，竟是一頁頁父親從悔恨跪地祈求，到最後破涕為笑的速寫！」亮晴轉述到此，突然又停下來。

「哎呀，丫頭，我剛才怎麼沒想到！」青牙陡地在亮晴心頭大叫。

「大刺王羅忘的象徵符號是圓內十字，而冒險救他的小兒子羅中的象徵符號是圓外雙豎。現在書牆擺出圓內十字的圖案，便是在提示我們，若想打開石室石門，非得將圓內十字，重組成圓外雙豎的圖案不可。」亮晴快快轉述青牙的新推論。

采甚認真想了一下，即點頭輕嚷：「嗯，有道理。」

「可是，這麼大，這麼遠，又有神行獸暗伏的書牆，該怎麼重組？而且裡面的書，那麼多，還會自己飛。」亮晴難以想像該如何重組書牆上的圖案。

「亮晴，甭擔心，妳就等著看好了。」采甚自信滿滿地說。

Φ

「好，還記得調羊頭遊戲吧？明美妳抓羊，我放羊，悠麻煩你拍羊屁股。」抓羊、放羊和拍羊屁股，跟重組圖案有什麼關係？采甚說的暗語，教亮晴聽得一頭霧水。

不過，等采甚他們站到哀塔中心，面對好書牆上的巨大圖案，再一一拿出離探甩出超長的長鞭，接著動作迅速俐落地玩起調羊頭遊戲之後，亮晴便馬上明白那些暗語各代表什麼意思。

所謂「放羊」，就是采甚看準目標，一鞭捲起書，立刻移至新位置。但在此之前，明美得先完成「抓羊」動作——明美要很有默契的，先一步將采甚想移進新位置的書抽出來，然後，她鞭裡的書，也幾乎要在采甚的書就位的同時，填進采甚留下的空缺裡。

簡言之，「放羊」和「抓羊」其實就是互換位置，但是如果默契不足或動作稍慢，就很可能給這些會飛的書可乘之機而逃之夭夭。因此，采甚跟明美的每一個動作，都搭配得天衣無縫，兩條長鞭在他們手裡恍如有了自己的生命，它們奔放的律動，和著噠噠噠的鞭擊聲及空靈回音，宛若奏著時光圓舞曲的天神計時器，以不斷迴盪交錯的優雅弧線盡情演繹時光之美。

每本書甫被長鞭捲起，都馬上像被廚娘揪住脖子的雞鴨一樣，奮力拍翅想逃，通常拍翅沒幾下，便旋即被塞進新位置，但這時，若還有書不喜歡新家，在那不安分掙扎，悠就會輕鞭一下教它聽話，這就叫「拍羊屁股」。

突然，不曉得是誰的疏忽，一本書竟掙脫長鞭急往暗處飛躲，幸好悠及時追鞭，硬是把那本書逮個正著，並順勢補進空缺裡，明美輕呼口氣，接著再和采甚繼續移換剩下的書。

最後鞭聲停止，圓外雙豎巨大圖案完成，回音仍未散盡，但采甚他們已昂首挺胸，緊盯石室石門看它有無回應。

果然，青牙又猜對，石室石門發出叩的一聲冉冉升起。

「亮晴，待會兒，妳騎青牙進石室找那五根斷角，而我和明美、悠則在外頭牽制神行獸，等妳到手，吆喝一聲，大家再一起撤回井底，如何？」采甚很快就擬好攻堅計劃，不過，這計劃亮晴覺得太粗糙，尤其太低估神行獸的能耐。

憂慮寫在亮晴臉上，采甚看了不忍，但攻堅勢在必行，否則機會稍縱即逝，他只好催促亮晴：「亮晴，別想太多，沒人知道石門何時會再闔上，我們得趕緊行動。」

等亮晴騎著青牙高飛後，采甚他們三人便各自從離探射出三隻形貌各異且都長著翅膀的巨怪隨行。

眼看亮晴和青牙愈來愈接近石室，先前出現的那兩隻神行獸隨即分從兩翼襲來，明美打出的六手巨怪和悠的長毛巨怪見狀則立刻分頭迎擊，只剩采甚打出的雙頭巨怪繼續像大個兒保鑣似地陪亮晴他們挺進。

很快地，另外兩隻尚未現身的神行獸，也在這個時候先後出現於石室的左右兩側，牠們一副守株待兔的模樣，就像亮晴跟青牙只是自投羅網的小蟲子般。

雙頭巨怪無畏地猛一前撲，便態抱住石門左側的神行獸，牠接以巨掌直劈神行獸的面具臉，但那張面具臉就像被擺在搖晃的果凍上，以致牠的巨掌不僅失準沒能擊中，還像劈進流沙裡，反讓牠的半邊身軀深陷進對方的半透明身體裡，然後一道吸力猛拉，就把牠整個吞盡，接著沒三秒，即被消化得乾淨無蹤。

采甚看到雙頭巨怪就這麼被生啖活吞，驚嚇之餘仍奮力打出另一隻巨怪，但同樣沒兩三下又被收拾乾淨。事實上，不光只有采甚的巨怪，像食物般被神行獸吃乾抹淨，明美跟悠的也一樣，不管他們一再變出多少巨怪，都難逃變成大餐的下場，如此狼狽的局面，教采甚他們終於覺醒——神行獸的實力遠遠在他們之上，方才所為只是一直在浪費靡離與體力而已。

那兩隻後出現的神行獸，除了一直盡責地守在石門邊，還不時朝在半空盤旋的亮晴跟青牙吐出銀絲和黏漿，這讓亮晴跟青牙恍若誤闖盤絲洞的糊塗蒼蠅，只得在蜘蛛絲間穿梭找生路。有好幾次，銀絲驚險地掃過亮晴的手臂，一陣宛如被利紙割劃的辣灼感，伴著衣布撕裂聲，讓她的衣袖硬是迸開一道道裂口。除了血痕不時吻上身之外，有時亮晴還會被幸運躲過的黏漿碎末噴到，雖然那是比雨點還小的碎末，卻依然能在手背、脖子和臉頰上留下淡淡的侵蝕痕跡，還伴著隱隱的麻刺感，就像有一隻隻螞蟻在狠咬。亮晴不禁心想，萬一真被銀絲或黏漿擊中，下場鐵定很慘。

亮晴跟青牙的處境愈來愈艱險，采甚看得心急，只好決定使險招。

於是，采甚、明美跟悠同時利用離探打出迷煙陣，頃刻間，一團團如萬馬奔騰般的滾滾煙雲，即迅速籠罩住整個哀塔半空，吱吱吱的電擊聲還不絕於耳。雖然，這是迷離術，可暫時遮擾神行獸的視覺、聽覺與嗅覺，但同樣也會影響到在迷煙陣裡盤旋的亮晴跟青牙，然而，危機也可以是轉機，采甚在心裡默禱，祈盼青牙能夠撐住，並儘快帶亮晴溜進石室。

幸好就在采甚他們打出迷煙陣，神行獸被突如其來的煙雲搞得滿頭霧水之際，青牙不但一下子便明白這是采甚他們出的手，還抓住機先，閉眼憋氣，利用鮮少使用的高頻音波，如蝙蝠辨位般，接收回音確認石門所在，然後，疾飛至石室，再一秒都沒浪費地乘隙鑽進石門裡。

Φ

一進石門，亮晴和青牙即見一道陰森且不見頂的陡峭石階，待他們爬完石階，步入豁然開朗的石室，都不禁愣在原地。

簡陋的石室寒傖得令人失望，裡頭除了石牆上的幾把火炬，什麼都沒有，一眼望去，只有鋪天蓋地的整齊方正石塊，其冰冷生硬的哀涼感，讓人覺得它不但像間囚室，也像座陵墓。

「丫頭，妳還記得在童謠第三段文字裡，有提到『回憶歲月』和『過去毀滅』這幾個字嗎？若比照童謠第二段文字與古麼姆字的關係，『回憶』、『歲月』、『過去』與『毀滅』這些文字所回推的古麼姆字，正好跟『一右七下』同音，所以，丫頭，請妳推推看，右側這面石牆的第一排從頂向下數到七的那個石塊。」青牙再度發揮智多星的本事。

亮晴照著青牙指示，在面對右側石牆的第一排石塊後，即小心翼翼地從頭向下默數到七，然後，再重數一次。她不禁揣想，如果試對了，很快就能拿到斷角；萬一錯了，會不會觸動機關，引來萬箭穿心？

「不管了，就它了。」亮晴索性孤注一擲，立刻閉眼使勁一推。

石塊就這麼順著亮晴的力道慢慢陷進牆裡，沒一會兒，喀的一聲，亮晴雖未見萬箭齊發，但右側石牆竟開始緩緩前推，逼得她不得不後退兩步，同時還發現，方才爬過的石階居然也快速升起一道新石牆阻絕退路，這教她忍不住擔憂，是按錯了嗎？怎麼辦？難道就這樣等著被擠成肉醬？

幸好就在下一秒，右側石牆與新石牆皆陡地停止動作，接著，約莫三秒後，右側石牆慢慢後退，新石牆漸漸下降，青牙則在左側石牆邊嚷道：「ㄚ頭，很抱歉！剛剛我才忽然想到，『回憶』和『過去』這兩個詞的古麼姆字，都另有『倒、反』之意，所以，當我一發現苗頭不對，便馬上飛奔至石牆的另一頭，壓下最後一排由底往上數到七的石塊。」

右側石牆後退到底後，發出喀的一聲，靜止還不到一秒，又再有動作，但這次行進的方向，改為冉冉向上提起，這讓原本被擋在牆內迫不及待想早早現身的強光，有了可乘之機，它們全像脫韁野馬般直射牆外，沒多久，宛若正午豔陽的萬縷金光，照得亮晴不得不舉臂遮眼，最後，石牆終於升至頂部，才再喀的一聲止住不動，青牙和亮晴見狀，便馬上戰戰兢兢地迎著亮光快步踏進新石室。

新石室的空間比舊石室寬敞許多，正中心的大光球，就像顆超大的水晶球般鑲嵌在精雕細琢的底座裡，它雖是新石室裡的唯一光源，但它的亮光在方才，已亮到教亮晴承受不住，也在此刻，把整個新石室照得恍如天宮仙境般亮晃晶瑩。

此外，在大光球兩側，還各立有一男一女的石像。

左側男石像是位身軀昂藏，表情威嚴，頭頂五根斷角的男人，其衣著和配飾都很講究，姿態頎長優雅，亮晴一看便猜他是大刺王羅忘。另外，在他腳邊有一藤雕造型高筒，裡頭有一附提帶的酷黑皮筒，皮筒頂蓋還嵌了玻璃，讓人一眼即可望見裡面裝的，正是那五根斷角。

而右側女石像頭戴桂冠，長髮及腰，衣著飄逸輕柔，她雖高挑玲瓏，神韻嫵媚，但其隱隱散發出的堅毅直率氣質，教人看了無不心起崇敬之意。至於她腳邊花雕造型高筒裡放的，也是個頂蓋嵌有玻璃且附提帶的典雅皮筒，待湊近細瞧，發現裡頭放的是五顆純白球形刺絨花雕塑，且跟斷角一樣被精心設計的透明螺旋狀支架錯落有致地安置著，至此，亮晴已能百分百確認，她就是大刺王羅忘的妻子——九陽之母探奴雅。

然而，球形刺絨花雕塑的數目跟斷角一樣，都是五個，這純屬巧合，還是另有玄機？

亮晴此刻的疑惑之心，教她納悶——辛苦大半天，不就是為了這五根斷角？但為什麼我現在還會遲疑？這五個刺絨花雕塑，真是障眼法？是陷阱？還是……

青牙看亮晴猶豫不決，忍不住催促：「丫頭，怎麼啦？還不趕快拿那五根斷角，我們得快點離開，免得石牆再放下來。」

「青牙，我覺得有點不太對勁，好像我們疏漏了什麼。」亮晴的第六感讓她不安。

「童謠的最後一段文字裡，有沒有可能還另藏玄機？」亮晴開始找疑點。

「兒啊，我怎會恨你？

不准接近五斗櫃，

因為裡面住著媽媽，

因為裡面躲著爸爸，

怕你發現，

原來爸爸懦弱又無用。

不會啊，我已經認真思考過這段文字，也比對過可能拿來當暗喻用的古壢姆字，都沒發現什麼可疑的地方。」青牙覺得亮晴太小心，太婆婆媽媽了。

「童謠裡面提到的媽媽和爸爸，應該就是指眼前的這兩尊石像。而『怕你發現，原來爸爸懦弱又無用』這句話，真沒其他含意？」亮晴的疑慮愈來愈大。

青牙有點惱怒：「丫頭，妳想太多啦，我們該離開了。」

亮晴突然睜大眼嚷道：「不對，我們不該拿斷角，應該拿那五個刺絨花！」

青牙生氣了：「丫頭，妳瘋啦！拿那五個刺絨花幹麼？」

「青牙，請你再仔細想想──『怕你發現，原來爸爸懦弱又無用。』」亮晴慢慢地一個一個字唸。

「爸爸懦弱又無用。」亮晴再加重語氣。

「唉呀，丫頭，妳真行！之前，我太專注於鑽研文字背後可能隱含和牽涉的蛛絲馬跡，一頭栽進去後頓失退路，反而忽略了字面上最原始簡明的意義。『爸爸懦弱又無用』就是兩位城主在暗示我們，那五根斷角根本沒用，真正有用的，其實是代表媽媽的刺絨花。再想想，五芒星象徵的美神迦娃的剋星，不正是曾打敗她、還囚禁過她的九陽之母探奴雅嗎？而她的象徵物就是刺絨花。」青牙終於恍然大悟，不禁滔滔不絕地檢討起自己。

亮晴趕快從女石像旁的花雕造型高筒利索提出皮筒，幾乎同時，大光球瞬間變暗，男石像旁的藤雕造型高筒轉眼沒入地裡，原先升到頂區隔新舊石室的石牆，也驟然發出聲響冉冉下降。

分秒必爭地，亮晴趕緊斜背皮筒，大步跳上青牙，青牙接著奮力展翅，再一口氣地如溜煙般飛離新舊石室，戍守在石門邊的那兩隻神行獸一見他們晃過，當下先傻了眼，在愣了約莫三秒後，旋即氣急敗壞地狂吼咆哮，接下來，四隻神行獸因輕敵而顏面盡失，除只能惱羞成怒繼續朝亮晴他們猛吐銀絲跟黏漿之外，甚至不計形象一改先前的從容，牠們迅速集結，行動飛快，一副不管你們逃到哪，我們都將追殺到底的狠樣。

是故，當采甚、明美和悠看到亮晴騎著青牙從層層煙雲裡出現，身上還多背了一個新皮筒，便以為她已經成功拿到斷角，不過，四隻頂著熾烈怒火，像瘋象直衝而來的神行獸，讓他們沒時間高興，只見采甚情急大喊：「亮晴，妳跟青牙快下井！這裡我們來擋，快！」

緊接著，采甚先用離探噴出滿地油漬，以減緩神行獸的速度；明美快使離探長鞭，阻撓踉蹌牠們的步履；悠則採守勢打出弧形光盾，幫他們三人抵禦銀絲和黏漿的攻擊。

然而，神行獸雪恥的目標，並非采甚他們，而是亮晴跟青牙。

神行獸很快應變，紛從地面躍起，然後像蜘蛛貼著高牆快爬，采甚明白牠們是想繞過自己，再從二樓鐵門衝下井底追殺亮晴跟青牙，於是轉身快追，並以離探射出光簾封住二樓鐵門。

悠接著在光簾前，打出一隻像變形蟲的巨怪，不過，這隻巨怪並不攻擊神行獸，反倒擅用千變萬化的形變能力，一直消磨神行獸的攻擊，悠的目的，就是想拖延時間，好為亮晴跟青牙爭取更多的井底救人時間。

明美也沒閒著，她再一次用離探打出擅長的長鞭，但這次她突發奇想，讓新長鞭多了電擊功能，孰知，卻因此誤打誤撞發現了神行獸的罩門死穴——明美在狠甩新長鞭時，可能因帶電的長鞭產生吸力，竟意外拔起身軀呈半透明深綠的神行獸面具。失去面具的神行獸，就像被拔開吹氣嘴的氣球，急遽萎縮消靡，最後竟化成一灘黑泥。躺在黑泥旁的面具孤零零的，恍若一隻腹部朝天翻不了身的烏龜，這讓人不禁懷疑，當初美神迦娃在創造牠們的時候，是否只是隨手拿出魔法氣球便吹，然後，她每吹好一個氣球，就隨興在吹氣口安上像貼紙的面具，如此這般，四隻厲害刁鑽的神行獸潦草誕生。

夥伴的猝死，讓其他三隻神行獸立刻改變戰術。為了不重蹈覆轍，神行獸先一一將面具收進半透明的身體裡，接著，牠們把臀部左右併貼地緊靠在一起，再讓上半身彼此相連飛速延展，宛如使勁向上拋撒的魚網般，凌空直朝采甚他們撲展包夾過來，采甚驚覺不妙，馬上請悠引動變形蟲巨怪展開反擊，他原想——只要能將神行獸併連的臀部打散，魚網出現漏洞，大家應能像網中魚般鑽破洞溜走。

然而，神行獸實在動作太快，變形蟲巨怪還沒來得及幫忙，巨網即像鋪天蓋地的海嘯，以惡虎撲羊之姿襲至眼前！

儘管采甚跟明美已及時打出兩道防護光罩緊急防禦，依舊無濟於事，巨網就這麼吞噬了一切，一下子，采甚他們的口鼻像被灌進大量髒水，他們無法呼吸，意識也快速糢糊……采甚知道自己將死，但實在不甘心，也不願意哀塔二樓就是葬身之地，更不想死在像臭水溝一樣難聞的怪物身體裡面，然而再多的抱怨，最終都還是化成了無盡的黑暗。

Φ

「采甚，采甚，求求你，快醒醒！」黑暗中，采甚隱約聽到有人正在激動叫他，聲音聽起來很遙遠，輕輕浮浮的，但熟悉又陌生。采甚覺得好累，心想，最近一連串的奔波，是不是已告一段落了？終於可以放鬆心情，好好休息。

哦，不對，我已經死了！采甚猛然想起才剛發生的事。亮晴跟青牙成功了嗎？王子被救活了嗎？不過，想到自己跟明美和悠，就像三隻小動物般被怪物吃掉，真的很不甘心。

「采甚，采甚，快醒醒！」采甚這次聽到的，是雜遝的呼喚聲，聲音變得很近，像有幾個人同時在耳邊叫他，慢慢地，他聽出叫他的人，有明美、悠和亮晴。

突然，啪的清脆巴掌聲，取代了一直在耳際縈繞的叫喚聲，左臉的辣刺感，就像有人拿火把靠近采甚的臉頰，他忍不住想睜開眼，找找看是誰莫名其妙摑他耳光，驀地，眼前漸亮，接著映入眼簾慢慢清晰的，全是亮晴他們破涕為笑的驚喜臉龐。

「對不起，因為一直叫不醒，沒辦法，只好再跟上次一樣，打你一巴掌。」亮晴尷尬地解釋，巴掌是她打的。

「沒，沒關係，可是，我，我不是已經被神行獸吃掉了嗎？」采甚頭昏腦沈，覺得自己像在夢中。

「我和青牙在井底救出桑迪王子之後，就急著上來找你們，沒想到一上樓，便看見神行獸已變成巨網包住你們。」亮晴為采甚他們補回失去的時間。

「然後，青牙叫我趕快把重生石丟進巨網，我隨即照做，沒想到重生石一接觸巨網，整個二樓瞬間乍亮，緊接著，巨網像遭到電擊一樣，嘎吱的嘶叫聲一直沒停，一本本書還紛紛從書牆掉落，等到安靜了，落地的書才又飛回原位。」亮晴心有餘悸地描述事件經過。

「接著，我和青牙開始分頭叫你們，明美跟悠很快就醒了，而你怎麼叫都叫不醒，所以，我才……」亮晴不捨的淚悄悄在眼眶打轉，她很快別過臉拭去淚水。

「王子呢？」腦袋依然朦朧昏沈的采甚，在尚未弄明白現況前，仍不忘關心好友。

「因為他還沒清醒，又為了趕時間救你們，我們不得不先留他在井底，但事實上，那裡比這裡安全。」

亮晴的回答令采甚不解：「他還沒清醒？妳不是說已經救出他，怎麼……」

「走，我們這就去找桑迪王子，看到他，你自會明白。」

亮晴走在前頭正準備下樓，青牙忽然叫住她，原來她忘了辛苦得來的重生石，亮晴尷尬地撿起重生石，采甚看它已失去亮光變成一顆毫不起眼的小石頭，不禁好奇問：「重生石怎會變成這樣？」

亮晴笑而不答，只逕自轉身往樓梯口走去。

Φ

一下到井底，采甚就立刻跑到桑迪王子身邊。

桑迪王子雖然依舊昏迷不醒，但他的外表，已奇蹟似地完全恢復成原本模樣，這讓之前他元氣被重生石吸光，變成風乾木乃伊的情景，恍若夢魘一般。這段可怕的記憶，雖已漸漸虛浮失真，然一旦憶起，仍歷歷在目。

采甚輕搖桑迪王子的身體：「王子，快醒醒！你已經沒事了，快醒醒！」

慢慢地，桑迪王子終於張開迷惘的雙眼：「是我沒死？還是，你們也都死了？」

桑迪王子甦醒的第一句話，問得大夥兒啼笑皆非。

「傻瓜，你和我們不但都沒死，哀塔這關也被亮晴破了。」采甚的眼睛終於再度發亮。

「不能這樣說，哀塔這關是大家一起破的。如果沒有采甚、明美和悠，我跟青牙根本接近不了石室，更甭提拿到裡頭的刺絨花。」亮晴謙虛不居功，盼大家一同分享這份得來不易的成果。

「刺絨花？亮晴，我們要找的，不是五根斷角嗎？怎麼會變成刺絨花？」采甚滿臉驚訝。

「還記得童謠裡的最後一行字嗎？『原來爸爸懦弱又無用』這麼淺白的一句話，只因我們老是往童謠裡鑽研各種可能，反而輕忽它最表面的單純陳述，直到我在石室裡，面臨斷角跟刺絨花的抉擇，才突然領悟這句話，驚覺象徵父親大刺王羅忘的斷角根本無用，我們真正需要的，其實是代表母親九陽之母探奴雅的刺絨花。」

亮晴繼續補充：「回到井底，我依序將球形刺絨花雕塑，嵌進五芒星的五個尖角前圓洞裡，然後，喀的一聲，五芒星先牽引五角形轉動，接著五角形再帶動大圓圈，慢慢地，五頭怪的枯骨不僅跟著大圓圈的轉動打開，桑迪王子也像被解了魔咒一樣漸漸復原，但重生石卻一直變暗，終至無光。」

「我問過青牙，為何重生石會變成這樣？牠說，在正常情況下，重生石本來就跟一般石頭沒兩樣，只有在它發怒、高興或有危險時才會發光，而它會帶來生命或死亡，全憑其一念之間，不過，它很重義氣，在我們救其脫困後，它不但放過桑迪王子，還幫我們打敗了神行獸。至於，它為何有辦法一舉擊潰神行獸，是因為美神迦娃用來創造神行獸的紫魔法，先天就不敵重生石的更高階魔力——原靈力的關係。」亮晴的說明教大家難以置信，沒想到重生石這麼厲害又有靈性，彷彿有個神仙就住在裡面。

老月臺

離開哀塔，在趕赴下一關——老月臺途中，明美應大夥兒要求，將〈爺爺的紅圍巾〉這首童謠先唸個幾遍：

下雪了，下雪了，
爺爺的紅圍巾在銀白天地裡，
望著老樹隨風飄揚，
就像面紅旗蕩啊蕩。
下雨了，下雨了，
爺爺的紅圍巾在迷濛天地裡，
望著老樹隨風飄揚，
就像條紅魚晃啊晃。
落葉了，落葉了，
爺爺的紅圍巾在寂靜天地裡，
望著老樹隨風飄揚，
就像縷紅煙唱啊唱。
落幕了，落幕了，
爺爺的紅圍巾在黑暗天地裡，

望著虛無直搖頭，
它說，
爺爺的愛人哪，妳讓他等好久，
為什麼騙他妳要回頭？
爺爺先走，
或許來生你們再聚首。

亮晴聽著聽著，即不禁在腦海裡幻想出一條飄浮的豔紅圍巾，一開始，它在幽暗的螢光世界裡先變成一面紅旗子，隨著凜冽寒風不住飄蕩，接著，它變成一隻會發光的紅金魚，一邊搖晃著潑墨般的大長尾，一邊在無風無光的空間裡盤桓優游，最後，它變成紅煙，再隨著漸濃的豔紅，化成一大朵暈染開的鮮血，陣陣的腥臭味也就這麼在冰涼的空氣裡似有若無地隱隱傳開。

Φ

老月臺位於一處坡地上，三座破舊月臺就像三列站姿歪斜零亂的儀隊，棚架支離殘敗，鏽蝕得厲害的棚頂鐵皮，更是東缺西塌，倒是幾盞燈泡都還堪用，正勉強發出微弱的光芒，不過，每個月臺上的燈泡亮光顏色都不一樣，這教亮晴不禁納悶，難道第一月臺的黃光，第二月臺的白光，和第三月臺的藍光，皆各有意義？

除此之外，沉甸甸發出哀怨衰敗氣味的枯槁落葉，就像張殘破的超大舊地毯，非常認真地到處遮掩蜿蜒鏽紅的寂寥鐵軌。一具具落寞的轉轍器，就像小矮人一樣，紛以窺伺看好戲的心情蹲踞八方。另外，在每個月臺上都有個地下甬道入口，個個深黑黝暗，祕不可測，刺鼻的腐臭味還幽幽從中飄出。

「童謠的第一段文字裡，有提到銀白天地，那會不會是暗示我們，要在第二月臺找線索？」采甚勇敢提出自己的想法。

「有這麼容易？會不會又是陷阱？」桑迪王子心有餘悸地想起上一關所受的教訓。

「可是，上一首童謠的最後一行字，那麼關鍵的暗示，不就很淺白？」采甚提出的辯駁十分有力。

每個人雖都覺得，光從童謠字面意思去做抉擇，好像太冒險，但在連博學的青牙，無論如何都想不出一丁點跟古麼姆語有關的暗喻之後，大家也只好先在第二月臺東張西望地找線索，許久未果後，才把注意力轉移至地下甬道。

打亮離探、捏著鼻子下到地下甬道後，亮晴他們便先撞見一堵牆，牆上的圖像雖已斑駁褪色，仍可隱約看出那是個小丑的笑臉圖像，大家依著牆右彎，沒多久又遇到一堵牆，上面同樣也有個殘破的小丑笑臉圖像。

亮晴他們再右轉，一條深邃望不見盡頭的漫漫長廊，就像佝僂老者拉長的黑影在他們眼前無限延伸。一開始，每個人都被好奇心蒙蔽，興奮地直往暗裡鑽，等時間不耐煩地遺棄他們之後，才驚覺不對勁，儘管如此，也沒人能及時想到要往回走或不再往前的理由，是故，在如此尷尬又隱晦的氛圍下，所有人都只得以騎虎難下的矛盾心情，繼續提心吊膽地走下去。

終於走到盡頭，一堵老牆像個盡責的守衛嚴肅地擋在眼前，亮晴上前細看，發現在這堵孤傲的老牆上，嵌有一細格狀結構的小石方塊陣，上半部有個紅底白線，由紅、白小石方塊組成的半圓狀花朵圖案，下半部則是紅、白小石方塊紛亂錯置，讓整個方塊陣看起來，就像被刻意搗亂一半的棋盤。亮晴研判，這些小石方塊和老牆應該皆具磁性，而小石方塊本身也能隨意移動，否則，不能動的棋盤沒用，立著的棋盤沒磁性也早掉滿地。

桑迪王子再也沉不住氣，首先發難：「我覺得，我們應該是下錯地下甬道了，接下來是不是該往回走？」

桑迪王子嘟囔完，轉身前進才沒幾步，四周即接連響起喀吱聲，原來長廊兩邊的石牆，不但開始應聲像大地震引起壁面龜裂般陸續產生裂縫，還直從裂縫裡泉湧出黃褐色的沙。

緊接著，在離桑迪王子約十公尺遠的回頭路上，一道黑牆也速從甬道頂轟然砸下，震起的滾滾煙塵就這麼令大夥兒咳嗽連連。

「咳，怎麼會這樣？咳，怎麼會這樣？……」桑迪王子慌亂地望著黑牆，再下望淹滿地的惡沙，對可能是因為自己的魯莽退卻，以致引動哪兒的機關所闖的禍，完全不知所措，只無助地站在原地一再重複同一句話。

「咳，快打出補丁蛾！」采甚對悠和明美大喊，隨即三人一同打出三大群發出綠螢光的怪蛾，怪蛾向四方飛去，見縫便鑽且迅即脹大，原以為惡沙應該會就此被怪蛾堵塞住，沒想到很快地，怪蛾不但全被吐了出來，裂縫還變得更大，噴沙量也隨之增加。

煙塵漸散，采甚更看清了眼前狀況的危急險惡，他雖不敢再妄動，仍對亮晴抱以厚望：「亮晴，麻煩妳再使隔空移位的神技救大家，好不好？」

「好，我試試看。」亮晴沒時間多想，只得抱著姑且一試的心情掏出離鏡，但扳了又扳依舊打不開它。

「牆上的圖案有點眼熟，好像在哪看過……唉呀，丫頭，我想起來了！那是麼姆古禹蘭國的盲眼詩人荷地所組紅雲詩社的標誌，它的下半部會被故意搗亂，應該就是要我們重組還原它，等我們完成了，自然就能逃出去。」青牙突然在亮晴心底提出令人振奮的發現。

「亮晴，妳在幹嘛？」采甚看亮晴直往嵌有方塊陣的老牆走去，不禁納悶驚叫起來。

接下來，亮晴便在心底默默聽從青牙指揮，開始一個一個地移動方塊陣下半部的紅、白小石方塊。

就在亮晴全神貫注地努力重組方塊陣的同時，采甚他們皆只能手足無措地呆立原地——采甚眼巴巴地望著惡沙漸漸淹上自己的大腿，而個子較小的悠、明美和桑迪王子他們更是快淹上腰部。

采甚雖不知時間已如此窘迫，亮晴為何還執意要重組方塊陣，這比鼓足勇氣重試隔空移位的成功機率，實在小上太多，畢竟亮晴已經成功隔空移位過一次，然而，他並不想阻止亮晴，因為他相信亮晴，相信女卡羅一定會再次拯救大家。

惡沙已快積上明美他們的胸口，亮晴還在那忙著重組方塊陣，采甚情急地不得不高嚷提醒：「亮晴，請動作再快點，就要沒時間了！」

亮晴緊張地冷汗直冒，她知道時間已經所剩無幾，但方塊陣拼得並不順利，有好幾次青牙都舉棋不定浪費了不少時間，不過，她也只能被動配合，沒見過圖案原貌的她，想從旁協助根本無能為力，只得焦躁地等候指示再做動作。

「好，ㄚ頭，請妳將左邊第三行第五列的紅色小石方塊，和右邊第二行第二列的白色小石方塊對調。」青牙再次下指令，亮晴繼續乖乖照做。

「ㄚ頭，就快完成了，聽好，請妳先拿起右邊第五行第七列的紅色小石方塊，再把左邊第三行第八列的白色小石方塊填入，接著，將左邊第五行第四列的紅色小石方塊，移進方才白色小石方塊留下的空缺後，續把左邊第六行第六列的白色小石方塊，填進剛剛紅色小石方塊空下的方格裡，最後，妳再將手上的小石方塊直接放進剩下的空格裡即可。」青牙胸有成竹地下達最後一道指令。

亮晴相當熟稔利索地，邊聽邊完成青牙的要求，方塊陣最後呈現的圖案，已不再怪異紛雜，而是個典雅圖徽——在優美的刺絨花中心，飄著一朵欲言又止的雲。

又是刺絨花！兩位城主會挑中這個圖案，一定又是因為刺絨花，亮晴不禁心想。

就在亮晴完成方塊陣圖徽約三秒後，裂縫不再吐沙，及胸的惡沙也慢慢消退，然後，老牆突然發出喀的一聲緩緩拉高，後方一道向上延伸的石階就像逃生梯般，在每個人面前默默發散出希望的幽光。

Φ

石階的出口，就在一塊巨岩旁邊，而在這塊巨岩上，同樣也畫有斑駁的小丑笑臉圖像。

亮晴不由心想，看來，這次勇闖白光月臺地下甬道的行為，根本就是被從頭笑到尾。

亮晴在大家休息片刻後，即開始轉述青牙的發現：「現在一切都清楚了，盲詩人荷地的成名詩集《紅火車》內容共分三大卷——〈黃曲〉、〈白窗〉以及〈藍光〉，而在第三卷〈藍光〉裡，即有一首詩叫〈銀白天地〉，所以，第三月臺的地下甬道，才是我們該走的正確入口。」

青牙的博學連詩都行，讓大家不得不好奇，牠的學識到底是怎麼來的？是看來的，還是聽來的？看些什麼？又聽誰說？沒人好意思問，因為問人家學識何以淵博，只會暴露自己的貧乏與不用功。

走過一段砌石路後，亮晴他們便又遠遠望見那三座頹傾的老月臺。

爬上第三月臺，再走進地下甬道沒多久，六條通往不同方向的暗道，就在大家眼前展開，正當大夥兒猶疑該走哪條之際，桑迪王子突然輕叫：「你們看！」

原來，從林間木屋拿走指南針的桑迪王子，一直都把指南針塞在腰帶裡，除偶爾興起，才會拿出來把玩測方位，而剛剛，他突發奇想，姑且拿出來試試，發現指針在對準其中一條暗道時，會止住不動，接著換試別條，指針又開始打轉。

「我想，接下來，這副指南針應該會直接帶我們到該去的地方。」采甚喃喃地輕嚷道。於是，亮晴他們就這樣把指南針當響導，一路跟著它走過複雜曲折的暗道。

一條條模樣大同小異，方向卻多變的暗道不斷交替著，亮晴他們總是在東拐西彎，害得他們早已沒人搞得清東西南北，直至繞過一個斜傾的大右彎，一個像是火車調度場的遼闊洞窟，即以漠視他們到訪的態度堂皇現身，大夥兒的眼界也因而豁然開朗。

十二條軌道上，散陳著六列以蒸汽火車頭拖曳的車廂，每一列十二節車廂，車廂與火車頭皆漆得通紅，但這通紅，因羼了歲月的斑駁與暗澀，顯得頑固老成且欠缺熱情。至於裡頭的設備，從車窗窺望進去，雖見四處布滿灰塵、蜘蛛絲和鏽蝕，但似乎都還能用。

儘管鐵軌和車輪被不少障礙物擋道——競相比高的雜草，跟鐵軌稱兄道弟的石礫，像被頑童丟棄的破罐雜物，以及好似被惡房客到處亂撒的鐵鏽，皆看似難擋火車頭再次飛奔狂飆的想望，因為每部火車頭所擺出的蓄勢待發之姿，都像是在宣告，它們已準備就緒，待一聲令下，它們將風雲再起，馳騁千里！

在調度場的兩側有兩列黃燈泡，它們就像迷你燈籠般，以朦朧的燈光讓整個調度場充滿懷舊與追憶的幽情，數不清的悲歡離合皆像旅客一樣，隨著紅火車在此進進出出，喜歡這的下車待下，一個、兩個、三個……它們愈聚愈多，讓離別與重逢的激盪，在這慢慢醞釀出獨特的味道——在鹹辣的鐵鏽味跟甜臭的溼黴味裡，淡淡飄散出離別的苦澀與重逢的酸甜。

最後，在調度場左側高臺，亮晴他們發現了一間滿佈灰塵和蜘蛛絲的調度室，裡頭空間雖不大，但該有的都有——日常用品像檯燈、風扇、水壺、茶杯、碗筷、熨斗以及收音機等，還有辦公桌椅、文具和幾樣複雜的儀器，甚至連高掛在斑駁牆壁上全無指針的掛鐘，都像等不到主人回家似的，它們的寂寥與無奈早已化為遊魂，直在這滿是時間塵埃的空間裡盤桓浪蕩。

每個人都默默從調度室裡刮花的玻璃窗這頭，遠眺窗外調度場那六列如不動巨蟒的紅火車。千頭萬緒，大家不知該如何進行下一步。

明美自個兒拿出筆記本，在那喃喃唸著〈爺爺的紅圍巾〉：

下雪了，下雪了，
爺爺的紅圍巾在銀白天地裡，
望著老樹隨風飄揚，
就像面紅旗蕩啊蕩。
下雨了，下雨了，
爺爺的紅圍巾在迷濛天地裡，
望著老樹隨風飄揚，

就像條紅魚晃啊晃。
落葉了，落葉了，
爺爺的紅圍巾在寂靜天地裡……

「等等，我剛剛在那六部火車頭上，好像都有看到以古麼姆字命名的牌子，亮晴，可不可以請青牙幫忙看看那些牌子有沒有用？」桑迪王子忽然想到可能有用的線索。

Φ

青牙一一看過六部火車頭上的名牌後，沉默了一會兒，接著亮晴開始轉述：「這六部火車頭的名字，分別叫做——躍動蒼穹、與狼爭風、沉默之葉、棄軌羽翼、煙笑雲上以及火舞忘離，這些響亮的名字，乍看之下，好像沒什麼可利用的線索，不過，如果我們把這些主詞——蒼穹、狼、葉、羽翼、煙、火試著重組，即可得——『羽翼蒼穹』與『葉狼煙火』。『羽翼蒼穹』是荷地《紅火車》詩集第三卷〈藍光〉裡的另一首詩名，意指天降大雪，猶如白羽巨翼遮天，而『葉狼煙火』則是他死對頭詩人莫葉的筆名，實在想不透，兩位城主做這樣的巧妙安排，到底用意何在？」

「如憑直覺來想，『羽翼蒼穹』所描繪天降大雪的畫面，正好與童謠的第一段情節吻合，所以，接下來我們要選的火車頭，應該不是躍動蒼穹，就是棄軌羽翼！」明美的推論頗有道理。

「但就我直覺，沉默之葉這列車更像是我們的目標。你們想想童謠裡的第三段——落葉了，落葉了，爺爺的紅圍巾在寂靜天地裡……落葉跟寂靜，不就是沉默之葉？」采甚的論斷也很有道理。

「丫頭，我雖然還想不出『羽翼蒼穹』、『葉狼煙火』跟這首童謠間的破關線索在哪，但我的直覺反而告訴我，躍動蒼穹、棄軌羽翼和沉默之葉都應先排除，剩下的與狼爭風、煙笑雲上以及火舞忘離，才是我們該慎選的目標。」青牙同時潑了明美和采甚滿頭冷水，理由同樣也只是直覺。

亮晴瞥了桑迪王子一眼，他不好意思地搔首回應：「剛剛我也憑直覺拿指南針出來試，結果，指南針轉個不停到現在。」

悠很酷：「別逼我，我完全沒直覺，我從不相信第六感。」

最後，亮晴倒是提出了她的驚人直覺：「不知為什麼，從我們一到調度場開始，我便很想爬上火舞忘離瞧瞧。」

亮晴有點怯意，不得不心虛問道：「既然大家的想法都不太一樣，那可否聽我這一次，讓我任性試試火舞忘離好不好？我覺得，那裡面，好像有什麼東西在召喚我。」

「好，就火舞忘離。」采甚立刻投亮晴一票。

「我沒意見。」悠第二個投票，不過是廢票。

「亮晴，我相信妳。」桑迪王子笑笑地也投亮晴一票。

青牙本來就把火舞忘離當選項，所以牠跟亮晴算是意見一致。

最後，只剩明美冷冷僵在原地，她吃味地低頭嚷道：「隨便你們，反正我又不是女卡羅，沒人會聽我的。」

Φ

調度場裡的六列紅火車，除了最後一節車廂車門都敞開之外，其餘皆門窗緊閉，但等亮晴他們魚貫進入火舞忘離的最後一節車廂後，其他五列紅火車的最後一節車廂車門即紛紛叩叩叩地闔上。

亮晴不禁心想，沒機會回頭了，只能勇往直前。

亮晴他們緩緩朝前頭車廂行進，雖不知要找什麼，但提高警覺，睜大眼睛，盡可能仔細搜尋每一節車廂，是他們目前唯一能做的事，直到他們找到第八節車廂，桑迪王子陡地喊道：「你們看！」

桑迪王子指著貼在前車廂門邊的四開海報喃喃道：「那好像是條魚，在童謠第二段裡，不是有提到紅圍巾像紅魚般晃啊晃的，這張海報會不會就是線索？」

由於整個車廂都佈滿灰塵和蜘蛛絲，剛看第一眼，亮晴原以為那是條黑魚，稍拭灰塵後，一條嬌艷的紅魚隨即現身。

采甚接著認真拭去海報上的所有灰塵，寫在海報右上方的一行小古麼姆字終於重見天日。

亮晴轉述青牙的翻譯：「死亡與重生在此交會。」

「死亡？指的是什麼？重生？指的是重生石嗎？」采甚不解地念了念關鍵字。

亮晴聽到采甚提起重生石，便好奇自衣襟取出，沒想到五指一鬆開，重生石就猛地放射出白光，其光芒之強烈，讓大家都張不開眼睛，待光芒漸暗，才發現大夥兒竟全置身在先前曾探訪過的那間調度室裡。

然而，此刻的調度室已變得迥然不同，不但一塵不染，完全不見灰塵和蜘蛛絲，甚至還從收音機傳來沙啞廣播主持人模糊不知所云的嘀咕聲。水壺燒著水，白潔牆壁上的掛鐘指針都還在，且正答答地悠哉走著，一副調度室員工都跑去上洗手間，待會兒便會陸續出現的樣子。

正當大家被眼前的閒適景象搞得惶惑不安之際，明美突然喊道：「你們看，有好多紅魚！」大家循著明美手勢望去，馬上就被窗外景象震驚得說不出話來。

原來窗外應有的幽黯謐靜景象，像被魔術師掀開黑布幔般，一下子即無聲無息地變成詭異的水世界。

不知從何時何地湧來的海水已徹澈底底吞沒了整個調度場，那六列紅火車好似沈睡海底千年的巨獸，無數紅魚已把列車當作礁岩，直在車廂裡外穿梭，而紅魚款款擺動的開叉扇形長尾，宛若千萬朵紅花，把詭奇的水世界妝扮得猶如超大的喜慶會場，這麼乖謬的場景，跟紅魚海報上的古壓姆字「死亡」之間，到底會有怎樣的關連？亮晴不由心想。

突然，掛鐘敲起噹噹的聲響，亮晴來不及回瞥時間，便陡然發現自己跟大夥兒居然又重回車廂裡，門窗依舊緊閉，但無數紅魚全都已消失不見。

接著，亮晴發現車廂慢慢變樣，不但灰塵和蜘蛛絲開始消失，車廂煥然一新，在原先空蕩的座椅上，漸漸浮現出滿滿的人影，和煦的陽光也湊熱鬧似的，直從窗外照射進來，車廂氛圍頓時變得明亮活潑起來。

每張座椅上坐的，都是半透明的人，有男、有女、有老、有少，他們打扮復古正式，就像正要搭車趕赴喜宴一樣，不過，這些人雖都身著鮮亮高雅的禮服，但聒噪的交談和誇張的手勢，讓他們看起來仿若一群身著華服的蟋蟀。

其中，一對著藍灰格子西裝的孿生男孩，始終靜靜盯著亮晴，他們睜著睫毛又翹又長的大眼睛，瞳孔湛藍得像顆超迷你地球，彷彿藍鑽般投射出的璀璨光芒像是會攫人心智似的，亮晴就這麼不由自主地跟他們對望許久，直到他們淺淺地笑了笑。

接下來，所有半透明的人，又一起跟著孿生兄弟慢慢消失，車廂內的光線，也緩緩回復成原本的幽黯，剛剛的一切，恍若一場詭譎的夢。

「你們剛剛都有看到嗎？」亮晴不知道夥伴有沒有見到她所見到的。

「嗯，我也看到了。」采甚像怕會打草驚蛇似地輕聲回答。

「太恐怖了，你們看，我手臂上的雞皮疙瘩還立著呢。」桑迪王子以誇張的摩搓臂膀動作來加強回應力道。

亮晴確定不是自已在做白日夢後，才一邊檢視收好已恢復成普通石頭模樣的重生石，一邊慎重提出想法：「剛剛那些半透明的人，和大家在調度室看到的異象，都讓我覺得裡頭暗藏許多玄機，像方才有沒有人注意到，調度室裡那個掛鐘敲鐘時，時間是幾點幾分？」

「正好六點整。」悠是唯一及時看到掛鐘時間的人，其他人只得面面相覷。

「不過，這裡不見天日，不知那是指早上六點，還是傍晚六點？」悠隨即提出一個棘手難題。

「如果說，半透明人的出現是有意義的，那我記得，那時的陽光是從車廂左側照進來，桑迪王子，可不可以麻煩你拿指南針出來測一下，看看車廂左側是東或西方？」亮晴仔細回憶怪夢，試圖找出有用的線索。

「可是，從來到調度場開始，指南針就一直轉個沒停，我實在不敢指望……」桑迪王子邊嘀咕，邊從腰帶掏出指南針，驀地，他愣住，話也卡斷，接著，他瞪大眼喃喃道：「真奇怪，指南針又正常了。」然後，他才想到亮晴的請求，不禁尷尬苦笑：「對不起，我差點忘了，嗯，我看看，車廂的左側是……東方，是東方。」

「東方，好，桑迪王子，謝謝你。」亮晴剛道完謝，青牙便緊接著在她心底說道：「所以，怪夢的提示就是『早上六點』，而這列車共有十二節車廂，麼姆世界的一天，跟人類世界一樣是二十四小時，因此，一節車廂代表兩個小時，『早上六點』指的，應該就是第三節車廂！」

前進。

「走，大家趕快到第三節車廂。」亮晴轉述的青牙推論，大夥兒都覺得有理，馬上不囉嗦

Φ

在第三節車廂裡，堆陳散置了各式規格不一的古書，和泛黃破損的古報刊雜誌，這般四處堆積的場景，完全就像一間多年沒整理的二手書店。

儘管灰塵和蜘蛛絲早已變成這些印刷品的外衣，大家仍各自分頭信手拿起一本本的古書或古雜誌，先拂去蜘蛛絲和灰塵，再大致翻閱內容，結果，灰塵就像不甘被趕出遊樂場的頑童繞著車廂滿場跑，讓每個人皆無一倖免地被嗆得噴嚏連連。然而，身體的不適，並未挫損大家努力找線索的決心，大夥兒都像急尋答案的考生，手、腳、腦、眼並用地在一本本古書與古雜誌之間，搜尋那不知躲藏在何處的關鍵字句。

不知過了多久，在響個沒停的沙沙翻書聲中，亮晴找到一本在封面右上角，印有荷地詩社圖徽的破舊雜誌。

亮晴仔細翻了翻，密密麻麻的陌生文字像鬼畫符，不過，在點綴版面的一幅幅配圖裡，卻有一幅生動的黑白肖像素描吸引住她的目光：「是他們！」

大家聞聲紛紛圍攏過來，然後，在每個人臉上都很快出現驚疑的表情。

這張素描畫的，就是怪夢裡那一對呈半透明狀的孿生兄弟，唯妙唯肖的，尤其畫裡的笑容，跟他們消失前留給亮晴的一模一樣——詭譎裡有善意，善意裡有嘲弄。

青牙在準備閱讀破舊雜誌前，先喃喃在亮晴心底道：「我對荷地的瞭解本就有限，只約略知道，他幾本知名詩集裡的概要內容，他跟其他詩人之間的鬥爭，以及他所創紅雲詩社的戲劇性發展等等，我想，在這本雜誌裡，應該還有很多我們亟需的資料。」

在青牙認真閱讀雜誌的同時，其他人也沒閒著，他們繼續翻找線索，只是效果依然不彰，都沒有亮晴的好運氣。

過沒多久，青牙讀完雜誌，隨即語重心長地嘆道：「這些古壓姆字，道出了許多我所不知道的荷地，這本雜誌所特地製作的荷地專輯，已詳細地將他的一生記錄在裡頭。」

青牙接著說明：「荷地晚年曾有段淒美的黃昏之戀——在五十八歲那年，他與一名氣質出眾，才二十歲出頭的美麗女詩人艾雅，在其所創的紅雲詩社初識，艾雅雖以初生之犢的無畏之姿踢館挑戰，但在高談闊論之後，他對艾雅的猖狂行徑，不僅不以為意，還對這名霸氣十足的新秀印象深刻。接下來的三年，他們之間的論戰從未停歇，始終維持著亦敵亦友亦師的關係，直到六十三歲，愛妻因病驟逝，他意志日益消沈，艾雅對他漸生同情與不捨，慢慢地，終於擦出愛的火花，最後在七十歲共結連理，並於同年產下一對雙胞胎。」

「雙胞胎？他們該不會就是我們在車廂裡看到的那一對吧？」桑迪王子聽了亮晴的轉述，立刻瞪大眼提問。

「嗯，就是他們。」亮晴很快將青牙的回答說出來。

「然後呢？」明美對愛情故事特別感興趣。

「荷地因為第二春的開花結果，整個人如沐春風宛若新生，而他人生的最高峰，莫過於七十三歲榮獲文學最高桂冠青爵獎，不過，好景不常，在七十八歲那年十月，全家應邀參加豪華列車威尼號的首航之旅，卻在威尼號經過觀紅峽灣的觀紅大橋時，橫遭極端異議份子的恐怖炸橋，一舉粉碎了他的美夢。此一事件死傷非常慘重，只有十一人倖存，荷地即為其中之一。」亮晴再接著幫青牙說故事。

「荷地的年輕妻子和小孩都死了？」明美難掩哀傷。

「嗯，他們都不幸身亡了，但是，荷地不願相信，頻頻告訴醫護人員，他不能在醫院待太久，說他已經跟妻兒約好，隔天上午要在故鄉老樹下見面。醫護人員雖聽得鼻酸，也只能盡量敷衍，直到他康復出院。」青牙說的故事已近尾聲。

「在荷地八十二歲逝世前，每天都會來到蒼翠高聳的老樹下，他喃喃自語，枯枯地等，而且，無論寒暑，始終在脖子上圍著艾雅在他七十五歲生日時送的親織紅圍巾……他圍著紅圍巾的身影，就像尊望妻石，日復一日，直至倒下，白雪才漸漸覆蓋吞沒他傳奇的一生。」亮晴黯然轉述完荷地的故事。

「唉，好可憐。」桑迪王子忍不住歎息。

「丫頭，從這個悲劇故事，妳有聯想到什麼嗎？」青牙畢竟是不死聖獸，早已看透人世滄桑，很快就甩開情感羈絆，速回理性，並利用提問，順勢自憂傷漩渦中拉出亮晴。

細想一會兒後，亮晴始在心底回答：「在我腦海裡，除了到處是發慌的白雪之外，就只剩一棵抑鬱落寞的老樹，和一條卡在樹枝上隨風飄搖的紅圍巾……唉，我好笨，腦袋好像已經整個被雪填滿，完全想不出任何東西來。」

「童謠裡拿來比擬紅圍巾的，只有紅魚出現過，其他像紅旗與紅煙皆未現身，所以，我們是不是該從這個角度去思考？」采甚提出不錯的見解。

「七十歲結婚，七十八歲時小孩八歲，跟年輕妻子也才共度八年，接著，就被命運無情折磨，不僅白髮送黑髮人，之後，還成天圍著紅圍巾，站在老樹下等不會出現的妻兒，就像在慢慢勒死自己，直到八十二歲，他苟延殘喘的生命至此畫上休止符。唉，我想，沒有人會比荷地的晚年，更大起大落、更悲慘的，這十二年，應該是他人生裡最刻骨銘心難忘的十二年。」明美難得流露細膩的情感。

「等等，十二年？我明白了！我終於知道，為什麼這本雜誌會在這裡。」青牙突然在亮晴心底喊道。

「ㄚ頭，妳看，荷地在七十歲時再婚，宛如重生，但在七十八歲時，發生慘案，妻兒枉死，不正好說明，我們為何會在第八節車廂見到孿生兄弟的幻影，也看到了那張紅魚海報，現在想想，上面寫的『死亡與重生在此交會』，意義再明顯不過——死亡指的，就是炸橋慘劇，重生則一語雙關，一指重生石，另指荷地七十歲以後的人生。」

青牙再接著解釋：「所以，我認為，火舞忘離這十二節車廂所代表的，正是荷地再婚重生至死亡之間的十二年。第八節車廂，象徵他的七十八歲，所以有孿生兄弟的幻影，而古書和這本雜誌會在第三節車廂，是因為他在七十三歲獲青爵獎的緣故。因此，這裡除了許多當幌子用的雜書之外，一定還藏有幾本他的其他著作，或與他相關的討論和文學作品，不過，這些書我們都無須再找，因為這本雜誌給的線索已經足夠。」

經亮晴傳達完青牙的發現後，儘管大家恍然大悟明白車廂安排的玄機，但一時還猜不出青牙的下一步。

「我們的下一步，該往第五節車廂走。」明美第一個開竅，她已經想通荷地歲數與線索間的關係：「童謠裡提到的紅圍巾，是荷地在七十五歲生日時妻子親自編織送他的，所以，在第五節車廂裡，一定有我們要找的東西。」

青牙還促狹地在亮晴心底補充：「我猜在第五節車廂裡，應該會藏有一面紅旗子。」

Φ

之前為趕赴第三節而路經第五節車廂時，匆匆一瞥，原以為只是個垃圾場，但一經重返細看才發現，這裡根本就是個樂器墳場。

沒有鼓皮的爵士鼓，被擠壓得像變形罐頭，從中開花似地冒出一支開叉的法國號，而在開叉法國號的脖子上，一支彎曲得像拐杖糖的長笛，彷若不慎墜崖的遊客死命緊勾快要窒息的法國號，不僅如此，這支自私的長笛，還蠻橫地以其筆直的一端，像要拉人陪葬般，跟破柵欄樣的木琴卡牢固鎖在一起。

可憐認命的木琴，本就被一把無弦的吉他咬在共鳴箱裡，然而，這把失聲吉他的處境比木琴還可怕，由於一塊對折古箏和大提琴、琵琶殘肢的混合體，與另一塊無頭小提琴和薩克斯風、手風琴殘骸的混壓物，早就像兩塊大岩石將它夾得死緊，害它早忘了呼吸的感覺。更糟的是，緊黏在它們身後的一架僅剩三分之一琴身的鋼琴，宛若被車輪輾過的動物屍體，琴鍵、鋼絲、條木等零件，全像內臟器官向四方迸捲爆裂，周遭的無辜樂器，都被無奈混亂地糾纏在一塊兒。

諸如上述的糾結畫面，在走道兩側的樂器墳場裡比比皆是，好似它們正在打群架，彼此扭扯在一起，早已難分難捨。

該如何開始？每個人都手足無措地望著眼前的樂器墳場。

「青牙說，我們要在這找一面紅旗子。」亮晴為大家吹起行動的號角。

「紅旗子？是真的紅旗子嗎？還是……」桑迪王子馬上提問。

亮晴接著轉達青牙的回答：「它可以是任何的形式，就跟先前我們在苦船那關找四朵花一樣。」

「好，大家分頭找找看吧。」亮晴希望好運還在。

在大家胡亂尋覓一陣後，采甚突然嚷道：「你們快來看這塊地板！」

采甚發現在車廂走道上，一塊塊接嵌相連的長條木板裡，有一塊顏色特別深。

經大家合力清除塵垢後，這塊被塗上紅漆的長條木板上面淺刻的長旗線條圖案終於靦腆現身！

采甚原想用離探變成的利刃橇開木板，但就在刀鋒輕觸木板邊縫，才輕輕使力，紅漆木板便像撲克牌自動翻面，亮出一行刀刻的古壓姆字，青牙馬上解讀：「曲終人散，真情不滅。」

亮晴剛轉述完青牙的解字，隨即兩聲來自車廂前後方的不同聲響，馬上吸引大家前後轉頭瞥望。

其中一道聲音是來自車廂前門的關閉聲，無論接下來亮晴他們如何扳動都打不開，想拿離探變出的武器破壞也都被彈開，就像被魔法做了結界保護了般。

而另一道聲音則是來自一具不知哪來的巨型器械，上頭裝的五面大小不一且高速旋轉的圓盤鋼鋸，正以不疾不徐的速度、凌遲對方的態度，從車廂後門那頭緩緩朝亮晴他們進逼——這五面橫擺在一起的圓盤鋼鋸，上下等間，前後參差，總高度接近車廂高度，其中最大的一面也快與車廂同寬。

更可怕的是，一路被鋼鋸串掃碎的樂器殘骸，就伴著火花到處橫飛濺射，所幸采甚已早一步打出防護光罩，及時擋住了許多如子彈飛來的殘鐵碎木。

在車廂前門被封的狀況下，亮晴他們面對鋼鋸串的威逼，根本無路可退，亮晴不得不高喊：

「大家快想想，看有沒有什麼辦法，可以讓鋼鋸串先停下來！」

「我來。」悠二話不說，馬上拿離探朝鋼鋸串射出一道白光。

白光頓時化作一大坨不軟不硬且韌勁十足的白色橡膠，它一下子整個裹纏住鋼鋸串，鋼鋸串氣急敗壞地想擺脫束縛，卻一直徒勞無功，只得斷斷續續發出嘎嘎嘎的刺耳聲，就像輪胎深陷泥淖離不開，而引擎直在那加油空轉的聲音，不過，儘管現在動彈不得，但沒人知道它何時會掙脫成功。

「快，大家想想，『曲終人散，真情不滅』到底在暗示什麼？」采甚著急地叫嚷起來。

明美拿出筆記本，像在翻字典找答案：「剛剛木板上頭刻的是長旗圖案，所以我想『曲終人散，真情不滅』一定跟童謠的第一段有關——下雪了，下雪了，爺爺的紅圍巾在銀白天地裡，望著老樹隨風飄揚，就像面紅旗蕩啊蕩……只是關連在哪？唉，一時實在想不出來。」

「雪、爺爺、紅圍巾、銀白天地、老樹、紅旗和『曲終人散，真情不滅』會有什麼關連？目前用過的線索，只有銀白天地，所以，先排除掉它……」桑迪王子想用剔除法找線索。

「哦，我想起來了！」青牙突然眼睛發亮地在亮晴心底叫道。

亮晴接著轉述青牙的話：「在那本舊雜誌的荷地專輯裡，有特別提到一首叫〈黑鍵〉的詩，那是《紅火車》第一卷黃曲裡的最後一首詩，也是荷地年輕妻子艾雅的最愛。〈黑鍵〉是首以鋼琴黑白鍵來暗喻忘年愛情的絕妙詩作，『曲終人散，真情不滅』即為該詩文末的句子，因此，鋼琴黑鍵，應該就是接下來我們要找的東西。」

聽完青牙的說法，每個人立刻東張西望，發現在周遭的樂器墳場裡，共有三處攙裹著鋼琴殘骸。

正當大夥兒各奔東西，想儘速趕至每個鋼琴殘骸面前之際，啪吖一聲巨響，宛若巴掌聲，一掌摑碎了大家心頭上的僥倖心與初萌希望。

原來困住鋼鋸串的白色橡膠，因鋼鋸串的不斷掙扎空轉，導致盤面溫度持續攀高，造成橡膠開始硬化，慢慢失去韌性，待它變得硬脆易裂，便再也縛不住鋼鋸串。應聲爆裂四射的白色橡膠碎塊，就這麼打得疏於防備的亮晴他們多處瘀傷，大家紛紛退回明美打出的防護光罩裡，而新一波樂器殘骸的流彈襲擊也再度展開！

悠想再一次以橡膠困住鋼鋸串，但這回橡膠才裹住鋼鋸串一下子，便因高溫立刻變硬爆裂，看得采甚不得不另想別的辦法：「明美，接下來，請妳繼續以防護光罩，保護好自己和亮晴跟青牙，而我和悠及王子則分頭去找鋼琴黑鍵，我和悠負責左右兩側，王子請找左後方。」

狂射不止的樂器殘骸如湍流般，一一結實地打在采甚他們的護身盔甲上，雖然殘骸都被盔甲有效隔離彈開，但它們在盔甲上激擦出的火花，讓采甚他們看起來，就像正被無數的鹽水蜂炮圍攻炸射一樣。

儘管采甚他們，被不停歇的殘骸流彈攻擊得寸步難行，尤其采甚跟悠離鋼鋸串最近，殘骸攻擊的力道最猛烈，然而，他們仍像兩名不知死活、自以為是的潛水者，正賭命想從巨鯊口中搶救走將被吞噬下肚的無辜獵物。

更大的挑戰是，在這樣如蝗蟲過境般黑壓壓的環境裡，如何從支離破碎的樂器殘骸裡，找出藏在鋼琴黑鍵裡的紅旗子？這跟在暗夜的垃圾場，翻尋不慎被丟進垃圾桶的婚戒一樣，需要很多、很好的運氣。

Φ

采甚他們終於在鋼琴殘骸裡奮力掏出如殘破爆竹般的黑白琴鍵，接著，他們再利用手邊的樂器殘骸當工具，一一快速撬開鋼琴黑鍵。

采甚動作迅速俐落，是第一個撬完手上所有鋼琴黑鍵的人，但結果教人失望。

悠第二名，結果也跟采甚一樣。

桑迪王子最後，同樣一無所獲。

濃濃的失落感令人難堪，就像被愛人忘了生日，不滿的鬱氣在心頭搓揉得愈脹愈大。

悠怒火攻心：「搞什麼嘛，裡面全是空的！到底是我們猜錯？還是，他們根本就一直在耍我們！」

「裡面？」青牙陡地在亮晴心底叫道：「丫頭，叫小傢伙們翻翻黑鍵背面。」

亮晴疑惑地高喊出青牙的建議，其他人只好意興闌珊地配合照做。

沒一會兒，桑迪王子高舉著一個黑鍵興奮大叫：「背面真的有字！」

「我這裡也有！」采甚也發現背面有字的黑鍵。

「我也是！」悠也找到特別的黑鍵。

大家各自拿著背面有字的黑鍵衝回防護光罩裡。

樂器殘骸的飛射，依舊如呼嘯而來的迷你神風特攻隊，不停賣命地發動一波波冷血又孤注的攻擊，而早先被采甚跟悠卸下琴鍵的那兩具鋼琴殘骸，也不知在何時被鋼鋸串削殺而過，現已化成一堆碎屑殘渣。

由於大家都把注意力放在那三個以紅漆細心工整寫在黑鍵背面的古麼姆字，原本轟轟轟流彈撞擊防護光罩的駭人聲音，在此時聽來恍若蚊蠅聲，儘管如此，大夥兒還是會不時回神打量鋼鋸串的位置，就像深入敵營搞破壞，三不五時會抬頭張望一下。

亮晴很快就嚷出青牙的翻譯：「來、生、緣。」

「這三個字，跟我們要找的紅旗子，真有關係？」桑迪王子不解地嘟囔道。

「當然有關係，你們還記得童謠最後一段文字嗎？

落幕了，落幕了，

爺爺的紅圍巾在黑暗天地裡，

望著虛無直搖頭，

它說，
爺爺的愛人哪！妳讓他等好久，
為什麼騙他妳要回頭？
爺爺先走，
或許來生你們再聚首……

在古壓姆字裡，『幕』通『背』，所以黑鍵背面有字，而『久』跟『鋸』同音，是故這裡有鋼鋸串。再者，童謠裡的『來生』，跟黑鍵背面的『來生緣』相呼應，且『或』跟古壓姆字『火』同音，因此，我大膽把『或許來生你們再聚首』，改唸成『火許來生你們再聚首』，那麼接下來該做什麼，你們應該都很明白了吧。另外，『火舞忘離』會被兩位城主拿來當試煉工具，我想，應該也是因為『或』跟『火』同音的關係。」亮晴傳達完青牙的話，隨即自己喃喃道：「要用火，怎麼用？」

「我曾聽說過有種高階離術叫『化虛』，利用能讓實虛相容的離術粉化無為有，而火就是離術粉的催化劑，難道『來生緣』這三個字，就是用離術粉寫的？」采甚說完話，即半信半疑地端詳手裡的黑鍵，紅漆字也在此時，像要極盡發揮其魅惑之能事地，教他忽然失神迷茫了一下。

「是不是離術粉，一試便知。」桑迪王子馬上用離探點起一縷小火。

桑迪王子小心翼翼地拿小火對準黑鍵背面的紅漆字，才烘烤一下，紅漆字就像活生生的生物猛然翻飛起來，好似一隻原本緊趴在黑鍵背面冬眠的迷你紅蝙蝠，經火惡意侵擾後，乍然驚醒，牠飛離老巢暴跳如雷，直在半空中朝滋事者咆哮抗議，每個人見狀，彷彿都可隱約聽到，紅漆字正在那嘶鳴狂喊，吱吱吱的叫囂聲不絕於耳。

沒多久，紅漆字不但安靜下來不動，還開始隱隱發光，然後，一團蠕動的光串，就像原本寄生在紅漆字體內的異形怪物，竟慢慢地破字而出，而紅漆字也在光串探出頭的同時，瞬間裂解散化成晶瑩的紅色粉末，看起來就像夜空裡驟現的紅色煙火，在璀璨現身一下後便煙消雲散。

「哇，真是離術粉耶，太不可思議了！」桑迪王子在一片驚惶疑懼的氛圍中，首先發出讚歎之聲。

緊接著，采甚跟悠也跟著照做，另外兩道光串，也很快出現在半空中，然後在下一秒，三道光串合一，一支在頂端雕有長旗的紅鑰匙，在光串裡忽隱忽現，陡地，光串消失，紅鑰匙落地，鏗鏘一聲，清脆震耳！

已近在咫尺的鋼鋸串，就在紅鑰匙落地聲響的同時，像被人冒然拔掉插頭般，驀地停住，周遭環境也忽從暴亂激烈的戰場，轉眼變成死寂狼狽的垃圾場。

大家都不禁鬆了口氣，也疲累地就地坐下。

火舞忘離

「咵！咵！咵！」的連續聲響，像出征的戰鼓聲，猛然喚醒大夥兒的警覺心。

那是車廂門陸續開啟的聲音，它是下一步行動的暗示？還是混淆意志的甘擾？亮晴不禁心想。

「我們先到外頭看看。」亮晴的直覺告訴她，下一步該往外走。

大家接連跳下火車，就地東張西望，而調度場仍是一派老神在在的模樣，這教亮晴他們頗為失落，好似方才在車廂裡的激戰，只是茶壺裡的風暴，完全跟閒適安逸的調度場一點關係都沒有。

不過，采甚卻發現了異樣：「你們看，從第一到第十二節車廂，每一節車廂門都已打開，唯獨火車頭的車門沒有。我猜，紅鑰匙不僅是打開火車頭車門的鑰匙，應該也是啟動引擎的鑰匙。」

果然，當大家一起走到火舞忘離的火車頭邊，亮晴伸手拉了拉車門把打不開之後，便索性將紅鑰匙插進鎖孔一轉，喀的一聲，鮮活篤定，火車頭車門就這麼應聲鬆開。

亮晴一鑽進火車頭，看到裡面盡是琳瑯滿目的各種方圓儀錶、按鈕轉盤、大大小小的操控桿，以及燃著熾烈火焰的鍋爐，便不禁頭昏眼花，完全束手無策。

「亮晴，甭管其他，妳只須注意這個。」采甚體貼地手指操控閘把右方的鎖孔。

「等等，我們啟動火車要做什麼？還有，誰來駕駛火車？火車又要開往哪裡？」就在亮晴準備將紅鑰匙插入啟動鎖孔之際，明美突然提出異議。

「明美，如果這裡的每個考驗，都是明確可事先規畫的，那這裡，就不會是令人聞風喪膽的試煉之城了，要冒險，當然得不斷勇敢面對意外，多慮害怕，只會坐以待斃。」

明美原以為自己的理性質疑，相較於亮晴的直覺魯莽，應能贏得大家的稱許，沒想到卻先被采甚否定，且不見他人聲援，她覺得好委屈，她不認為自己的質疑有錯，錯只錯在她質疑錯對象，對方可是亮晴，是最最偉大的女卡羅啊！采甚怎麼可以如此不留情面，采甚不再像以往處處讓她，采甚變了，是亮晴讓采甚變了……她愈想愈難過，兩行清淚不自覺流出。

明美雖很快技巧地利用撥髮動作拭去淚水，但她的激憤與悲傷，大家都看在眼裡。

亮晴尷尬地打圓場：「采甚，明美的質疑很有道理，萬一啟動火車後，發現這是陷阱，那該怎麼辦？我們應該聽明美的話，先好好討論一下。」

但亮晴的支持，並沒得到明美的善意回應：「拜託，別再浪費大家時間，請你們趕快拿紅鑰匙啟動這列該死的火車，好讓我們追隨你們這兩位偉大的冒險家，速速離開這個鬼地方吧！」

「其實，你們都對，但問題是，我們沒有選擇的自由。」悠淡淡地陳述自己的想法。

「丫頭，不管這是破關之路，或是通往死亡的陷阱，我們都只能繼續下去，我們已經無路可退，只能向前。」青牙語重心長說出的話，教亮晴不得不認清現實，知道自己不能再躊躇。

於是，亮晴將紅鑰匙插進啟動鎖孔，向右一轉，轟隆隆的器械運轉聲旋即震天價響，又長又刺耳的汽笛聲響起，然後，火車頭開始緩緩前行。

Φ

火舞忘離在徐徐爬上陡坡接著進入隧道後，它便以愈來愈快的速度在幽暗的空間裡疾馳，如魔鬼哮喘的蒸汽引擎聲，以及跟惡靈哀號沒兩樣的軌道磨擦聲，彷彿兩隻長滿利爪的鬼手，不停扭扯戳刺亮晴他們的可憐耳膜，儘管他們知道這只是序曲，還有更多、更大的磨難在後頭等著，但是，隨著隧道變得峰迴路轉、上下不分，他們才真正了解，搭上這列不知往哪、不知何時抵達終站的特快車，是項多麼嚴厲要命的考驗。

火舞忘離宛若一列超大、超長的雲霄飛車，在只見嶙峋岩壁的無盡隧道裡橫衝直撞，這裡頭的軌道設計根本就是亂來，完全隨性到不顧重力因素的瘋狂地步。

火舞忘離有時像顆子彈，在如槍管膛線構造的鐵軌上，以螺旋方式飛馳，導致亮晴他們，非得一路拚命抱住能固定自己的器具不可，免得一下摔東、一下跌西，甚至，一會兒撞上車頂，一會兒墜落地板。有時它又像枚導彈，會突然急轉彎，再垂直疾升，或在下一次急轉彎後，垂直俯衝。更可惡的是，它偶爾會故意上下顛倒陡地停住，害大夥兒全像曬鹹魚般，吊掛在半空中許久許久，直到撐不住，一個個像蘋果掉落，它才得意地重新上路。

火舞忘離在這恍如礦坑的變態遊樂園裡，以雲霄飛車之姿流竄好一陣子之後，竟在一次連續三大急轉後衝出軌道！

像一支離弓飛竄的箭，火舞忘離就這麼一頭栽進，一個完全沒有一丁點聲響的幽藍空間裡。

原先偌大的蒸汽引擎聲與軌道磨擦聲，全都消失了，亮晴他們彼此，也聽不見對方在嘶喊什麼，在他們眼前，幽藍一片，像在看一部單彩默片，不，有煙，有股好像從火舞忘離的車頭煙囪排出來的紅煙，彷彿海底火山在幽藍深海裡，不停湧出的一波波岩漿紅流。

對了，紅煙，在童謠的第三段文字裡，不就有提到紅煙？亮晴不由回想。

「亮晴，妳想的沒錯。

落葉了，落葉了，

爺爺的紅圍巾在寂靜天地裡，

望著老樹隨風飄揚，

就像縷縷紅煙唱啊唱。

當前的狀況正呼應了這些文字，我猜，最後一道難關，應該就快要出現了。」

現在亮晴他們彼此，都已無法透過聲音溝通，只能勉強利用簡單的肢體語言，或唸兩、三個簡單唇語的方式傳達意見，倒是青牙在亮晴心底響起的聲音，反因沒外在聲響的干擾，變得清楚宏亮，好似近在耳邊說話一樣。

火舞忘離的速度，並未因無聲的幽藍而有一丁點減緩的跡象，教人不得不懷疑，此刻空間裡的一切，是不是都已被塗上藍色，以致不管是岩石或軌道，都像隱了形似的，甚至連風，也變得疏離沉默。每個人都覺得，藍好似已盤據自己的所有感官，就像被一層不透氣的薄膜緊緊繃住，讓大家動作變得緩慢，腦袋也暈脹難耐。

雖然亮晴他們此時，個個昏沉遲鈍，但一道從前方幽藍深處直射過來的強光，照得他們立刻寒毛豎起、冷汗直冒——那是另一列火車，但因看不到軌道，不曉得它跟火舞忘離走的是不是同一條，萬一是，那火車對撞的戲碼即將上演！

采甚東踩西拉地想煞住火車，但白費氣力，接著，他努力想推開車門，車門則始終固執不讓，情急之下，他只得以離探變出的武器，開始破壞車窗，不過，車窗卻堅韌得像塊特製的防彈玻璃，令人徒呼負負。

沒辦法，采甚最後不得不對插在鎖孔上的紅鑰匙下手，但是，無論他多努力，或找其他人試，都無法稍移紅鑰匙一毫，眼看迎面而來的火車愈來愈近，亮晴他們卻只能像坐在撞擊測試車裡的假人，眼睜睜等著看自己受創，在那無奈想像魂飛魄散、天地俱毀的一刻。

「完了，難道一切就這樣結束？」采甚不甘地緊握拳頭喃喃自語，雖然這句話沒人聽得到，但從他的表情跟動作，大家都猜得出他說什麼。

「都是妳！當初不是叫妳要想清楚，別亂插紅鑰匙嗎？哼，了不起的女卡羅，大家都要被妳害死了，這下妳高興了吧！」亮晴雖然聽不到，但明美正惡狠狠地指著她罵什麼，她猜得到內容，唉，這樣也好，她實在不希望在臨死前，還得聽這些尖酸刻薄的話，回想剛認識明美時，她多討人喜歡，但現在……說來諷刺，此時此刻的無聲，反讓亮晴覺得，這是兩位城主特地施捨的慈悲，讓他們能靜靜地、不被彼此攪擾地走完此生。

采甚像突然想到什麼，急忙對亮晴比手畫腳起來，亮晴很快明白，采甚要她再試試離鏡。

其實，亮晴也才在前一刻想到離鏡，但實在因為這破銅爛鐵從沒為她開啟過，早對它死了心，不過，既然采甚提出要求，而離鏡似乎也是目前唯一能當最後一搏的籌碼，就姑且一試吧，反正，再也沒什麼好損失的。

沒任何意外，離鏡果然依舊打不開，亮晴只好無奈地跟采甚搖搖頭。

沒想到，明美卻突然發狂地撲向亮晴，再一把搶走離鏡，然後，就這樣在目瞪口呆的大夥兒面前，一邊似哭似笑地唸唸有詞，一邊粗暴地用盡各種方法想打開離鏡，但結果跟亮晴先前一樣，依然徒勞無功。

衝向亮晴他們的火車燈光，已亮到大家快睜不開眼，儘管明美仍固執地在那虐待離鏡，但采甚、悠和桑迪王子都不得不想辦法勇敢面對即將發生的迎頭重創，於是，他們默契十足地一同打出防護光罩，這樣的裡中外三層防護光罩，可說是他們目前唯一能做到的最好應變。

然而，在最後一刻，采甚跟悠都還是不忍讓明美落單，因此不管明美如何負氣反抗，他倆仍一起硬拉她進防護光罩裡。

儘管接下來，大家依舊聽不到明美號啕大哭的聲音，但她那宛如羔羊在被切斷喉管前不住從嘴裡發出的恐懼與怨恨之聲，卻清楚地在每個人的心裡淒厲哀號著。

對向的火車頭，終於要撞上來了！

腳底的車地板開始劇烈震晃，大家的心也應著震晃跳得一次比一次吃力，驀地，原先一直迎面射來的亮光竟突然轉向，讓亮晴他們正前方的亮光一下子變暗，左側則緊接著亮晃起刺眼的光芒，透過車窗，亮光被窗櫺切割成一塊塊，它們飛快地一格格接替閃過，轉眼間，亮光格子就像路過的大忙人一樣失去蹤影，車地板的震晃也像不曾發生過般消失。

「ㄚ頭，那列火車不知為何，就在跟火舞忘離對撞的前一刻，突然轉向……而那列火車的車頭名牌，我看得很清楚，正是沉默之葉，應該就是我們在調度場看到的那一列。而且，我剛剛還聯想到童謠第三段的文字，其中第一行文字『落葉了，落葉了』裡的『落』字，正好也跟古壓姆『撞』字同音，所以我想，兩列火車會對撞，應該本來就是兩位城主早安排好的戲碼，只是到最後，不知發生了什麼事，迫使沉默之葉轉向……」青牙在亮晴心底道出疑慮。

Φ

正當火舞忘離繼續疾馳，而亮晴他們也滿腹狐疑時，一直都保持熾烈火勢的鍋爐，突然發出喀嚕喀嚕的怪聲，這怪聲只斷斷續續地維持一小段時間，身處幽藍空間的亮晴他們沒人聽見，以致根本沒人曉得在鍋爐裡曾發生過這麼一件事。

「明美，離鏡呢？妳是不是該還給亮晴了？」雖然大家都聽不到采甚的聲音，仍可約略從他的手勢和唇形猜出意思。

新鮮的是，此時的明美，不但不再倔傲無理，反而像個知道自己做錯事的小孩，默默低著頭。

「沒關係，不急，反正那破銅爛鐵也從沒理過我。」亮晴跟采甚比了個沒關係的手勢，她覺得，不管離鏡在誰那裡，都比在自己身上強。

「明美，你該不會把離鏡弄丟了吧？」采甚的猜測，引起大家一致的關注目光。

「離鏡……被……」明美終於緩緩地抬起臉，她雙眼泛著淚光，嘴巴吞吞吐吐，手勢比得零零落落。

「明美，離鏡到底在哪？」采甚有不好的預感，比出的手勢變得誇張急迫，眼睛也隨即四下搜尋張望。

「采甚，你兇什麼！耐心點，讓明美自己慢慢說。」悠對采甚咄咄逼人的態度，很不以為然，遂以簡明的手勢抗議。

「采甚，你別緊張，就算離鏡真弄丟了，也沒什麼大不了的。」亮晴對弄丟離鏡的態度，就跟小孩對遺失沒興趣的玩具反應一樣。

明美對亮晴比出的手勢相當意外，她把眼睛張得大大的，一副欲言又止的模樣。

沒等明美公布答案，一道如火龍般的烈焰，突從鍋爐裡猛然竄出！

火勢之快，讓亮晴他們都來不及反應，跳躍的火苗，就像穿紅衣的小小矮人般，紛紛在每個人身上手拉手地狂跳起祭神舞來。

采甚、悠和桑迪王子隨即應變，馬上使用離探為自己和旁人滅火。

但教大家驚駭莫名的詭奇現象，也在這個時候發生——原先在大夥兒身上張牙舞爪的火舌，在離探滅火白沫的全面撲灑下，竟驀地化整為零，就像被打散的拼圖，大火焰居然會自己裂解成許許多多的小火焰，然後，這些小火焰又在半空中，三五成群地重新聚合，變成一個個如鬼火般模樣的幽冥火球。

「是火鬼蜂，我們遇上大麻煩了！」青牙忽然在亮晴心底喊道。

轉眼間，所有的火球像被某個隱形的小黑洞吸引，一下子匯成一氣，然後這團無名火又驟然轉化成——長著長尾、長角，還渾身暴燃黃藍烈焰的高大人形怪物。

由於身形高，只好駝著背的冒火人形怪物一舉起左手，便瞬間將整隻手化為一把大火刀，接著即惡狠狠地朝亮晴他們砍下。

雖然火舞忘離車頭裡的空間，比起亮晴懷舊印象裡的蒸氣火車頭大上許多，原先亮晴他們待在裡頭，活動還算自如，但現在，被約三米高的冒火人形怪物硬擠進來，再加上它火刀亂掃，已讓整個空間變得狹隘窘迫起來。

儘管采甚、悠和桑迪王子已及時利用離探，共構起裡中外三層的防護光罩，但在最外層的采甚光罩，卻因大火刀連連重砍，已快承受不住。這教采甚不禁心想，這到底是冒火人形怪物厲害，還是自己的體力和反應都變得太差？悠和王子的狀況，不知是否也這樣？

青牙像陡地想到什麼，忽在亮晴心底大喊：「啊，我懂了！」

青牙接著解釋：「火鬼蜂跟我一樣，也是麼姆世界裡的古生物，為達嚴密防禦與有效攻擊的作戰需求，火鬼蜂除能任意群聚變形，產出高溫烈焰之外，它們同時還會釋放『忘迫』，那是一種低頻的催眠磁波。難怪每個人在上了火車頭之後，會慢慢失去聽覺，感官也變得遲鈍，甚至到現在，精疲氣竭無力反擊，這全都是因為『忘迫』在搞鬼。我猜，火鬼蜂原先的計畫應該是，先躲在鍋爐默默釋放『忘迫』，等我們不知不覺地吸收過量睡死之後，才輕鬆現身好好大塊朵頤一番，孰料事與願違，不知什麼原因，教它們不得不提前出手。」

「那現在該怎麼辦？」青牙清楚說明後，亮晴腦袋依舊空洞。

「采甚他們此時，正以僅存的最後力氣在硬撐防護光罩，再過不久，將一一倒下，在那之前，如果妳仍對自己的使命沒十足信念的話，大夥兒今天命絕於此的機率，幾乎百分之百。」青牙的答覆，教亮晴既害怕又茫然。

「妳有沒有注意到，『忘迫』對妳我的影響，除了聽覺暫時喪失之外，並沒其他人嚴重，那是因為我們比一般壓姆人高出許多的壓離，在遇到『忘迫』攻擊時，會自動形成防衛機制，進而及時保護住神經中樞的緣故。我的壓離已經很高，妳的還高於我，只要善加利用，妳無疑是壓姆世界最強大的武器。」青牙的說法與期許，令亮晴難以承受。

「青牙，你別開玩笑了，我連離探都使不了，哪來本事利用壓離當武器呀。」亮晴對自己跟壓離的關係，早已不抱一絲希望。

「丫頭，自從上次在苦船，妳以超強壓離帶大家瞬間隔空移位成功之後，我才慢慢明白，妳使用壓離根本不需要離探，若硬要用，反因離探無法承受妳超強壓離而引發『回暴』，以致離探爆毀，妳也受傷，是故，真正適合妳的離探，其實是妳的心念。」

「丫頭，采甚他們快撐不住了，請妳趕快集中意志，專注心念，利用妳超強的壓離救救大家吧！我猜在鍋爐裡，一定有個火鬼蜂窩，妳只要以壓離心念，控制住火鬼蜂后，冒火人形怪物自會潰散，但也請妳小心分寸，別使力過猛弄死蜂后，因為，我們還得靠它繼續提供動力駛抵終站。」

晃的一聲，冒火人形怪物終以直搗黃龍的連續重擊，連破采甚和悠的防護光罩，光罩被破的反作用力，隨即也瓦解了采甚跟悠早就羸弱不堪的身體，害得他們馬上昏死過去。

現在，只剩下意識不清的桑迪王子在勉強支撐防護光罩，昏昏欲睡的明美本有意助陣，但她四肢乏力，根本無法做任何動作，掙扎半天，只好放棄跪坐在地。

「丫頭，請妳好好看清楚眼前的一切，我不能再躲了，我得趕緊出去幫桑迪王子，不過，分散對方攻擊所能爭取的時間非常有限，請妳務必確實把握，為了大家，妳一定要趕快振作起來！」

青牙話一說完，便猛地躍起朝冒火人形怪物撞去，怪物猝不及防馬上後倒，但它很快就彈身騰起，除火勢轟的一聲變得更大更烈，右手也旋即變成另一把大火刀，然後，它就開始左右連攻、胡亂砍掃起青牙……

值此危急時刻，亮晴完全不知所措，只一味在心底問自己——我真的是女卡羅嗎？我真的是女卡羅嗎？我該怎麼辦？

一開始，靈活的青牙雖讓冒火人形怪物吃足苦頭，總是左右撲空白費力氣，但它的集體意識，似乎具有學習與進化能力，它驟然變身，一下子，一隻能倍增攻擊有效區域與突襲成功機率的九頭巨蟒，就這樣在青牙面前意外現身！然後，狂冒烈燄的九條蛇頭，便開始以輪番且交叉不斷的攻擊，消磨青牙體力，直至時機成熟，它故意做出一個超大的假迴轉動作，青牙一時不查，被誘導中招，整個身體旋即被纏得死緊。

九頭巨蟒的熊熊大火，雖一時還重創不了以壓離護身的青牙，但它試圖一舉絞殺的驚人蠻力，正無情且精準地在對青牙造成巨大傷害——如果此刻，亮晴沒失去聽覺，定能清楚聽到青牙的肋骨，正一根根清脆地傳出喀喀喀的斷裂聲，不過，從未在青牙臉上出現過的忿恨表情，已著實教亮晴驚駭領受到，正在凌遲青牙的痛楚與折磨是何等地殘酷慘烈！

驀地，一道幽光在驚恐萬分的亮晴眼底閃過，所有的怯懦、疑慮與不安都瞬間消失，此刻出現在亮晴心底的，是她變成女卡羅一副無所畏懼、正義凜然的模樣：「為了媽媽、爸爸和弟弟，我絕對不能死在這！為了采甚、青牙、悠、明美和桑迪王子，我絕對要反擊！為了海倫公主和伊莉莎女皇，我絕對要是女卡羅！為了我自己，為了重返人世，我絕對……」

「我絕對會通過試煉！因為，我是女卡羅！我絕對會通過試煉！因為，我！就！是！女！卡！羅！」亮晴終於雙眼炯炯有神地大聲吼出沒人聽見的決絕心念。

Φ

桑迪王子原已意識渾沌到想倒頭就睡，要不是因為全心想拯救姊姊的意念在勉強支撐，他恐怕無緣目睹眼前的奇景，然而，儘管是親眼所見，其神奇璀璨的難以置信程度，也不得不教他懷疑，自己到底是不是在夢中？

同樣的納悶，也同時在已經絕望、放棄一切的明美心底盤桓。

桑迪王子和明美，都同時被一道道衍生不斷的柔和彩光吸引，他們看見亮晴整個人，正被一大團流曳不斷的彩光包圍住，上頭的無數璀璨弧光，總是在那生熄不停地流轉著，它們不僅不住地在變換顏色，還以邊打轉邊彈射的方式，溢放出教人眼花撩亂的七彩光點，就像始終連發的煙火，自彩光團向八方一波波地放射擴散，彷彿宇宙繁星全聚集於此，它們幽幽輕吐的無窮熱力，早已讓天地之氣整個翻攪晃蕩起來。

亮晴的表情依然凝結，但她忽然像夢囈似地喃喃自語，竟讓所有徘徊在彩光團周遭的流光，全匯集成一氣，再聚化成龍，最後，經亮晴雙臂輕舞一揮，熾烈的光龍隨即灌進鍋爐。

接著，桑迪王子驚見，原本緊勒青牙的九頭巨蟒，突然莫名潰散，就像有人召來魔風，轉眼即讓巨碩猙獰的九頭巨蟒碎化裂解，宛若被龍捲風席捲的沙雕，根本來不及掙扎，便被一古腦兒地吸回鍋爐裡。

青牙雖口吐鮮血，雙眼微張地伏臥在地，但能親見亮晴遲來的神威，嘴角依然微微牽起釋然的驕傲與滿足，不過，這微笑沒能維持幾秒，很快地，青牙也跟采甚和悠一樣昏死過去。

而桑迪王子和明美，也沒比青牙多撐多久，在他們親睹亮晴的神力後，即在分不清是夢是醒、是真是假的恍惚狀態下，眼皮變得愈來愈沉重，宛如千斤的重擔，不得不暫時卸下。

驀地喀答一聲，終於讓亮晴從一片迷濛炫惑的情境裡，猛然驚醒。

Φ

剛剛是火車頭車門自動開啟的聲音。

亮晴環視周遭，只見伙伴們全癱倒在地，每個人的表情都像在熟睡，甚至還微微傳來悠和桑迪王子的鼾聲，而鍋爐裡的火勢依舊旺盛，呼呼的烈焰聲很難不教她想像——這是火鬼蜂的怒吼聲嗎？

火舞忘離已經停了下來，除了鍋爐裡的烈焰，一切事物皆呈靜止狀態，倒是亮晴的視力跟聽覺，像剛被澈底清洗過，變得異常清明爽朗。

大家都累了，只有亮晴，覺得自己好似才蓄滿電，全身上下神采奕奕，興奮莫名。

Φ

亮晴一下火車，即在迷離幽靜的螢光世界裡，望見先前待過的木屋。

「木屋？我們回到了原點。」

木屋就像位心懷不軌的老友，遠遠站在亮晴眼前。

亮晴心情漸生混沌，恍若有無數的黑羽毛正不停朝她心頭扭捲充塞，她不喜歡這樣的心情，索性回頭瞥望火舞忘離，卻驚見教人難以想像的畫面。
原先錯落在森林裡的參天巨木，居然都因火舞忘離的出現移位讓路，有些巨木甚至還因此變成連體樹。一條鋪有鐵軌的林間小路，就這樣硬生生「長」了出來，就像有人拿著巨鏟趕在火車前頭，墾荒似地刨除了所有障礙物，這讓亮晴不禁深刻感受到，這地底森林，不僅是座生意盎然的螢光森林，還是個擁有靈敏意識與強大魔力的生命體。
奇妙的是，此刻的亮晴，對不時從森林深處傳來的嘎嘎怪聲，不但沒有絲毫膽怯，反倒覺得，那像是維持森林正常運作的發條聲。眼前的沉黑，耳邊的嘎響，鼻裡的潮溼味，甚至是緩緩從舌後根散漫開來的淡苦味，都讓她自然興起趣味的心情，覺得自己活力充沛，好奇心十足，所有疑懼，都像被人拿橡皮擦拭去了般，一股泉湧於心的力量，正源源不絕、肆無忌憚地席捲至她全身的細胞裡。
「亮晴！」
亮晴聽到熟稔的叫喚聲，隨即興奮回眸。
沒想到采甚竟飛快衝至亮晴面前，且猛然送上一個結實飽滿的擁抱。
亮晴原想推開他，但身體不聽使喚，一股麻顫燥熱的感覺，直從腳底竄上腦門悶燒，她動彈不得，像個木頭人，只得勉強嘟囔：「這樣不好，萬一被人看見，會誤會。」
「亮晴，從第一眼見到妳，我就情不自禁地喜歡上妳，但因為妳是女卡羅，一直都不敢說，可是，我現在好害怕，擔心再不說，以後恐怕再也沒機會表白。」采甚表情變得痛苦凝重。

亮晴頓時啞口，不知該如何回應。

采甚的唇，像危險的蛇吻緩緩接近亮晴的。

「不，你不是采甚！采甚不會這樣！」亮晴使勁推開她覺得不是采甚的采甚，但力道之大，讓她自己嚇了一大跳，因為采甚被這麼一推，竟整個人往後騰飛起來，直撞巨樹後，再狼狽墜地。

采甚慢慢撐起身子，嘴角也陰森地牽起冷笑，然後，他再像狙擊手透過瞄準鏡觀察目標般，將其能直穿人心的目光，牢牢鎖死在亮晴驚疑的臉上。

采甚再次走向亮晴，這回他步履沉穩堅定，但喊話卻變得急切激動：「妳怎麼可以如此逃避愛？我知道妳也是喜歡我的，經歷過這些關卡的試煉，難道沒讓妳明白愛要及時、愛要在當下嗎？被死神奪走的愛，可是世間最最傷痛磨人的愛，也是無藥可救的蝕心毒劑呀！妳知道嗎？」

「別再靠近我，你到底是誰？你把采甚怎麼啦？快把他還給我們！」亮晴從她覺得不是采甚的采甚眼裡，看到原本不在那的東西，這教她更加確定，眼前這個人，不是采甚，即使肉身是，靈魂絕對不是！

采甚不理亮晴的喝斥，反而加快步伐，情急之下，一道流光居然從她五指大開的左手心射出，不僅瞬間縛住采甚，也揪住了她忐忑的心。采甚一動也不動，眼睛和嘴巴都張得大大的，像是許多話已到嘴邊，卻被硬生生堵住，一副機器人失去動力不得不罷工停擺的模樣。

「亮晴！妳在幹麼？」不知道明美、悠和桑迪王子是何時醒來的，也不知道他們在旁觀望多久，但明美的驚懼與憤怒全清楚地攪揉在臉上：「我看，妳不但是女卡羅，也是個走火入魔、恣意妄為的女魔頭！」

「不，明美，請聽我解釋，實情並非你們所看到的那樣。」亮晴覺得好委屈，但卻有理說不清。

「妳想欺負人，為什麼不來找我？偏偏找始終待妳如親的采甚，妳到底還有沒有良心？」明美終於逮到一吐怨氣的機會。

亮晴心急地哽咽起來：「他，他不是采甚，不，應該是說，不知是什麼東西，佔據了采甚的身體，我，我剛剛，正想逼祂離開。」

「哦，是嗎？」悠聽亮晴這麼一說，便緩緩走向被流光制約住的采甚，等他走到采甚面前，即高舉右手：「亮晴，妳可以收手了！」

「我，我不知道該怎麼收回流光。」亮晴尷尬地吐露，自己還沒有辦法收放自如地運用麼離的窘境。

「我來教妳。」明美話才說完，一條離探白光化成的長鞭，便狠狠打中亮晴一直高舉不敢放下的左手心，一道新鮮的血痕，伴著椎心的撕裂刺痛，令亮晴的左手反射性地收掌縮回，制約采甚的流光也跟著潰散消失。

明美很快就飛奔到采甚身邊，並緊緊摟住還張大著眼和嘴的采甚。

明美一直低嚷采甚的名字，像是要召回他迷失在地底森林的靈魂，沒多久，采甚忽然全身痙攣，宛若有股強勁的電流，直在他身體裡上下不停流竄，明美看得心疼，不禁哀叫：「采甚，你怎麼啦？你快醒醒，別再嚇我們了……」

不知是明美的柔情呼喚有效，還是本就該醒，采甚終於在期待他道出真相的殷殷目光下慢慢睜開眼：「怎麼啦？發生什麼事了？這是哪裡？」

「剛剛亮晴出手攻擊你，還記得嗎？」明美邊說話邊怒視孤單站著的亮晴。

「這怎麼可能？亮晴哪有能力傷我？」采甚雖先技巧地掙脫明美的摟抱，再撐坐起來，並以憐惜的眼神撫慰亮晴，但在他心底，其實有東西在那騷動。

那是采甚一直害怕會發生的事，他不禁暗忖——難道，真發生了？

「采甚，你別再袒護她了，你知道的，宿水村事件重演了，亮晴已經走火入魔！」明美儘管對采甚不領情地掙脫懷抱感到難堪，但想到就快要有機會雪恥報復，便不禁豁然開朗。

「采甚，在你昏倒後，我和明美都見識到了亮晴的驚人神力，哇，那真不是蓋的，如果當時你也看到，保證現在一定對亮晴刮目相看！」桑迪王子不識時務的讚歎，抒發得太突然，馬上惹來明美白眼直瞪。

「我們一醒來，就看見亮晴在攻擊你，這到底是怎麼回事？」悠不疾不徐地想弄清真相。

「真的嗎？我什麼都不記得了，恐怕這裡頭有誤會。」采甚想為亮晴多爭取一點時間和空間。

「哪有什麼誤會？不就是女卡羅終於『出繭』，卻走火入魔了，現在她分不清敵我，非常危險，就像隻瘋獅子，見人便咬！」明美的目光教亮晴心寒害怕。

「哦，這樣啊。」采甚緩緩起身，再慢慢走向亮晴，明美想阻止，卻被悠擋下。

明美氣結吼道：「要殺趁現在，否則她一旦成魔，就來不及了！」

明美拿起離探想攻擊亮晴，又再被悠攔下，明美怒瞪他，他只淡淡說：「給別人機會，也是給自己機會。」

采甚終於走到亮晴身邊，並牽起她掌心鞭痕還滲著血的左手：「你們看，她像隻瘋獅子嗎？有這麼美麗善良的瘋獅子？」

亮晴頓時感動得熱淚盈眶，喃喃直說：「謝謝，謝謝，非常謝謝你，剛剛，真的很抱歉……」

Φ

青牙依舊昏迷，經略諳醫術的悠檢視發現，牠不愧為不死獸，歷經方才那麼慘烈的傷害，如換一般物種，不死也早去掉半條命，而牠卻以驚人的速度復原，彷彿牠斷裂的骨頭正在慢慢歸位癒合，如春苗出土般的微響，也直在那隱隱發出吱吱聲。

悠審慎估判，青牙應無大礙，大家只須耐心等牠醒來即可。

雖然木屋就近在眼前，猶如試煉之城的關卡終站已敞開大門待他們入甕，但大夥兒目前什麼都不能做，只得留在原地安靜等待。

此刻，亮晴和采甚正並肩坐在青牙左側，他倆背靠著車廂壁各自想著心事。

而明美、悠和桑迪王子則散坐在青牙右側，他們或蜷身，或沉思，或坐直，但目光全都有一搭沒一搭地遊移在亮晴身上，雖然，隱藏在這些目光背後的心念，有妒恨，有猜疑，也有崇拜，可是，這些目光帶給亮晴的混亂與患得患失，早已教她相當頹喪和灰心。

亮晴驀地輕問采甚：「宿水村事件，到底是怎麼一回事？」

「沒什麼，妳別想太多。」采甚的逃避，印證了亮晴的揣測——那是件非常黑暗可怕的事。

亮晴以堅定的態度壓低聲音：「難道你希望我自己去問明美？」

采甚為難地轉過頭來，定睛望了亮晴許久才淡然道：「二千七百多年前，麼姆世界又因蒐孤的作亂動盪不安，天覺者照例從人類世界找來女卡羅愛麗解危。愛麗的麼離非常高，人也善良開朗，但離探使得始終不理想，這點，跟妳的情況有點像。」

亮晴眼睛睜得大大的，像正在目擊一樁慘烈的憾事般，她靜靜等著采甚說下去：「愛麗跟遠征隊的遠征，始終風波不斷，某天，遠征隊借宿於一個偏遠名叫宿水的小村落，傍晚突遭蒐孤爪牙攻擊，經過一整夜苦戰，他們才好不容易脫險，但沒想到，愛麗卻在此時『出繭』，整個人性情大變，以致最後，她不但殘殺所有遠征隊員，還屠殺了大半村民。」

聽到這，亮晴才恍然明白，自己之前所面臨的處境有多艱困危厄——倘若當時沒采甚挺身化解，明美和其他人真聯手起來，她恐怕早已喪命。

亮晴好奇愛麗的命運：「後來呢？」

「為了收拾殘局，天覺者不得不派出靖亂隊，但等他們抵達宿水村之後，卻怎麼也找不著愛麗，而且，從那以後就再也沒傳出任何有關她的消息。世人紛紛猜測，愛麗可能在『出繭』後，走火入魔，發了瘋，最後迷失在深山野地裡；也可能因走火入魔，氣血攻心突然暴斃；或是在清醒時，自責悔恨地自戕了。這個千古懸案，至今沒有真相，始終被當作後來遠征隊行前的必修課程，每個隊員都被要求，萬一真遇到女卡羅走火入魔，務必先下手為強，儘量將損害控管在最低。」采甚以平靜的語氣，訴說著可能也是亮晴未來命運的故事。

亮晴聽得心驚，仍怯怯問：「什麼叫『出繭』？」

采甚平靜依舊：「顧名思義，『出繭』指的，即像你們人類世界裡，蠶寶寶在羽化成飛蛾前，突破絲繭的最終進化階段。」

采甚接著說道：「每位女卡羅的靨離都非常高，但要變得能對靨離收放自如盡情發揮，皆各有不同的時機、方法和觸媒。『出繭』對每位女卡羅來說，都是早晚的事，不過，像愛麗那樣走火入魔的例子，在靨姆史上就只有這麼一例，所以，愛麗會走火入魔，我覺得一定是她體質特殊的關係，應屬特例。」

亮晴不認同采甚的說法：「別再自欺欺人了，有一，就可能有二，這也是天覺者為何會特別交代，要你們暗中留意我的原因。采甚，我好迷惘，我該怎麼辦？我很想幫你們，但更怕萬一哪天我真的走火入魔，從女卡羅變成殺人魔，你們若能殺了我最好，如果沒辦法，讓我也變得跟愛麗一樣，那可是比死還可怕的凌遲呀！」

看著亮晴楚楚可憐的噙淚模樣，采甚原想伸手輕搭她的肩安慰，卻因明美故意發出乾咳聲，且以尖刺的目光惡意侵擾，讓他停留在半空中的手不得不收回，只好乾乾地說：「放心，我不會讓這種事發生。」

「我要你答應我，如果真發生了，你要毫不留情地立刻殺掉我。你要知道，那時對我的一絲絲仁慈，到後來都將被無限放大成無底深淵裡的巨大苦楚，所以，你一定要幫我，你一定要答應我……」亮晴在采甚眼裡尋找她想要也不想要的答案。

采甚沒有回答，只是默默地一直望著亮晴，像也在亮晴眼裡尋找什麼，直到他像個重大手術失敗的醫生，在輕嘆一口氣後，終於沉沉地點了點頭。

亮晴得到了她畏懼面對的答案。

亮晴接著在心底告訴自己——不可以把先前采甚被外物附身時說的告白告訴他，因為她真的無法分辨，那時是真有外物附身采甚？還是純屬幻覺，只因她快走火入魔？她不想也不敢找答案，她沒辦法不逃避這個難題。

Φ

青牙終於醒來，望了望大家，發現氣氛不對，於是在亮晴心底問道：「發生什麼事？小傢伙們的表情怎麼都怪怪的？妳已經完全發揮潛質，他們都應該感到高興才對呀。」

亮晴不想回答青牙的提問，只好故作熱情轉移話題：「你醒來太好了，大夥兒都很擔心你呢，你替大家承受了那麼大的痛苦，大家都很感激你，真的，非常謝謝你。」

「丫頭，妳還沒回答我的問題，剛才到底發生了什麼事？」青牙不放棄真相。

「我剛剛差點走火入魔，險傷了采甚。」亮晴知道，她逃避不了青牙的追問，即使現在不說，過沒多久，牠還是會知道。

「這怎麼可能？我從沒聽過有這種事。」青牙半信半疑。

「采甚說曾經有位走火入魔的女卡羅，叫做愛麗。」亮晴奢想從博學的青牙那裡，找到難題的解方。

「愛麗？我真的沒印象，唉，麼姆世界居然會有這等我不知道的事。」聽青牙這麼一說，亮晴剛燃起的希望立刻幻滅。

「不過，有我在，妳放心，我不會讓這種事發生。」聽到青牙說出跟采甚一樣的話，教亮晴心情變得複雜不安。

亮晴索性甩甩頭，決意不再受自怨自艾羈絆，她想勇往直前：「青牙，我們可以繼續闖關了嗎？你需不需要再休息一下？」

「走吧，我已經休息得夠久，該好好活絡活絡一下筋骨了。」青牙語畢，即起身走下火車頭，亮晴、采甚、悠、明美和桑迪王子見狀，皆陸續跟進。

秋落缺心

木屋裡的陳設，大致望去依舊未變，灰塵與蜘蛛絲仍到處都是。

采甚他們利用離探光芒在漆黑的木屋正廳裡，徹底進行地毯式的搜尋，大夥兒皆忙著一一核對先前印象裡的木屋玄祕處，期盼能發現哪些地方因破了關而有所改變。

經過一段時間的摸索，亮晴第一個發現異樣：「你們看這兩幅畫。」

亮晴興奮地拂去畫上的灰塵跟蜘蛛絲，采甚也很有默契地輕拭乾淨另一幅畫：「大家還記不記得，這幅畫原先畫的，是木屋外巨樹參天的陰鬱景色，而現在在畫裡，卻多出了一列停在木屋前方的紅火車，它應該就是火舞忘離。」

接著，亮晴快步走到另一幅畫前：「而這幅畫，原先也只畫了正廳裡的簡單擺設，可是現在，多出了一架舊鋼琴。」

「舊鋼琴？這裡哪有什麼舊鋼琴？」桑迪王子環顧周遭，一遍再一遍，就是沒看到什麼舊鋼琴。

青牙也在這個時候提出精闢的看法：「ㄚ頭，我現在就藉童謠〈爺爺的紅圍巾〉末段裡，『為什麼騙他妳要回頭？』這句話，來試著玩一下解字遊戲。像現在，我們歷經千辛萬險，搭著火舞忘離，『真的』終於『回頭』來到地底森林三大關卡的起點——木屋，是不是就此破解了童謠裡『騙』這個字？更有趣的是，在古麼姆字裡，『騙』跟『籟』同音，而鋼琴在古麼姆也被稱為『籟』，所以，妳剛剛的發現，絕對正確。」

有了青牙的肯定，亮晴即更有自信地照著畫裡舊鋼琴的位置，來到缺腳桌椅的左後方：「這個地方，就是畫裡舊鋼琴所擺放的位置。」

亮晴蹲下身，再以彎起的食指指背，在佈滿厚厚一層黑灰的條狀木地板上，開始敲呀敲，其他人見狀，也一起蹲下來幫忙，直到采甚敲出空洞的異聲，順手撥清黑灰，一個古麼姆字隨即現身。

大家目光一致轉向青牙，牠馬上給解：「果然沒錯，是『籟』字。」

接下來，亮晴便把字解和之前青牙對童謠末段句子的分析，一同跟大家做了個詳細的說明，采甚明白後，即以離探變成的利刃刀尖翻掀起木條，發現下面藏著一張略呈等腰三角狀的發黃紙片，紙片的最長邊有明顯的撕裂痕跡，紙面上還寫了一個古麼姆字。

「是『三』！這個古麼姆數目字我認得。」桑迪王子興奮地大叫起來，得意自己終於認出了一個古麼姆字。

青牙滿腹疑惑：「『三』？什麼意思？在火舞忘離的第三節車廂裡，放的是有關荷地的書，而五斗櫃的第三層櫃子，方才進屋已試過依舊打不開……」

雖然每個人都見識過五斗櫃第三層櫃子的頑固執拗，但經青牙一提，亮晴還是忍不住想再試一次，然後毫無意外，第三層櫃子仍被封得死死的。

陡地，采甚眼睛發亮：「明美，快，筆記本，請妳翻到第三頁。」

明美掏出筆記本才一翻頁，臉色旋即大變，接著，她再急翻其他頁面，表情更顯驚恐困惑，她不禁哀叫：「怎麼會這樣？童謠全不見了！原本寫了不少麼姆字的筆記本，現在，一個字都沒有，一定是被調包了！」

「明美，別慌，先讓我看看。」采甚鎮靜地從明美手中接過筆記本。

采甚一頁頁翻，只見片片慌白，直至他翻到那頁早被撕去約三分之一角的紙面時，不禁暗忖，這頁紙面跟發黃紙片會有關係嗎？

想著想著，采甚忍不住拿起發黃紙片隔空比對撕破頁，發現它們撕破邊的鋸齒狀缺口並不吻合，更遑論它們的顏色一黃一白。

「童謠會消失，是因為『收字』，那是離術粉的另類應用——城主只要在他寫童謠前，先在墨水裡羼進離術粉，日後無論何時想收回童謠，只須將當初沾離術粉墨水的筆頭銷毀，童謠便會自動消失。」每個人都覺得，亮晴轉述的青牙說明太匪夷所思。

「如果我們現在燒了破紙片，有沒有可能會跟上次燒黑鍵背面紅字的效果一樣，得到一支鑰匙，或其他什麼的……」亮晴試著跟青牙提出破關的想法。

「這得要我們有把握，『三』這個字確實是由離術粉寫成的，而且，上面也沒被動過什麼手腳，否則，一旦燒成灰燼，不僅斷了只差臨門一腳的破關線索，之前的努力也將全部化為泡影。」青牙的警語令亮晴喪氣。

Φ

采甚一手捧著空白筆記本，一手拈著發黃紙片，他一下子看看筆記本，一下子望望紙片，完全不曉得接下來該怎麼辦？

每個人都毫無頭緒，個個像不用功的學生，只會望著深奧考題發呆。

亮晴平時記憶力不錯，雖然現在筆記本裡的童謠全沒了，但她仍記得〈爺爺的紅圍巾〉裡的最後一段文字：

落幕了，落幕了，
爺爺的紅圍巾在黑暗天地裡，
望著虛無直搖頭，
它說，
爺爺的愛人哪，妳讓他等好久，
為什麼騙他妳要回頭？
爺爺先走，
或許來生你們再聚首……

亮晴一遍又一遍地唸著，希望有誰能聽出點什麼。

「有時，最淺顯、最字面的意思，常被我們輕忽，像〈嬰兒的搖籃〉如此，〈爸爸的五斗櫃〉也是，直覺告訴我，在〈爺爺的紅圍巾〉這首童謠的最後一段文字裡，同樣類似的東西依然存在。」亮晴停止唸童謠，改以鄭重語氣陳述意見。

「直覺？對即將走火入魔的女魔頭而言，妳的直覺，只會害死大家。」明美的突兀挑釁，讓大家頓時張大眼。

「明美，現在不是說這個的時候。」悠酷酷地潑了明美一頭冷水。

「怎麼？你們這些臭男生，全都被她迷倒啦，你們甘心為她送死，我可不願意。」

明美接著吼道：「采甚，拿來，筆記本快還我！筆記本裡頭的字會消失，才不是因為『收字』，而是這女魔頭趁我們昏迷時，偷偷調了包，或者動了其他什麼手腳，她的目的，無非是想把我們全困在這裡，然後，再一個個地殺掉我們！快！快把筆記本還我，搞不好，我很快就能找到她動手腳的證據！」

采甚無法接受明美的無端指控，於是，先將筆記本和紙片交給亮晴保管，再向前兩步跟明美溝通：「明美，妳是遠征隊員，此行本就該抱必死決心，況且，我們也曾在天覺者面前宣誓，要以性命保護女卡羅，難道妳忘了？」

「采甚，請你也別忘記，天覺者另外給我們的任務──一旦女卡羅走火入魔，得先下手為強！」明美不甘示弱地叫囂。

「妳……」明美變得難以溝通，采甚不知該如何對話下去。

「怎麼？話都不會說了？你看，你被女魔頭迷成什麼樣子！以前，我們能聊一整晚，現在，你連一句話都說不出口……」明美眼裡噙淚。

「你們看！」亮晴突然大叫，吸引了所有人的目光，明美乘機拭淚。

此時此刻，每個聞聲圍攏過來的人，無不瞠目結舌地望著發黃紙片的撕破邊，正一點點地和筆記本的撕破邊慢慢融合連接起來，就像彼此接近的兩灘水漸漸合而為一，發黃紙片最後不再存在，黃漬消散無蹤，當然古麼姆字「三」也一樣跟著完全消失，只見一張完好空白的筆記紙，悠悠在那輕鬆滿意地微笑著。

喀的一聲，大家循聲望去，驚見五斗櫃的第三層抽屜，竟也自己慢慢向前滑開。

采甚驚喜地問亮晴：「亮晴，妳剛剛做了什麼？」

「拿到筆記本和紙片以後，我就一直低頭望著筆記本的撕破頁，忽然，童謠的最後一行字，『或許來生你們再聚首』裡的『聚首』兩字，讓我突發奇想，於是，我隨著直覺，一邊唸著『或許來生你們再聚首』，一邊大膽將紙片的撕破邊緩緩湊近筆記本的撕破邊，沒想到，它們一碰觸，就自個兒慢慢結合起來！」亮晴激動得想哭，她不但打破了明美對她的惡毒指控，也證實了始終被她當作觸角的直覺，一直都像智者耆老般指引她正確的方向。

「兩位城主的巧思，實在令人驚歎佩服，這是我所見過最為獨特精彩的紙鎖。」

青牙繼續讚歎：「這個紙鎖突破時空，巧妙運用各種高階離術共構出連扣效應，這令我不禁好奇，能創造出如此神奇紙鎖的兩位城主，究竟是怎樣的人？」

Φ

采甚在五斗櫃的第三層抽屜裡，除了發現一個裝有約六分滿液體的普通褐黃玻璃罐，與嗅到嗆鼻的霉味之外，其他什麼都沒有。

采甚小心翼翼地打開玻璃罐，一股煤油味旋即飄出。

「是煤油！我們出生入死，折騰這麼久，為的竟是一罐煤油？」桑迪王子覺得大家都被兩位城主當白癡耍了。

「等等，先別妄下論斷。」采甚輕拍桑迪王子的後背要他冷靜下來。

「假設這罐煤油，有其特殊的成份、功能或意義，那接下來，我們該找什麼東西來驗證它？」采甚若有所思地喃喃道。

「要不要試試這個？」亮晴逕自取下掛在牆壁銅鉤上的油燈。

煤油配油燈，理所當然得教人無從反駁。

為了預留其他測試機會，采甚只在油燈裡倒入些許煤油，接著上蓋，再撥轉擊火裝置，喀嚓、喀嚓聲響了又響，就是沒見到半點火苗。

「會不會倒太少了？」亮晴的直覺告訴她，就是它了，儘管放手去做：「既然要試，就該全力去試，機會是不會保留給沒足夠勇氣與自信的人的。」

采甚起初猶豫了一下，沒多久，便接受亮晴的建議，將整罐煤油一滴不剩地全倒進油燈裡。

采甚慎重地再次撥轉擊火裝置，啪的一聲，油燈竟發出教人逆料不到的刺眼強光！然而，這並非火光，因為光憑這樣一盞油燈的火光，是無法將原本幽黯的木屋正廳，照得宛若哀塔那關裡的新石室一樣，像天宮仙境般明亮白淨的。

「哈哈，剛剛你們要是沒倒空玻璃罐，就會在第三次撥轉擊火裝置之後，直接從天堂入口掉落地獄。恭喜你們，你們終於通過試煉之城的考驗，亮晴，妳剛剛說得真好，機會是不會保留給沒足夠勇氣與自信的人的！」侏儒茲夠的巨大半透明投影，慢慢從強光裡浮現，並以狡猾的微笑睥睨眾人。

油燈原來不是油燈，它應該是經過改造偽裝，且融合了投影與照明功能的放映器。

「好，你們可以跟兩位城主見面了。」侏儒茲夠丟下最後一句話之後，即馬上隨強光消失，木屋正廳也轉眼由明淨變回幽黯。

空隆一聲，木屋突然像斷了纜繩的電梯失速急墜，以致有那麼一、兩秒的時間，大家全都雙腳離地。不過，每個人都沒因此驚慌，大夥兒都覺得——難關皆已一一克服，欣喜之情雖被隱藏在戒慎嚴謹之下，但終究是完成了不可能的任務，最糟的處境都碰過了，接下來不管會變成怎樣，都不可能更糟，希望一定比失望多些。

木屋直落到某個深度後，不再下降，開始忽左忽右地飛馳起來，直到某處，木屋又被用力猛提，一股強大的氣壓直灌而下，霎時讓大家都挺不直腰，最後，木屋跟莫名下墜時一樣，陡地煞住，震得大家東倒西歪跌成一團。

Φ

木屋外，是個完全黑暗的世界，一腳從門檻跨出去，就像踏上一張繃緊的細密黑網，隱隱的彈力，讓他們踩的每一步都不太穩固踏實。

采甚他們手裡的離探，不知在何時全都失去了亮光，以致不曉得現在腳下踩起來像黑網的東西，到底是什麼？他們試圖再打亮離探，但離探好似畏於眼前的詭譎黑暗，始終無動於衷，驀地，侏儒茲夠的聲音再起：「抱歉，太暗了。」

緊接著，兩道如巨箭射下的光芒，瞬間各自照亮遠處兩位城主的微渺身影，他們造型大不同的精鑄寶座，也隨之赫然現形。

這般震懾人心的場景，教亮晴他們不得不好奇，這個黑暗空間到底有多高？有多遼闊？雖不敢確定這裡是否為瘋狂之城的正殿，但這兩道望不見頂的光，絕對是他們這輩子所見過，最為壯盛磅礴宛若從神宮仙殿射下的天外之光。

然後，不知是亮晴他們腳下的什麼東西在擅自快移，還是兩位城主施了什麼離術，一下子，大家便被遠遠帶至兩位城主的寶座前方，原本站在左側城主右肩上的醒兒，一見到亮晴，便興奮跳下，接著像打水漂兒連蹬幾下，再直直躍進亮晴懷裡。

「醒兒，你還好嗎？我好想你。」亮晴的眼眸頓時泛起淚光。

「這隻小毛鼠還真可愛。」坐在左側的城主首先開口。

其實，兩位城主寶座相距約六米，雖是一個樣的孿生子，但氣質天差地遠。

左側城主帥氣親和，但他頭戴的黃金王冠，不僅刻有雅致繁複的蕨葉圖案，讓他自金光熠熠中流露出儒雅氣質，頂嵌的巨大崢嶸黃金鹿角，更是將其震懾威儀展現到極致，教人不敢直視。另外，他坐在雕有典雅細緻花草圖騰的黃金高背椅上，身著英挺利索繡有精巧藤蔓圖案的金黃皮革鎧甲，外罩豔紅的高領長披風，並在額頭、耳朵、胸口、披風領口、手指等處，皆綴以設計奇特華麗的金飾，且左臉頰的刺青也非常優美有個性，這一切讓他看起來，就像甫自歷史征戰舞台下場休憩的超級英雄，從他身上散發出的魅惑之光，令照耀在他身上的光芒相形失色，而其迷人的微笑，更教亮晴心中的小鹿不時怦怦亂撞。

但右側的城主，卻像尊坐在以死神枯骨疊構成的高背黑椅上的完美雕像，倘若此時，侏儒茲夠笑說，這純屬玩笑，他真的只是尊栩栩如生的蠟像的話，相信亮晴他們也不會懷疑。他一動也不動的，皮膚蒼白，微血管若隱若現，湛藍雙眼睜得老大，睫毛長翹，黑亮長髮披肩，在英挺的鼻子下，有一雙寬度適中纖薄無情的黑唇。另外，他的衣著貼身挺拔，完全襯出其精瘦結實的頎長體格，再加上一身黑——從兩側嵌有巨大牛角的骷髏黑銀頭冠、黑皮衣鎧甲、黑披風、黑銀飾、黑刺青到黑長靴，上頭到處或刻或繡著大大小小的枯骨與惡龍圖案，令他從黑亮裡，率性流露出精緻的品味與萬夫莫敵的霸氣，讓他看起來就像是魔界裡最俊帥勇猛的無敵戰將。

而猥瑣站在左側城主身邊的侏儒茲夠，雖教人摸不清他和兩位城主之間的關係，但他似乎頗受重用，以致他總是狐假虎威地對亮晴他們擺出一副不屑的表情。

「我叫秋落，我弟叫缺心，你們很幸運，是有史以來第三組通過瘋狂之城考驗的人。儘管我和弟弟常會隨心所至改變試煉內容，但都不逾越——愛恨、勇氣與自信的試煉精神，像苦船那關的童謠〈嬰兒的搖籃〉是我們對母親的懷思，哀塔那關的童謠〈爸爸的五斗櫃〉是我們對父親的矛盾，而老月臺那關的童謠〈爺爺的紅圍巾〉則是我們對崇拜詩人的致敬之作。我們深愛母親，對父親卻愛恨交織，為紀念他們，我們特意修改了不少之前父親所設計的關卡，也自創了一些嶄新內容，尤其跟孿生子有關的故事，更是我們熱衷取材的對象，所以，在哀塔有安鞀莉女神與美神迦娃這對孿生姊妹，在老月臺有荷地的孿生小孩。」秋落城主以輕柔的聲音喃喃說著，侏儒茲夠則在一旁頻頻點頭附和。

「那可否請教一下，哀塔書牆裡的書畫的美麗女子是誰？」亮晴順勢問起，那曾讓大夥兒萬分震撼的愛情故事主角。

「她就是我們的母親蘇伊娃娜，而畫那些書的人則是我們的父親烏坦韃亞，父親會這麼做，其實是羅忘故事給他的靈感。從小，我們就常常看到父親在畫畫，他後來才告訴我們，羅忘留給他兒子的是『懺悔之書』，但他要留給我們『無盡之書』，讓他對母親的無盡之愛能永遠陪伴我們。」秋落城主給的答案，讓烏坦韃亞在亮晴心目中原本暴虐猙獰的形象，從此多了點慈愛與柔情。

然而，此時的采甚已不在意關卡內容，畢竟那些都是過去式不再重要，他只關心此行目的：「海倫公主到底在這發生了什麼事？」。

秋落城主因采甚的提問，只好稍收笑臉回憶道：「三年前，海倫公主的確帶領了一支遠征隊來這裡闖關，他們雖都驍勇善戰，聰明博學，但到『瘋狂之尺』時，只剩海倫公主和于豔闖關。孰知，在于豔遭到無靈獸攻擊負傷倒地之後沒多久，海倫公主竟在原地開始胡言亂語，還淨做些奇怪的動作，接下來，她突然潛質爆發，才兩掌，兩隻壯猛如象的無靈獸即被擊斃，待我們回過神，海倫公主便已不知去向。之後，我們聽說海倫公主變成了烏后，心裡雖震驚，但也莫可奈何。」

「不過，你們應該都有自知之明吧，了解到今天你們之所以能闖關成功，完全都是因為你們有亮晴的緣故！」秋落城主手指亮晴，並露出善意狡黠的笑容。

「我？不，沒有采甚、明美、悠、桑迪王子和青牙的齊心合力，我們是不可能通過試煉的。」亮晴在歷經疑似走火入魔的波折後，只想低調，沒想到秋落城主的一段話，又將她推至聚光燈下。

「等一下。」秋落城主忽然輕提左掌，再轉頭注視弟弟缺心。

下一秒，秋落城主旋即轉過臉來對亮晴微笑：「亮晴，我弟弟有話想跟妳說，可否移駕？」

「你們想幹麼？」采甚為了保護亮晴，馬上奮勇跨步擋在前頭。

「采甚，沒關係的，如果他們真要傷害我，不用等到現在。」亮晴邊安撫邊輕輕拉開采甚，然後神情篤定地走向缺心城主。

這時，青牙也在亮晴心底提醒：「我感應到缺心城主的心靈力量非常強大，妳得小心，千萬別被迷惑住。」

亮晴不停輕撫醒兒的頸背，藉以掩飾自己內心的緊張與茫然。

還沒走到缺心城主面前，亮晴即已在心底聽到溫柔揚起的呼喚：「亮晴，我們又見面了。」

亮晴不覺得自己曾和缺心城主見過面，立刻反駁：「又見面？不，我們這是第一次見面。」

亮晴的駁斥，恍如只迴盪在自己夢裡的囈語，缺心城主像沒接收到似地毫無動靜，依舊像尊完美無暇的蠟像，在那默然安分地坐著。

走到缺心城主面前，亮晴馬上情不自禁地端詳起缺心城主的模樣，彷彿他是一首動人的樂曲，讓人忍不住想親近多聽幾回。

缺心城主的肌膚，蒼白滑溜，像嫩豆腐吹彈可破。他的五官，玲瓏剔透，像被人精心呵護的古青瓷，尤其他的湛藍瞳仁，像風平浪靜的夏之海，無數魚兒正優游其中。而在他一身冷酷的黑衣裡，就跟他的黑長髮與黑唇一樣，其中的每一道皺摺、每一根細髮和每一條唇紋，似乎都在那靜靜發散著一道道魔力與神力相結合後的詭奇力量。

「還記得在木屋火舞忘離前，采甚說的那些話嗎？」一句無聲無息的心靈低語，猛然在亮晴心底撞出驚天巨震。

亮晴整個人忽然輕顫起來，她不曉得這是因為——害怕？心虛？無助？抑或，憤怒？

「你到底是誰？」亮晴的怒吼，引來所有人的疑駭目光。

而且，每個人都覺得，亮晴對著一個漂亮活死人大吼大叫的畫面，實在詭異得可以。

「亮晴，那些話，真的都是采甚的肺腑之言，我只不過不忍看他愛得這般辛苦，才索性幫他說出來而已。在我看到自己無所不能的父親，到頭來還是不敵死神的橫刀奪愛，落得抑鬱而終的下場，便覺得，愛要及時，否則事後的悔恨與折磨，真教人痛不欲生啊！我不希望這樣的憾事，也發生在妳跟采甚身上。」

缺心城主看似善意的解釋，暫時化解了亮晴的敵意，而缺心城主說，木屋火舞忘離前采甚的告白是真的，讓她心頭忽有一股酸甜的暖意流過，她忍不住轉頭瞥望采甚一眼，雖然此刻，采甚看她的眼神是憂心忡忡的，但她卻希望采甚也能在這個時候，看見她眼裡的心思。

亮晴不習慣這樣的自己，只好藉由提問轉移心境：「你對每個闖關者都這麼關心嗎？」

「當然不是，我會這麼做，那是因為我也喜歡妳呀。」缺心城主的率性回答，讓亮晴先愣了一下，回神後，不禁覺得自己好似坐在電影院裡，仰望螢幕裡的男主角對著鏡頭說喜歡妳，一種話雖在耳邊，但完全事不關己的感覺。

「別怕，我就只是喜歡，沒別的意思。」缺心城主眼雖沒眨，然一抹笑意似在嘴角蕩漾。

「請妳過來，除了想告訴妳並沒有走火入魔之外，也想提醒妳，務必提高警覺，一定要小心身邊的人。」

「我不懂？」亮晴完全不懂缺心城主的警語。

「從你們來到瘋狂之城開始，我就感應到一股非常邪惡的力量，它一直跟著你們，意圖隱晦不明，但對妳的影響似乎愈來愈大，千萬得小心。」缺心城主的說明，不但讓亮晴全身起雞皮疙瘩，一陣寒意也馬上籠罩住她。

「好，沒事了。嗯，對不起，我哥還有話想跟妳說。」亮晴聞言便轉頭望向秋落城主，對方看見，即馬上回以熱情的笑靨。

「等等，我可以冒昧問個問題嗎？」亮晴轉回頭，面露尷尬。

「我知道妳想問什麼。沒錯，我現在的樣子，就是因為走火入魔的關係。我哥為了救我，特地運用精煉過的壓離，壓制住我體內的魔性，但兩相抗衡的結果，就讓我變成現在這副活死人的模樣。」一時之間，亮晴對走火入魔的想像，變得愈來愈具體真實起來。

Φ

「妳一定好奇，我們感情這麼好，為什麼弟弟還會變成這樣？」秋落城主聲調哀戚地低語。

秋落城主接著略顯激動地輕嚷：「弟弟在調整設計完眾多關卡之後，便一天比一天思念母親，沒想到有一天，他竟犯忌，利用離術粉召喚母親的『魂耽』，結果，『魂耽』變相藉離術粉反噬，他閃避不及，才不幸變成現今這般。」

話才說完，秋落城主隨即陷入痛苦的回憶當中，幽幽的傷感分子，在黯黑空間裡如微塵般浮晃遊蕩，時間也跟著迷失一陣之後，他才像被人猛推一把驟然清醒：「抱歉，生命的沉重，常教人忘掉自我，猶如馱著山高的重擔，過了終點仍不自知。」

秋落城主重振精神再喃喃道：「好，接下來，我還是得依遊戲規則，先照本宣科一下。按公告，你們破了關，可至絕望池取孤獨水，不過，你們的目的是海倫公主的失物，所以很抱歉，你們只能二選一，也就是放棄孤獨水，再隨茲夠前往『瘋狂之尺』找你們要的東西。」

「等等，我們剛進城時，你們曾出謎題『誰是真正的瘋狂之人？』我們猜不是兩位城主，便是茲夠，但茲夠卻說，答案就在我們身上，那答案到底是誰？」亮晴覺得不弄清楚這道謎題，肯定遺憾終身。

「答案就是妳，亮晴。」秋落城主答得爽快，其他人卻聽得面面相覷。

「我？」亮晴可不覺得自己瘋狂，難道這句話，是在預言她即將走火入魔？

「『瘋狂之人』有幾種。一種是自己不覺得瘋，別人覺得他瘋；一種是自己覺得瘋，別人也覺得瘋；最後一種是自己覺得瘋，而別人不覺得他瘋。但『真正的瘋狂之人』是，他真的瘋，而他不覺得自己瘋，別人也不覺得他瘋。」秋落城主愈說愈難理解。

「一般所謂的『瘋狂之人』的『瘋狂』，跟『真正的瘋狂之人』的『瘋狂』是不同的。『瘋狂之人』的『瘋狂』是種病；而『真正的瘋狂之人』的『瘋狂』指的，卻是無遠弗屆的想像力！想像力常常是瘋狂的，像在人類世界裡，許多原本不存在的東西，都是先靠想像力勾勒雛形，再發展成腹案，然後藉由紙筆、語言或科技傳播演繹，直至有一天，它們才被能者推演進化成日常生活裡可輕鬆觸及的事物，像文學、藝術與發明皆是。」

「因此，把我剛剛說的『真正的瘋狂之人』的定義，解釋得再詳細點，就是『他真的瘋』的

『瘋』，是指瘋狂的想像力；而『他不覺得自己瘋，別人也不覺得他瘋』的『瘋』，則是指一般稱作精神病的『瘋』，或是病態偏執激進的『瘋』。在瘋狂之城，妳的麼離，跟我們兄弟的不相上下，而麼離本身，即是由想像力、意志力與夢能交互作用產生的，所以，可以想見妳的想像力，絕對高過我們兄弟許多，再加上妳不覺得自己瘋，別人也不覺得妳瘋，還有，很多人覺得我和我弟都瘋了，才會設計出這些恐怖關卡，而我弟的狀況，其實也算是病態『瘋』的一種，所以，在這裡，除了妳是『真正的瘋狂之人』，誰還夠格？」經秋落城主不厭其煩地解說後，亮晴終於聽懂。

秋落城主似乎不想讓這次見面留下冷結尾，突然憑空在手裡變出一樣亮晴再熟稔不過的東西：「亮晴，別再小看它，它可是麼姆世界唯一一件能穿越時空的寶物哩，好好保管它，別再讓人丟進鍋爐裡了。」秋落城主一說完話，即輕瞥明美一眼，明美見狀，立刻別過頭故作沒事。

看到離鏡陡然出現，亮晴很尷尬，因為她壓根忘了還有離鏡這東西存在——原來，離鏡被明美失手丟進了火舞忘離的鍋爐裡，難怪當時采甚在追問離鏡下落時，明美一副心虛的模樣，不過，離鏡在那樣的烈焰高溫，且長時間的熾燒摧殘下，竟然沒事，這破銅爛鐵的堅韌底蘊，扎實得教人不得不刮目相看。

亮晴因為離鏡，聯想到另一個疑問：「火舞忘離跟沉默之葉這兩列火車，本來是不是會對撞？又為何最後變成擦身而過？」

「是的，若沒有離鏡，這兩列火車本來會對撞，因為你們沒在第三節車廂裡找到駕駛手冊。

說得再仔細點，由於你們沒有駕駛手冊，以致不知保險閥和轉轍遙控盤在哪而無法改變火車方向，所幸明美陰錯陽差地將離鏡扔進鍋爐裡，讓任性孤傲、從不按牌理出牌的離鏡，可能一氣之下，或是其他什麼原因，竟瞬間平移空間，讓沉默之葉錯身而過。」亮晴不禁低頭瞥望離鏡，一時還難接受這破銅爛鐵真有神奇本事救大家脫險。

接著，采甚突然開口：「城主，有件事想請你高抬貴手。」

「請說。」秋落城主答得輕鬆。

「倘若我們完成任務救了公主，回程時，可否讓我們帶走于豔？」

采甚此話一出，大夥兒都嚇出一身冷汗，擔心秋落城主會不會翻臉不認帳。

然而，秋落城主的反應卻頗出大家逆料：「嗯，如果你是要求現在帶人，那我無法同意，因為闖關失敗，就得終身留在瘋城，這是規矩，破壞不得，否則瘋城將空無一人。」

「不過，看在之前你們奮勇救于豔，再加上你們若真能救回公主，為我瘋城一雪前恥，我願念你們有功瘋城，特赦于豔。」看來，秋落城主很在意海倫公主在他地盤被變成烏后這件事。

「好，城主，我們很快就會回來帶走于豔！」采甚雖嚷得意氣昂揚，但其他人都聽得心虛不已。

Φ

穿過好長一段曲折隱晦的祕道後，侏儒茲夠終於引領大家來到「瘋狂之尺」。陰森的綠光，像一縷縷被棄置在遼闊幽黯空間裡的綠輕紗，一股沉滯的氛圍和著腐臭味，讓黑變得更濁，教人屏息不敢靠近，醒兒更是害怕得躲至亮晴衣襟深處直發抖。

整個偌大的荒廢空間，像鬼域似的，任何一丁點的聲響，都像會被巨型喇叭放大成萬倍回音，而這回音，似乎還夾雜著深深的怨懟與悲鳴，彷彿那是闖關失敗者的靈魂想藉以釋放的忿恨與孤寂，好為自己不幸的人生結局宣洩滿腔的不滿。

這個令人毛骨悚然的暗綠空間，除了隨處可見嶙峋的巨石，和一支支、一座座如巨牙和魔爪樣的乖張器械之外，一道筆直如尺，無盡延伸至幽黯深處的修長結構體，就像烤乳豬時拿來貫穿豬體的滾軸，被孤獨神祕地懸置在一座如海溝般深廣的巨壑上。

修長結構體的剖面呈正六邊形，遠望宛若一列卸去車頭加掛過多車廂的子彈列車，雖然，這正六邊形的每一個邊都是平整的面，但在每一個面上的各式凹槽溝縫，恐怕都是機關所在。

亮晴在心底暗忖，這個修長結構體，除了會像滾筒一樣緩緩轉動，闖關者除得像過會轉動的獨木橋一樣，保持平衡並配合轉速之外，還得小心隨時會在腳下出現的機關陷阱，更可怕的是，甘擾與暗算，可能還不只來自修長結構體本身，從巨壑挺立而起的一座座圓柱體，應該也都暗藏玄機，另外從洞頂垂降而下的成排機具，想必同樣裝配有可怕機關，亮晴實在不敢想像，如果這次闖關他們也得來這，那大家現在恐怕都早已淪為壑底亡魂了。

侏儒茲夠看到滿布在大夥兒臉上的驚惶，不禁得意地在旁加油添醋：「如果不是因為這關，就是海倫公主變成烏后的地方，兩位城主特意暫停運作，以便日後調查的話，你們這次，勢必還得闖過這關才行，然而，這關數千年來，可只被兩組人破過哦，嘻，你們運氣真好，躲過這關，免去跟壑底亡魂一樣的下場。」

Φ

侏儒茲夠揿下一個暗藏在巨石下緣的按鈕，隨即啪答一聲，整個暗綠空間變得燈火通明，接著，嘎啦嘎啦的器械運轉聲，一直響個沒停，躲在亮晴衣襟深處的醒兒，因為燈光及噪音的關係，終於好奇地微探出頭。

漸漸地，亮晴看到一個只有自己親見才會相信的畫面——原本懸置修長結構體的巨壑，現在正被慢慢填平！

原來這整個關卡，全都是機械造出來的景，原先深不見底的巨壑已經消失，巨壑底就這麼被器械整個提到地面上來，數不清不知是人還是怪物的骸骨，像大屠殺的萬人塚般到處堆疊橫陳，陣陣惡臭教人不得不捏住鼻子。

「從上次清理到現在，已經二十多年，這些年的闖關失敗者托你們的福，終於可以在今天重見天日，不必再窩巨壑底了。各位，『瘋狂之尺』已經毫無保留地呈現在大家眼前，接下來要怎麼找海倫公主的失物，就只能靠你們自己嘍。」侏儒茲夠一副他該做的事都已完成，晚一點，他就要下班回家的模樣。

醒兒在這個時候，像是知道該牠上場似的，一個輕躍便從亮晴衣襟跳出，接著像水漂兒般大步躍進，大夥兒見狀，紛紛緊跟。

醒兒陸陸續續在不同的地方，走走停停、嗅嗅聞聞，亮晴他們則始終亦步亦趨地跟著。醒兒幾乎嗅遍了所有的大小岩縫，崎嶇地面的窟窿，甚至是機關、結構體的溝隙，但都沒有令人振奮的發現，教大家原本期待的心情，隨著情勢的膠著，漸被頹喪失落取代。

突然，醒兒像是被人叫住般，先原地停頓，再忽左忽右地轉頭，等確定方位了，小小鼻頭才動了動，接著，烏溜溜的大眼眨了一下，就像相機終於抓到它要的畫面，瞬間快門喀嚓一閃，然後，牠快跑起來，其他人緊追，希望再度燃起。

醒兒最終還是跑到滿是汙泥、骷髏的巨壑底，那是每個人能避就避，萬般不願面對的地方，但牠既已找到那，大夥兒也都只好捏住鼻子、硬著頭皮進場。

沒想到一進場，拋開逃避嫌惡的心障後，便慢慢發現，這個人間煉獄，居然還是塊寶地——戴在骷髏上的各種項鍊、耳環、頭飾、戒指、手鐲、腳鍊等飾品，看不清、數不盡，其他像各式寶劍、寶刀、金假牙以及金幣，同樣俯拾皆是，為這橫屍遍野宛若古戰場的恐怖地方，大大增添了海盜奪寶的浪漫冒險氛圍。

醒兒就這樣在骷髏、汙泥與寶物間，一寸寸地前進，牠不停地嗅著，但每個人都不禁懷疑，牠怎麼可能在如此惡臭的環境，聞出海倫公主的失物？髒汙已經覆蓋了一切，牠的眼睛和鼻子，真能看透嗅出被髒臭遮掩的蛛絲馬跡？大家心頭的問號，隨著時間的溜逝，變得愈來愈大。

唯獨亮晴，從開始到現在，始終如一地相信醒兒，她一直在心裡默默為醒兒加油，並告訴自己，目前就只能靠醒兒了，而醒兒現在最需要的，便是大家的信任與支持，就像現在的她一樣。

Φ

經過馬拉松式的漫長尋覓，醒兒似乎找到了牠要找的東西。

醒兒從泥濘裡，輕輕啣起一顆橢圓狀的藍寶石，牠舉著長尾冉冉走到亮晴面前，等亮晴蹲下身，才小心翼翼將藍寶石放進亮晴敞開的右手心裡。

但奇怪的是，醒兒並沒有就此停止尋找，仍繼續一寸寸地嗅聞檢視，不過，牠速度變快了，好像牠已經非常明白該找什麼。

「藍寶石？這麼普通的寶石，會是我們要找的東西嗎？」明美是第一個將心頭對醒兒的疑慮化為問句的人。

「我也真的很難想像，這顆藍寶石會跟姊姊有什麼關係？」桑迪王子是第二個說出不信醒兒的人。

其他人則沉默無語，繼續跟著醒兒移動。

猜疑持續發酵，醒兒依舊盡責地尋找公主失物。

就在大家被遲滯的步調，搞得疲憊不堪之際，醒兒忽然對著一顆骷髏頭繞圈子，亮晴心覺有異即主動上前，在做了簡單的合十禱拜後，她才虔敬地移開骷髏頭，結果，另一顆也沾滿泥垢的藍寶石，就這樣在大夥兒濃烈的疑惑下狼狽現身。

如此一來，在亮晴雙手掌心裡，便各握有一顆模樣相同的藍寶石，接下來，她先以手指揩去表面的汙泥，再拿衣袖努力擦拭數回，孰料原本光澤暗沉的藍寶石，竟搖身變得異常晶亮，從中流曳出的魅惑之光，更不時透滲出詭譎靈動的迷離氛圍，一時之間，居然在亮晴心頭洶湧起酸楚巨浪，攪得她哀傷莫名，久久不能自己。

其他人也紛紛認為，這兩顆藍寶石，好像隱匿了巨大的祕密，尤其桑迪王子覺得，它們投射出的光芒有種說不出的熟稔感。

一直默默跟在亮晴他們身邊，低調得像等著關門的管理員侏儒茲夠，突然皮笑肉不笑地嘲諷他們：「你們還真厲害，居然能在垃圾場裡撿到寶，我看，烏后真要倒楣嘍。」

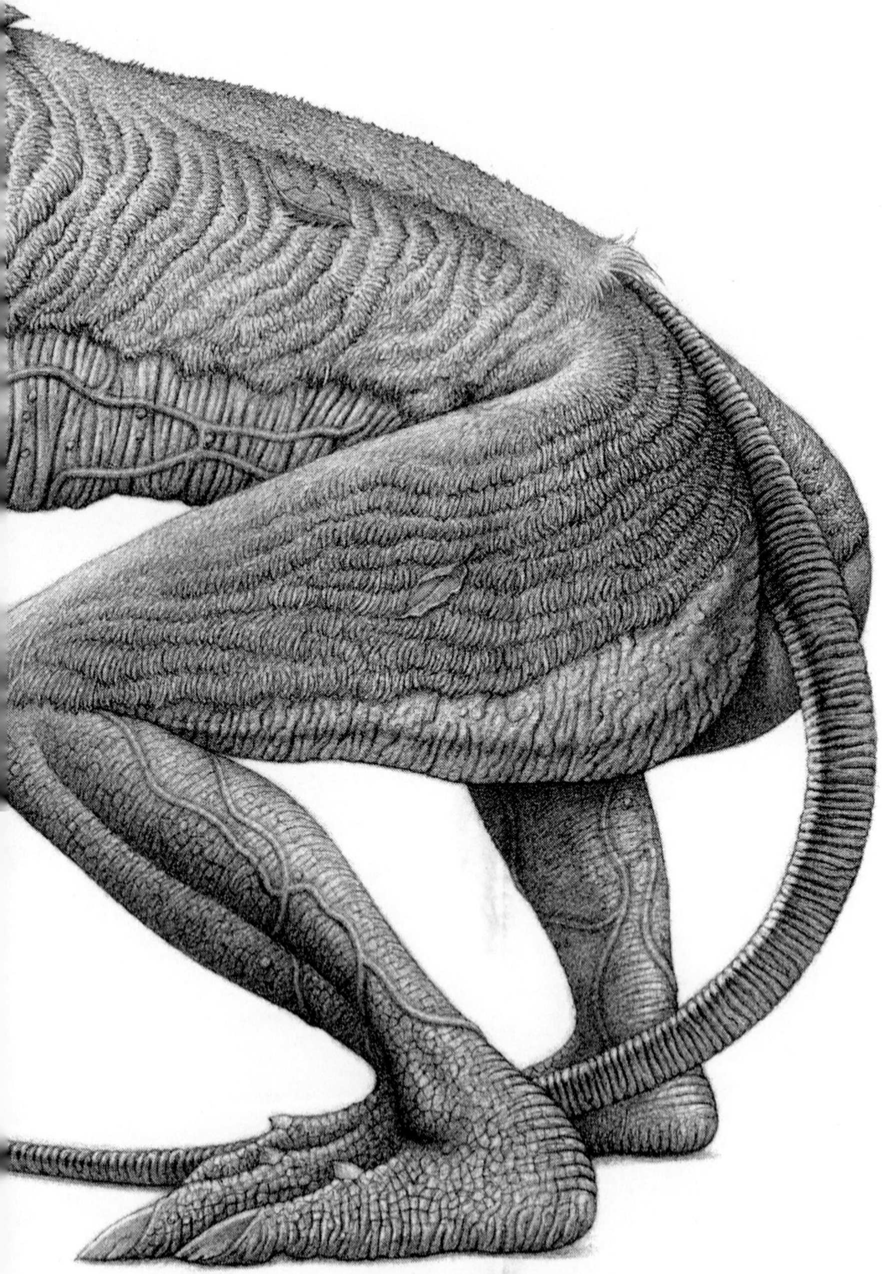

烏靈堡

翌日，在告別兩位城主之後，亮晴他們便在侏儒茲夠的引路下，先走過一條漫長蜿蜒的溼熱秘道，再從一乾涸的河床祕洞走出巫打谷。

青牙一出洞，便馬上像灌氣一樣脹大，一下子即恢復成原先巨碩的模樣。

「丫頭，叫小傢伙們快爬到我背上，我們還有很長的路得趕。」青牙已經準備好繼續未完成的遠征之路。

Φ

在趕往烏后的藏身地烏陀山途中，烏后總是不停派出各種飛天怪物與猛獸，企圖半路攔截擊殺亮晴他們，幸因大家全集中坐在青牙背上，讓青牙得以全程適時運用比較不耗費塵離的迷離術，跟大夥兒一同藏匿於雲霧當中，終能一路順遂而沒被發現行蹤。不過，在如此煙霧瀰漫，且硫磺臭味刺鼻的黑天裡，吼嘯的狂風，不僅磨搓著每個人的肌膚，還讓人忍不住聯想到之前黑龍風突襲遠征隊時的慘況，進而紛紛懸念起失蹤的薰、葛瑞漢和克拉克他們，每個人都不禁自問——他們現在，人在哪裡？見到烏后，就真能找到他們嗎？

一天半後，亮晴他們終於能夠遠遠望見高聳的烏陀山。

青牙在亮晴心底提醒：「烏陀山終年無時不被一團團會爆裂出紅裂光的紅電雲纏繞，傳聞這些紅電雲，也是邪惡力量烏撒韃亞的分身，祂不僅利用紅電雲保護蒐孤，也乘機監視。事實上，在紅電雲裡，還有循環交錯不息的高壓電擊，只要有人不怕死膽敢硬闖，不是當場被高壓電擊劈焦，就是被紅裂光擊斃。是故，想單靠飛行直上烏陀山頂，根本就是自殺，欲接近烏后，只能先從紅電雲無法滯留的區域，也就是山腳開始。」

聽完亮晴轉述，大夥兒再重新遠眺烏陀山，感覺都變得很不一樣。

其實，紅電雲遠遠望去，就像一大團黑裡翻紅的半透明棉絮，裹得烏陀山看起來，就像透著光檢視蠶繭裡的黑蛹，加上那明滅個沒停的紅光，和著絲絲閃現的電擊白光，都在在令人一目了然，那裡頭只有死亡，完全沒有其他可供滿足好奇的東西。

在這被紅電雲遮去大半天光的陰天暗地裡，青牙小心地慢慢低飛，直至適當距離，才利索著陸狂奔，然後，就在離山腳約一公里左右處，牠陡地停下腳步，原來，山腳下似有蠢動，醒兒這下又害怕地速速躲回亮晴衣襟裡。

青牙審慎地挪移腳步，且在亮晴心底輕嚷：「丫頭，叫小傢伙們快抓緊我，還有，不管待會兒發生什麼事，都別出聲，盡可能地沉著安靜便是。」

正當亮晴轉述完青牙的奇怪叮嚀，每個人都還來不及理解消化之際，一大群黑壓壓的東西，即揚著數丈沙塵滾滾逼來，青牙見狀，也重新快跑起來。

見到來者，亮晴不禁心想，這？太誇張了吧！我們才不過幾個人，再加上大個兒青牙，烏后有必要勞師動眾，派出這麼大陣仗的機械軍團來嗎？

這一波機械軍團，全是一隻隻巨大如象的蠍形機械怪物，它們以萬馬奔騰的氣勢疾馳而來，但奇怪的是，它們並沒有攻擊亮晴他們，就像沒見著他們似地匆匆錯身而過，等到它們衝刺老遠，青牙已趕到山腳，機械怪物這才像突然發現自己掉了什麼東西似的，開始回頭尋覓失物。

「是隱，青牙用了高階離術——隱。」采甚是第一個恍然明白剛剛發生何事的人。

「難怪它們沒攻擊我們。」桑迪王子也小聲附和。

「隱離術，只騙得過這些沒大腦的機械怪物，烏后那絕對知道我們已經到這。」青牙要大夥兒繼續保持警戒，切勿輕敵。

青牙接著再利用隱離術，輕鬆通過數個衛哨，直到不知從哪冒出的高壯機械兵，牽來數隻大狗上陣，整個情勢才驟然丕變。

當隱形的青牙他們，離大狗愈來愈近，才驚覺，天哪，那不是大狗，而是在地上爬行的人——他們被改造得面目全非，身上大部分都是機械，只保留頭顱、脖子、上胸部和各一隻手腳，而且，他們的頭顱還被蓄有約六分滿綠水，像燈泡的玻璃缸套上，眉毛以下，就這樣全浸泡在綠水裡，他們的眼睛猙獰卻無神，嘴巴也都被狠狠地密縫起來，亮晴他們看了，沒有人心不整個糾結在一塊兒的。

突然，人狗們發現亮晴他們的行蹤，迅即以手勢替代吼吠，高壯機械兵馬上循手指方向猛烈開火。

「糟糕，被發現了！」青牙又開始狂奔起來。

高壯機械兵的猛攻，引來其他機械兵的追擊，整座山的機械兵，也幾乎都因此沸騰地動員起來。雖然大家都及時利用離探打出防護光罩，但敵人數量實在太多，火力也太集中，防護光罩的防護效果，自然隨時間的拉長快速遞減。

青牙疲於躲避來自各方雷射紅光的攻擊，身上的傷口一道道快速增加，其他人也都傷痕累累，青牙不得不提出教人難過的計畫：「ㄚ頭，沒辦法了，大家得分開行動！妳跟采甚一組，明美跟悠一組，我跟桑迪一組，大夥兒晚點在烏靈堡會合！」

亮晴不曉得青牙為何這麼分組，不過，以牠的智慧，自有其理。

然而，亮晴不知該如何啟齒，這麼分，明美鐵定抗議，但情勢險峻危急，她只好硬著頭皮傳達。

沒想到，明美居然默默接受了。

無人有異議，顯然大家都認為，這是突圍的唯一辦法。

接下來，采甚抓著亮晴的手，逕從青牙背上跳下，然後是明美跟悠。

現在，亮晴他們一分為三，不但成功分散了機械兵的火力，還因為采甚、明美、悠和桑迪王子的大力反擊，個個把機械兵打得落花流水，一具具倒下，不過，大家都知道不能戀戰，紛紛把握機會躲至安全地點，然後，再等待時機繼續攻頂。

Φ

亮晴和采甚終於幸運躲進一隱藏於兩塊巨岩間的小洞穴裡，他們偷偷窺探，發現援兵陸續從各處趕來，機械兵的地毯式搜索也越來越綿密，他倆一致認為，再這麼躲下去，遲早會被找到。

不過，亮晴的好奇心，終究還是讓她問出一直盤桓在心頭的疑惑：「采甚，為何這裡，到處都是機械兵？」

采甚聽到亮晴的提問，先是愣了一下，接著才邊注意敵情，邊替她解惑：「這是因為九陽看過人類的未來，深怕壓姆世界的機器人，也會跟地球的一樣群起造反，於是，發布禁律，嚴控機器人。因此，在薩忒國，儘管由器械組成的交通工具滿天飛，但由器械組成的機器人，只能被當作苦力或寵物，甚至，在它們身上都裝有自毀裝置，只要對主人有重大違逆，自毀程式馬上啟動，五秒內，即成一堆廢鐵。」

采甚再接著補充：「但在這裡會看到這麼多的機械兵，原因可能是除了烏撒韃亞愛唱反調之外，機械兵可大量生產，不吃喝拉撒，不睡覺偷懶，而且還唯命是從，應是主因，再加上機械兵若真造反，把壓姆世界搞得一塌糊塗，不也正合乎烏撒韃亞唯恐天下不亂的本性？」

忽然，亮晴跟采甚聽到異聲，循聲望去，即見一輛運兵車又載來多隻人狗。

危機迫在眉睫，采甚靈機一動：「運兵車？或許我們可以好好利用運兵車。」

亮晴頗有同感：「該怎麼做？」

正值采甚思索具體突圍方法之際，遠處突傳躁動聲，原先在亮晴跟采甚周遭搜索的機械兵，聞聲紛紛像獵狗般調頭跑開，剛到的人狗，當然也沒錯過這場盛況空前的追獵大賽。

采甚終於想到不錯的計畫，轉頭要告訴亮晴，卻見亮晴淚光瑩瑩地望著他，而醒兒也像個多愁善感的小孩似的，從衣襟探出頭，再皺眉壓耳地抬頭直瞅亮晴。

采甚心覺不妙：「亮晴，怎麼啦？」

「是青牙，就在機械兵匆匆離開的時候，牠在我心底吼叫：『丫頭，我把嘍囉全引過來，趁現在，你們快逃！甭替我跟小傢伙操心，我們不會有事的。』」

「怎麼辦？我們是不是該去救青牙跟桑迪王子？」亮晴無法不顧青牙他們的安危。

「不，亮晴，我們現在只救得了自己。況且，相信以青牙的神力，定能應付這些傀儡兵，我們得儘快搶登上那輛運兵車，才好跟青牙他們在烏靈堡會合。」采甚的話，教亮晴看清眼前危殆的情勢。

看亮晴沒再說什麼，采甚便接著扼要說出剛想好的計畫：「待會兒，我會利用隱離術，先將留守的機械兵一一擺平，然後再溜進駕駛座奪車，在這段期間，妳只須好好躲著，我很快就會回來接妳。」

語畢，采甚掏出離探，一道白光很快就裹覆住他，等白光退盡，他也像蒸散了般消失無蹤，過沒多久，認真觀察周邊動靜的亮晴發現，幾處運兵車旁的雜草，屢有被輕觸而過的不自然擺動，以及被連番踩踏折倒的狀況。

隨後，亮晴就看到留守在運兵車旁的兩名機械兵，一個個被悄悄撂倒，機械頭顱也先後被俐落扯斷。

坐在運兵車駕駛旁的機械兵，似乎察覺到異狀，才開車門準備探究，立刻就被強拉下車，機械頭顱也馬上被應聲扭斷。

運兵車駕駛見狀，正想反應，卻先一步被制服，不過，它並未像其他機械兵那樣，被隱形采甚毫不留情地扯掉機械頭顱，而是像電池沒電的玩具兵，突然一動也不動。

Φ

亮晴摟著醒兒窩在原地等了又等，雖然空轉的時間，尚未達到令人心驚的地步，但也夠她忐忑心慌的，她一直在那擔心機械兵會再回來，也納悶采甚為何遲遲未歸。

亮晴心想，采甚一定遇上麻煩了，不能再等。

亮晴環顧四方，確定暫無危險，便彎腰直衝運兵車。

跑抵車門後，亮晴輕敲車窗，接著，采甚就馬上像掀去隱形斗蓬一樣應聲現形。采甚緊張萬分地快拉亮晴上車，關好車門，再冷汗直冒地輕斥亮晴：「不是叫妳留在原地等我嗎？怎麼自己跑來了？這裡非常危險，妳應該……」

亮晴委屈道：「你說很快就會回來，卻在車上待那麼久，我擔心你……」

采甚聽亮晴這麼一說，不禁懊惱：「我原以為要改這名駕駛兵的指令程式應該不難，沒想到……唉，平時，我很喜歡偷偷改造報廢的機器人，經驗非常豐富，但這次，顯然高估了自己。」

就在亮晴不經意瞥見後腦勺已被拆開，整個歪斜躺在車門邊的駕駛兵時，即莫名憶起之前與火鬼蜂交戰的經驗：「采甚，可不可以請你先將駕駛兵復原，然後，再讓我試試？」

采甚半信半疑地點頭答應，接著很快就還原好駕駛兵。

亮晴開始在心底默唸：「為了所有我愛的人，我絕對要見到烏后，因為，我是女卡羅！為了所有我愛的人，我絕對要見到烏后！因為，我就是……」

驀地，采甚望見遠方已有機械兵開始往回走，不得不情急催促：「亮晴，可不可以請妳快一點，不是我沒耐心，因為，那些機械兵調頭回來了。」

亮晴原本漸臻專一的心念，自此被攪散，她急促地在心底快嚷起來：「為了所有我愛的人，我絕對要見到烏后，因為，我是女卡羅！我命令你，馬上帶我們去烏靈堡，因為，我是女卡羅！我命令你，馬上帶我們……」

喀答一聲，原本癱軟的駕駛兵，居然自己坐直起來，它熟練地揿下啟動鈕，前推行進閥，雙手握好操控盤，再右腳輕踩運能板。

運兵車就這樣輕輕駛離山腳，再直朝顛簸的山路奮力前進。

采甚被亮晴的神技震懾得久久說不出話來，直到運兵車輾過一個窟窿，大大晃震一下，他才驚醒似地以滿是崇拜的語調嚷道：「亮晴，妳太厲害了，心離術真是了得！一個快被我搞成廢鐵的機器人，妳居然有辦法叫它開車！這實在太不可思議了，女卡羅就是女卡羅！」

亮晴隱隱覺得，不知是哪兒古怪，儘管她不太確定駕駛兵能動，是不是自己影響的，但這次，她確實沒有上回成功控制火鬼蜂后時，那種熱力四射的感覺，不過，駕駛兵是在她默禱之後才活過來的，也是事實，是故，她寧可選擇最保守的說法：「不，采甚，我不覺得駕駛兵會動，是因為我的關係，它好像是自己活過來的。」

「亮晴，妳太客氣了，幹麼不好意思承認？妳真的不用擔心我怕妳走火入魔而盡想低調，真正有本事的人，是不會被埋沒的。」采甚不解，亮晴為何不願承認自己的神力，唯一合理的解釋，就是她在成功控制駕駛兵後，便反悔多慮地以為，采甚可能因此害怕她會走火入魔，於是，否認一切，藉以逃避可能接踵而來的疑慮與困擾。

山路愈來愈陡峭，教亮晴跟采甚不只常得以上身挺直，保持約莫四十度角的姿勢眼觀八方，還得不時提心吊膽地瞥望山路外緣的深黑懸崖，但這些折騰與驚恐，都比不上他們在路經崗哨時，極力收縮身形躲藏在駕駛兵身旁那懼駭難捱的幾秒鐘——他們怕被哨兵發現，更怕被眼前這個默默無言的駕駛兵出賣。

幸好駕駛兵的臉，就像通行證，它的臉每經監測器一掃，柵欄便會自動升起，接著，停駐在亮晴跟采甚肩頭上的時間，才會像撤去掣肘般繼續前行。

隨著崗哨間距的拉長，亮晴跟采甚變得較有時間討論——到了烏靈堡後，該如何找到烏后？接著，再怎麼把失物還她？可惜，想出的方法雖多，皆有窒礙難行之處，常常是，一個想法提出沒多久，即被推翻，然後，再接再厲。

疲累終究還是壓垮了亮晴跟采甚的意識，推進器的嗡嗡聲深沉而規律，宛若信徒教人安心的低吟誦禱，很快地，寧靜的黑就遮蔽了他們的視界。

Φ

不知過了多久，亮晴跟采甚突然被醒兒的吱叫聲吵醒。

亮晴好不容易才睜開惺忪的雙眼，卻猛然望見一顆黑頭機械兵的頭顱，正在車窗外與自己四目相接，然後它還發出單調平板的電子合成聲：「入侵者在這，我們追上了！」

黑頭機械兵頻頻呼叫同伴，亮晴極目張望，發現在暗夜裡，共有六名機械兵，正騎著懸浮機緊追他們。

陡地，坐在亮晴身邊的駕駛兵，居然像遇到惡徒追殺的賽車手，無須下令，竟自個兒飆起車來。駕駛兵以不可思議的誇張動作，在聳立著陰森巨木的林間山路裡，無視坎坷崎嶇，始終保持飛快速度疾駛，以致遇到大窟窿時，常讓運兵車四輪騰空離地，像飛又像跳地一路發出碰撞聲，這教坐在車裡頭的亮晴跟采甚，不知是應怪自己身體差，抑或該提醒駕駛兵，車上還有兩名乘客——他們可是脆弱、會想吐的人類，並非鋼鐵鑄、沒感覺的機器人。

「七五四四三八一，快停下來！他們是入侵者，包庇他們，與其同罪！」另一個像是懸浮機械兵隊長的紅頭機械兵，發出像是低音鼓的低沉電子合成聲。

駕駛兵不為所動，反而更加足馬力衝刺，似乎想要一舉擺脫懸浮機的糾纏。

采甚在旁看得激動，忍不住再讚亮晴：「亮晴，妳實在太厲害了，妳的心離術，不僅控制了駕駛兵的動作，還完全掌握了它的心！它對妳可是忠心耿耿，寧死不屈呀，這恐怕是其他女卡羅，甚至是烏后，都不可能辦到的事。」

「七五四四三八一，要不是因為烏后想活捉他們，你早給我們轟爛了，哪還輪得到你在我面前胡鬧撒野！別再執迷不悟，快停車！」紅頭機械兵隊長再次嚴正警告駕駛兵。

沉默不語的駕駛兵，突然猛一迴轉，即與三架緊追運兵車的懸浮機撞個正著，接連三起的爆炸震波，又將另外兩架懸浮機震飛老遠，然後，在硬生生撞上巨岩與大樹後，又是兩道刺耳的爆炸聲。

這樣的烏龍場面，讓紅頭機械兵隊長相當尷尬難堪，氣得只差沒把紅頭燒黑，它索性調轉機頭，像個鬥敗的無用癟三，夾著尾巴準備開溜，並撂下狠話：「哼，七五四四三八一，先別得意，待會兒，剛鬼來了，看你如何變成廢鐵碎渣！」

駕駛兵再次迴轉，並以急拉煞停器，再猛踩運能板的方法造成甩尾，嘎吱的尖利車胎磨地聲，就這般大刺刺地粗暴揚起，這噪音，就像是駕駛兵的譏笑聲，直在烏陀山的昏天暗地裡，誇張又刻意地嘲弄懸浮機械兵的愚蠢與無能。

Φ

駕駛兵在碎石山路上疾駛了一段時間之後，一道刺眼的白光突像白牆擋住去路。駕駛兵快速應變，立刻轉向駛離山路，再試圖以穿越樹林的方式繞過白光，然而，樹林間隙窄又難走，運兵車的速度自然慢了下來，就在這個時候，碰的一聲，運兵車車廂頂忽傳重物蹦落的聲音，接著，再發出第二、第三響。

采甚臆測可能又被什麼追兵趕上，旋即掏出離探。

醒兒也感應到風雨欲來，害怕地直往亮晴衣襟深處鑽。

突然，嘎——吱的一聲，運兵車的車頭頂蓋竟被整個掀飛，亮晴跟采甚抬頭後望，只見一隻機械手臂正像鷹爪般攫向他們，駕駛兵這時像後腦勺也有長眼似的，頭沒轉一下即發狂加速，整輛車又開始跳飛起來，車頂上的機械手臂主人終究難抵強烈震晃，很快就不見蹤影。

繞過刺眼白光，駕駛兵重將失去頂蓋的運兵車駛返山路，亮晴回頭方知，原來，剛剛的刺眼白光，其實是由一架橫擋在山路中間，有巴士般大小的飛艇所刻意打出來的炫目燈光。

「之前溜走的紅頭機械兵說的剛鬼，就是剛剛那個東西嗎？」亮晴心有餘悸地喃喃道。

「沒事了，駕駛兵已經……」采甚話還沒說完，便驚見在亮晴眼裡急遽湧現的恐懼陰霾，他陡然回頭，即見一個不動人影正站在車廂頂，他馬上打出攻離術，讓左手瞬間套上巨形強化盔甲手臂，並快挪身軀擋護亮晴。

倒是駕駛兵變得不太一樣，它始終以直視前方、心無旁騖的姿勢努力駕車，讓人不禁覺得，它跟身旁的戰鬥，似乎分屬不同世界的事物，它只負責飆車，其他事皆與它無關。

很快地，不動人影開始有動作，采甚見狀，便從盔甲手臂兩側圓孔射出光彈，沒想到，對方不但靈敏躲過，還一下子就以機械手臂，將采甚的盔甲手臂強壓在破車頂邊緣，一副大人出手阻止小孩玩危險遊戲的威嚇模樣。

采甚雖一時被壓制得憤恨難耐，但跟接下來對方壓低身和他互望時所帶來的震懾相比，根本微不足道，采甚驟然承受到的感覺空白，就像是大爆炸時的瞬間真空，一切都變得輕飄失真。

亮晴跟采甚，都像看到陌生的親人般，先是發愣地直望對方，接著，他們的心便整個翻攪揪疼起來。

原來，不動人影就是亮晴他們懸念許久的薰，但她已完全變樣——漂亮娟秀的臉，只剩左半邊，右半邊不僅已被換成硬梆梆、冷冰冰的機械臉，幾盞小小的紅綠燈泡，還在那滿布溝縫的機械臉上，隱隱來回發出訕笑似的幽光，尤其那亮著駭人紅光的機械右眼，恍若邪惡力量入侵薰善良靈魂的註記，令人看了，不由在心底洶湧起各種矛盾糾結的情緒，亮晴跟采甚，就這樣被失序的感情困縛住，久久無法自拔。

早被烏后捉走的薰，已變成半人半機械的剛鬼，此刻的她，已經不認得亮晴跟采甚，正以好整以暇的表情望著他們，就像在俯身觀看兩隻可憐的小白鼠。

「我不想傷害你們，請乖乖跟我們回去見烏后吧。」薰聲音沒變，依然悅耳，但外表已非原樣。

采甚在憂戚地回頭跟亮晴對望一眼後，隨即輕嚷：「亮晴，她已經不是薰，我們得先打敗她，否則下場一定也會跟她一樣變成傀儡！」

采甚話一說完，即收攻離術，好讓被壓制在破車頂邊緣的左手，能先金蟬脫殼，緊接著，在他以破車頂邊緣為支點，雙手使勁一攀，整個人就這麼空翻上車廂頂之前，再施攻離術，一副全新的巨形強化盔甲手臂，就在他站穩車廂頂的同時，已完美同步地套上他的左手臂。

亮晴心焦意亂，索性不管三七二十一，逕自東拉西攀地站上駕駛座椅背，她逆著夾雜沙塵且風向不定的強風，瞇眼急尋采甚的身影，很快地，她便瞥見在疾馳的運兵車廂頂上，正上演著激烈且火光四射的戰鬥，她好想爬上車廂頂幫忙，但她現在連抓著桿架觀戰都已搖搖欲墜了，更遑論站上那空蕩搖晃的車廂頂。

亮晴從暗澀的視界慢慢看出，來者除了薰，還另有兩個人影，仔細一看，發現他們果然是葛瑞漢和克拉克。

亮晴哀傷不忍地望著眼前勝負早定的戰鬥——采甚雖不時從盔甲手臂射出各種武器，像光彈、鞭刃、鏢爪，甚至烈燄，都被輕鬆躲過；而這三名剛鬼，除了個個都在左手臂，嵌附武裝機械怪手之外，身手更是狠準，人多勢眾的他們，要不是因為烏后要活捉，采甚現在豈止處於防禦和挨打的份而已？

或許，剛鬼們終於玩膩了，克拉克出奇不意的一個飛踢，硬是把采甚狠狠踹離車廂頂，再結結實實撞上巨岩，然後，他俐落跳車，一把將昏迷采甚撈上肩後，即以飛快速度消失，就像晃煙似的。

薰緩步走回不斷哭喊采甚名字的亮晴面前，蹲下身，再面無表情地說：「他沒事，只是昏了過去，我請三七三先帶他到飛艇休息，待會兒，飛艇就會過來接我們一起去見烏后。」

「不要！不要！——不——要……」

亮晴突然發出聲嘶力竭的尖叫吶喊，那淒厲的哀號，彷彿死神怒吼直達天庭，劇烈壯盛的七彩熾光，陡地以亮晴顫抖的身軀為中心，向四面八方如排山倒海的光巨浪襲捲開來，核爆似的強大連鎖震波，撼動了整座烏陀山，不僅當場把薰跟葛瑞漢震飛得不知去向，甚至還讓運兵車於頃刻間，宛如從高處落地的玩具車般整個解體崩裂開來！

Φ

光巨浪消失後，只見亮晴似睡似醒地站在裂解的運兵車廢鐵堆上，她神情木然，嘴裡唸唸有詞，但她輕晃身體的模樣，就像可愛女孩聆聽到美妙樂曲，忍不住跟著旋律輕輕搖擺一般。

駕駛兵奇蹟似地完好如初，它就坐在亮晴右後方滿佈零件的地上，繼續重複做它之前誇張的飆車動作。

嗡嗡嗡的飛艇聲漸從遠處傳來，也讓亮晴從恍神中猛然清醒，她一見到眼前樹倒地焦的景象，不禁害怕起來，納悶這是女卡羅的神力？還是她已走火入魔？

躲在衣襟裡的醒兒，更是害怕得不敢再瞧亮晴一眼，因為牠在亮晴發出哀號聲時，曾擔心地探出頭，卻意外驚見亮晴正對著怪怪的薰跟葛瑞漢，發動可怕的七彩熾光攻擊，這教牠既疑且懼，只好逃避地躲回亮晴衣襟。

亮晴感覺到醒兒的顫抖，不禁隔著衣服安撫牠，突然，她靈光一閃，想到一個或許能救采甚，也能讓她跟采甚儘快趕到烏靈堡的辦法。

Φ

特設有消抵紅電雲高壓電擊與紅裂光裝置的飛艇降落地面後，艙門打開，克拉克刻意哈了點腰，才從容自不夠他身高的艙門走出來。

原本就已經相當魁梧的克拉克，因多了左手臂的武裝機械怪手，讓他看起來更顯威猛壯碩，就像一座能隨時推倒整平障礙的機械城堡，遇者無不拔腿先逃。

此刻，這座機械城堡正滿臉狐疑地以沉穩的步伐，踩過滿地的機械殘骸和碎石木屑，他向四方張望，發現除了黑天暗地沒變之外，其他什麼都變了。

機械殘骸散布的範圍，說明了這裡曾經發生威力驚人的爆炸，再加上方才在半空中見到的七彩熾光，和飛艇本身的抖晃，以及現場不但巨岩崩解，巨樹如骨牌一排排倒下，甚至連草地都被壓成爛泥，都進一步說明，這場爆炸有教人難以置信的強度。

再走一會兒，克拉克輕瞥到，有個坐在地上一直磨蹭個沒完的駕駛兵，一開始他很納悶，心想這具機械兵為何沒事？但是，進一步想，這又干他何事？索性一個左踢，硬將駕駛兵踹進一堆廢鐵裡。

駕駛兵從此缺了一隻手跟一條腿，但它還是不放棄腦袋裡的使命，仍以頭被壓在身體下，左手像游泳，右腿在半空踩踏擺動的姿勢，不停做飆車動作。

克拉克終於找到側躺在殘枝堆裡，相隔約三十幾步遠的薰跟葛瑞漢，他先將薰的腰圈抱在臂彎裡，再撈葛瑞漢上肩，然後轉身往回走，步履依舊沉著堅實，好似周遭的巨變，對他沒任何意義。

其實，克拉克在心裡想，雖然入侵者逃了一個，但我們也逮到一個，任務不算失敗，況且，營救者能耐顯然超高，既然一三一和二六三連手起來都不是他的對手，那自己的勝算當然也低，不如先回去救醒同伴，再從長計議。

克拉克回到飛艇，將薰跟葛瑞漢放上伸縮平台後，還特地走到機艙角落，檢查套在昏迷采甚手腳上的機械銬鎖有無異樣。此時，他發現采甚的臉頰有點紅腫，隨即猜測，那應該是撞上巨岩時所受的傷，不再多想後，遂逕自步入駕駛艙，啟動掣進器，前推歸檔閥，飛艇接著冉冉升空。

Φ

在昏迷了三個人的機艙裡，突然有了動靜。

躺著薰與葛瑞漢的伸縮平台下方，一雙圓睜睜的驚惶眼睛正向四方張望，等眼睛的主人——亮晴確定機艙安全無虞後，才輕手輕腳爬出伸縮平台下方的凹槽，接著迅速爬到采甚身邊後，便又重新開始克拉克回到飛艇前一刻她還在做的事——打采甚耳光。

原來，亮晴在飛艇來到巨變現場前，就先躲在暗處，等飛艇降落後，才小心翼翼繞路到飛艇後方。

待克拉克走遠去找薰跟葛瑞漢之後，亮晴旋即三步併一步地飛奔至機艙口，她將手心貼緊大艙門，僥倖想以控制駕駛兵的方法打開大艙門，沒想到大艙門真的就在她心念驅使下打開，她提心吊膽地溜進機艙，一眼即望見被擱棄角落且銬上鎖的采甚。

一開始，亮晴不停搖晃輕喚采甚，采甚沒反應，接著輕拍采甚臉頰，依然無功，最終不得已，她只好再次仿傚拉比峽谷及哀塔兩處的經驗——打采甚巴掌。亮晴愈打愈急，可惜采甚仍舊昏迷，直到她聽到克拉克回來大艙門隨即開啟的聲音，才停手躲進最近，也是唯一可藏匿的伸縮平台下方的凹槽裡。

現在，亮晴在持續打了采甚幾下耳光之後，便不忍再打……沒用的，亮晴在心底告訴自己，原先的想法太天真。

亮晴一會兒看看采甚，一會兒四下瞥望不大不小的機艙，最後，她把視線停留在隔開駕駛艙與機艙的銀灰小艙門。

「如今，只能靠這道門了。」亮晴一邊躡手躡腳地往駕駛艙前進，一邊在嘴裡輕聲叨唸。

亮晴再將手心緊貼小艙門，然後，閉起眼在心底開始吶喊，此刻，醒兒似乎也感應到亮晴的無助，牠偷偷從衣襟探出頭來，望著亮晴鎖眉閉眼的愁苦模樣，本想爬上肩舔她、安慰她，不料，亮晴驀地睜開眼，嚇得牠馬上躲回衣襟，接著，運兵車廂頂上的肅殺情景，又再度像夢魘般直在牠腦袋裡反覆播映，尤其亮晴尖叫時的眼神，憤怒張狂，讓牠非常害怕，覺得那眼神，和死亡同行，與悲絕同歡！

亮晴不曉得在心底吶喊了多久，突然聽到器械「喀」的一聲悶響，飛艇也在這時開始減速下降。她不禁患得患失想，剛剛那起悶響，到底是小艙門終於聽命於她自動鎖死？抑或飛艇將抵烏靈堡，落地前軸承轉換本來就會發出這樣的聲音？

很快地，飛艇停止前進，然後緩緩降落，亮晴也快快躲回伸縮平台，她屏氣凝神靜心等待，只是不知等在她前頭的，到底是希望的來臨，還是絕望的吞噬。

Φ

飛艇落定，推進器像被人勒住脖子似的，聲音愈來愈小。

最後，一切器械的運轉聲，像被人丟進麻布袋，再全部一塊兒帶走似的，消失得唐突又利索。

「怎麼搞的？艙門怎麼打不開？」克拉克的疑惑沒維持幾秒，便碰碰碰地猛搥小艙門。

亮晴終於盼到希望，但她也知道，小艙門困不了克拉克多久，於是，趕緊衝至機艙口，扳起艙門閘桿，大艙門隨即緩緩滑開。

亮晴謹慎地像名攻堅戰士探頭窺望飛艇外頭的景況，沒想到，飛艇並沒停在烏靈堡內，因為，她已遠遠望見，以嶙峋短黑骨節與佝僂長黑骨排做造型基調的烏靈堡，它的詭譎陰森，就像個睥睨一切的黑骷髏巨人。現在，飛艇之所以會停在烏靈堡外，這麼一處頹傾荒涼的神廟遺址上，應該是克拉克顧忌還沒捉到她，不好直接回烏靈堡交差，打算躲在這，先偷偷幫薰與葛瑞漢療傷，之後再一起想辦法逮人，亮晴不由揣想。

亮晴再環視周遭，發現在遺址右後方，正好有片密林，而那裡，絕對是她跟采甚逃生藏匿的好地方。

於是，亮晴趕緊跑回采甚身邊，她先雙手各握緊采甚手腳上的機械銬鎖，再跟剛剛對小艙門下令的作法一樣，在心底直吶喊，沒多久，喳、喳兩聲，機械銬鎖果真應聲鬆開，在她小小得意了一下之後，便立刻背對采甚，再用力拉住采甚雙臂上肩，然後，她才像搬家工人扛沙發般，一鼓作氣地將采甚駝上身快跑。

一開始，亮晴有好幾次，險些腿軟趴跪下來，所幸都靠意志力硬是撐住，過沒多久，她忽覺渾身發燙，背采甚變得不再吃力——如此轉變，教亮晴不由懷疑，難道這又是女卡羅神力發揮所致？

鳥后

亮晴像神力女超人似的，一路馱著采甚不知跑了多久，方驚覺自己已跑進密林深處。

各種陌生的蟲鳴鳥叫，以及似遠似近像野獸又像怪物的陰詭嘶嗥，都教亮晴背脊發涼，原先充滿全身的熱力，就這樣因為她開始畏懼，忽像被人吹熄般，神力乍然全消，雙腿跟著發軟，馬上一個踉蹌，便讓她跟采甚在鋪滿腐臭落葉的黑土地上連滾了五、六圈。

采甚依舊昏迷，但亮晴，卻跌哭了。亮晴覺得好孤單，畢竟先前不管在人類世界或魘姆世界，身邊總有親人或朋友陪伴，可是如今，就只剩下她，和不省人事的采甚。

突然，窸窣聲不斷，一道道黑影紛從滿地的落葉堆裡竄起，牠們就像逕自土裡探出身的超大人形土撥鼠，除了不時閃晃的頭部之外，身體始終維持不動，恍若故障的機械怪物，暫以重複動作和凝結之姿與亮晴對峙，不過，牠們壓倒性的氣勢，早已教亮晴動也不敢動一下。

渾身裹覆殘枝落葉，拖著長尾，張著兩扇巨耳的鼠怪，長有一雙如貓般的黃橙大眼，這些早被急躁賁張的鮮紅血絲盤據的銅鈴大眼，宛如餓鬼之眼似的，燃燒著一道道熾烈殺意，牠們不但不停上下打量驚慌失措的亮晴，還不時瞥望昏躺在地猶如大塊鮮肉的采甚。

鼠怪們先是邊流口水、邊戒慎叫囂地把亮晴跟采甚圍在中心，直到其中體形最壯碩，應為帶頭首領的鼠怪發出「喲哦」怪聲，其他鼠怪就像聽到前進哨音，立即行動一致地一步步向前威逼，以致圍住亮晴跟采甚的圈子愈變愈小，亮晴的恐懼也隨之呈等比級數快速放大！

一隻左眼有疤的鼠怪，終於衝上前來，牠一把抓住采甚右腳就急遽後拉，亮晴雖及時拉住采甚左手，卻也因此一起被沿地拖行，亮晴慌張地撿起地面石塊扔了又扔，但鼠怪不痛不癢照往後退。

幸好，亮晴總算胡亂勾住了一條粗壯的樹根，鼠怪這才不得不停住。

接下來，鼠怪惱怒使勁拉，亮晴則拚命勾緊樹根，孰料就在亮晴擔心采甚會不會被拉傷之際，樹根居然騰空升起，鼠怪們全都嚇得四處逃竄，采甚也因亮晴再也勾不住會飛的樹根，而一起跟著摔落地面。

這一摔，終於摔醒采甚，不過，他醒來第一眼看到的，完全超乎他能想像，那是個逕自地裡急速竄出，不斷衝高，甚至，不管抬頭怎麼看，都望不見頂的龐然巨物！

巨物黑壓壓的，就像一座直從地裡昂揚崛起的摩天大樓，乍看之下，它好似由地裡泉湧而出的黏糊泥巴，但一經細看即可發現，這些泥巴除了源源不絕地向上堆疊，也慢慢往八方擴張之外，實經細看，即可發現那粗糙得猶如老樹皮的表層部位，不僅會呼吸，還生氣蓬勃地不停競相分生出無數長條突觸，它們宛如從泥地裡搖竄出的巨蟒，各朝不同的方向賣力探索。

亮晴跟采甚驚嚇之餘還發現，這些巨大突觸，不僅會再分生出突觸，甚至突觸的突觸，也會再分生出突觸……亮晴這才恍然大悟，原來之前她死命緊勾的那條救命樹根，其實就是眼前這些突觸的突觸的突觸的突觸的一小截，只不過，它當時被凝凍住而已。

亮晴跟采甚的好奇心，居然讓他們忘了逃命，等到他們如大夢初醒，想到處境堪慮時，從四方湧來恍若巨木樹幹的分肢已將他們逮個正著，接著再馬上像布袋戲偶般被冉冉舉高，亮晴跟采甚在此刻才驚覺，眼前的龐然巨物竟是有意識的！不過，也正因為他們被愈舉愈高，方能自高處窺見巨物全貌。

這座長得像馱著島直接從海裡爬上岸的超級駝背巨怪，全身上下唯一沒被泥巴覆裹的地方，就只有背上的森林島，其他各處，都像被不停淋著泥巴一樣，彷彿它酷愛泥巴澡，無時無刻不能不洗似的。

慢慢地，森林島巨怪不再增高，應該是它已整個竄出地面。

陡地，森林島巨怪不知從哪發出震耳的嘶鳴，亮晴竟也同時在心底聽到粗暴的吼聲：「哈哈，我自由啦，我終於自由啦！」

亮晴猜想，這恐怕是森林島巨怪發出的聲音，但一時不知該如何應對，只好先說抱歉：「對不起，剛剛有一群鼠怪想吃掉我朋友，為了救他，所以才……」

驀地，十三顆紛從各方圍攏過來的泥球，才一眨眼的功夫，便在亮晴跟采甚面前合而為一，然後，這顆有如載人熱氣球大小的泥球，忽然從中裂開一條溝縫，無數亮著綠螢光的細長觸絲，隨即自溝縫裡緩緩游出，它們就像好奇又怕生的小孩，把亮晴跟采甚當稀客團團圍住，這光景，就像有數不清，長短不一，而粗細只有麵條大小的螢綠海蛇，正興致勃勃，且七嘴八舌地圍觀議論著亮晴跟采甚一般。

「小姑娘，妳是誰？怎麼會心靈感應？」

「我叫亮晴。至於心靈感應，是自然就會的，為何如此，我也不知道。」

「嗯，那你們怎麼會來這？難道不知道，這裡是有去無回的黑忽森林？」

「對不起，我們並不知道這裡是那裡，純粹是為了逃命才闖進來的，如有冒犯，請您見諒。」

「逃命？誰在追殺你們？」

「實不相瞞，我們是為了闖烏靈堡，才招來烏后手下追捕。」

「烏靈堡！」

原先溫和的森林島巨怪，一聽到烏靈堡，就像被踩到尾巴的狗，突然暴怒大吼一聲，采甚不明所以，以為巨怪要對他們不利，趕緊掏出離探準備反擊，亮晴立刻輕壓他的手背，暗示別妄動。

待森林島巨怪宣洩完怒氣，即以心靈力續問亮晴：「這到底是怎麼回事？小姑娘，妳可得好好跟我說清楚。」

於是，亮晴把自己被帶到麼姆世界當女卡羅的故事，從頭到尾略述一遍，偶有森林島巨怪不明瞭處，她再詳細說明，就這樣，森林島巨怪沒花多久，便大致了解整件事的來龍去脈。

「我叫藏亞，是烏陀山的山靈神，只因我不答應烏撒韃亞在此建造烏靈堡，就被祂封埋於此，經過漫長歲月，今天要不是妳，也就是身為女卡羅的妳，意外將妳強大的麼離，經觸支，亦即妳本以為是樹根的那條觸支，注入我體內而意外破解封印的話，我還真不知要等到何年何月，才能再重見天日呢！」

藏亞接著說道：「小姑娘，憑你們幾個，是不可能闖進烏靈堡的，為了報答妳的解救之恩，就讓我來好好幫你們一把吧。」

朝烏靈堡出發前，藏亞先小心翼翼地將亮晴跟采甚放進祂背上的蔥綠森林裡，這讓亮晴跟采甚不僅可藉綠林掩護，也擁有了遠眺八方的絕佳視野。

在烏陀山的黑天暗地裡，藏亞的移動，就像一道超級海嘯在陸地上席捲前進一樣，不過，祂跟真海嘯有很大的不同——祂所經之處依然維持原貌，如風輕拂而過；不像真海嘯摧枯拉朽，塗炭生靈。

因此，當亮晴跟采甚向下鳥瞰時，即便見到藏亞的無數突觸不斷在樹林縫隙間游移竄動，卻宛如望見溪流溫柔地與樹木們擦身而過。而藏亞本體也像泥流一般，常常在行進當中，先見一棵棵巨樹被祂整個吞噬，但旋即又在祂經過之後，被完好如初地自其後背吐出，然後，再因慣性原理，巨樹還會在原地輕晃幾下，好似它們在揮手道再見，祝祂一路順風。

藏亞的驚天移動，當然也引發了林間飛禽走獸的騷動，但奇妙的是，鳥兒並沒嚇跑，反而絡繹不絕地跟著祂，有些甚至還飛到祂背上，在蒼鬱林間追逐歡唱，就像在歡迎老朋友重回故鄉似的。另外，其他在地面奔馳的走獸，也像一群群熱情活潑的小朋友，一路跟著超大隻的大哥哥嬉戲喧鬧，直到密林邊緣，牠們才不捨地駐足告別。

藏亞步出密林後，隨之展開在亮晴跟采甚眼前的，除了先前暫待過的神廟遺址之外，即是一大片荒原，以及位於荒原另一頭的烏靈堡。

沒有密林的阻礙之後，藏亞的移動速度開始加快，突然，大批的機械兵，不是駕著數不清的懸浮機、飛艇、方陣機空襲，就是搭著一輛輛的雷甲車、光炮車、暴曳軸逼近，其餘的也全都提著雷射槍狂奔。密密麻麻宛如螞蟻雄兵的壯觀陣仗，就這麼從烏靈堡那頭鋪天蓋地而來，嚇得亮晴跟采甚不知該如何是好，只得先連袂躲進綠林深處再說。

一架架飛行器呼嘯而過，震耳欲聾的炮擊聲、雷射槍聲、曳光彈聲，也此起彼落不停響起，這樣的局面，教亮晴不禁懊悔——真不該拖藏亞下水，祂體型這麼龐大，怎躲得過這麼一波波可怕的攻擊？要是當初，能在祂提議時，婉拒協助，現在便不致害祂變成活靶。

「小姑娘，妳也未免太小看老子我啦。」藏亞驀地在亮晴心底霸氣抗議。

接下來，當像百萬螻蟻的機械兵，自以為一擁而上，即可一股作氣地殲滅傻大個時，這個傻大個卻以萬線億絲般綿密，且細如銀針的突觸的突觸的突觸的突觸的突觸的突觸，一一射穿掃斷地面機械兵的胸膛、頭顱與四肢，讓失去控制或被橫切成數段的雷甲車、光炮車以及暴曳軸全都撞成一團，爆炸聲轟隆不斷，與此同時，在空中馳騁的飛行器，也全躲不過像導彈追蹤的成串突觸，紛紛被刺穿切割，墜毀殆盡。

原來藏亞的突觸，可以柔如流水輕拂地面，也能堅如神劍削鐵如泥。

Φ

正值藏亞續以所向披靡之姿，一路清除障礙，直朝烏靈堡邁進之際，滿地的機械兵殘骸，就像剛被人類大肆虐殺蹂躪過的螞蟻殘屍，它們雖不會像死蟻發出痛苦驚懼的費洛蒙，但它們的復仇怨念，已在天地間幽幽蘊積著負面能量。

突然，在藏亞離烏靈堡不到一百米的時候，所有的機械兵殘骸，和槍械炮具、車艇、飛行器的各種零件廢鐵，竟全像被一個隱形的巨大磁鐵吸引般，紛從各處飛聚過來，鏗鏘叮咚的撞擊聲，隨著廢鐵和殘骸的快速積累，變得愈來愈低沉響亮，頃刻間，一座威風凜凜，與藏亞身形相當的廢鐵巨怪便龐然而生！

廢鐵巨怪旋即自藏亞身後出拳偷襲，但這一拳，不僅被藏亞泥沼般的軀體吸納住，也抽不回，以致接下來硬是被拖著走，才沒幾步，即因藏亞故意拖偏其重心而踉蹌趴地。

不過，廢鐵巨怪並沒因跌跤而氣餒，反倒索性學起藏亞，從歪七扭八看不出頭、手、腳的身軀，迸出一根根歪斜扭轉的超長突柱，它們不停地上上下下攻擊，位於藏亞背上的綠林，很快就被一道道如隕石般揮下的鐵拳，劈得支離破碎，原本躲在裡頭的亮晴跟采甚，像遇到天崩地裂的超級大地震，根本無處閃避，不幸先後從綠林墜下。

很幸運地，亮晴一下子就被藏亞的分肢接住，但采甚掉落的方向，因有廢鐵巨怪的鐵拳不斷襲擊阻撓，導致藏亞的分肢一再漏接，所幸，一道青影驀地閃過接住，然後，這道青影，再大出亮晴意外地停落在她身邊。

那是青牙，牠雖已傷痕累累，倦容滿面，仍奮力趕來烏靈堡，沒想到還因此及時救了采甚。

Φ

廢鐵巨怪的攻擊，終於在藏亞一次比一次猛烈的反擊下，漸趨緩和，雖然藏亞曾以無數的細突觸攻擊，試圖將廢鐵巨怪削成碎屑，但被削開的廢鐵殘塊，卻都很快地吸附在一起，之後，它倆便只能以分肢與突柱的方式打來擋去，偶爾掙脫出的飛拳，也是你一拳我一拳的，就像兩名實力相當的拳擊手，在擊出每一記重拳時，都希望對方中拳倒地，但事與願違，每記重拳不是被閃過，就是打不中要害，慢慢地，拳愈出愈亂愈虛，最終只得演變成僵持虛耗的局面。

儘管如此，亮晴他們仍被藏亞體貼地保護在一角，因為祂知道，患難摯友在重逢時，應該會有很多話想說。

「不久前，我們一直聽到爆炸聲，以為你們遇上麻煩了，等我們趕到，見到這兩隻大巨怪，反而迷惑了，幸好，青牙眼尖，及時發現采甚，隨即飛身上前救了他！真的，剛剛好驚險，到現在我還餘悸猶存。」坐在青牙背上的桑迪王子，像個才剛遠遊回來的小男孩，一見到朋友，就嘰嘰喳喳的，急將滿腹的故事和大家分享。

「明美跟悠呢？你們有見到他們嗎？」采甚在謝過青牙後，便立刻向桑迪王子詢問其他隊員狀況。

「其實，這句話，也是我想問你們的。」桑迪王子變得失落悵然。

青牙接著在亮晴心底問道：「丫頭，眼前的狀況是怎麼回事？這兩隻巨怪打哪來的？是敵是友？」亮晴很快就簡述他們是如何來到這，然後遇到藏亞，接著在攻城的路上，又是如何與機械兵大戰，接下來，這些殘敗機械兵竟像大復活般，突變成廢鐵巨怪，還有效牽制住藏亞……

「開什麼玩笑，誰說老子被這堆廢鐵牽制住啦？先前，只不過是稍稍輕忽了一下下，才給它機會轟掉綠背包，這堆廢鐵，一定是烏后在幕後操控，她發現老子的背沒辦法化形，就以為那是老子的要害，拚命猛攻，等一下，老子自然教她明白，什麼才是真正厲害的武器！」藏亞像在一旁偷聽許久似的，突然在亮晴心底插話。

藏亞繼續喃喃道：「小姑娘，待會兒，妳先跟采甚，坐上那隻叫什麼不死獸的青色大狗飛上天，等老子祕密武器一出，就緊跟祂，包管你們一路順風直搗黃龍！告訴妳，不是老子愛吹牛，這祕密武器，不但能一路幫忙清除烏靈堡內的敵軍，還會直接帶你們去找到烏后，只可惜，不能順便痛快殺掉她。」

「您的鼎力相助，我們真的萬分感激，但求求您，千萬別傷害她。」亮晴真的很怕粗枝大葉的藏亞會誤傷烏后。

「好，別緊張，老子知道，她就是你們的海倫公主，放心，沒人會動烏后一根寒毛。」藏亞也覺得自己，話說得有點過頭。

待亮晴約略跟采甚和桑迪王子，說明完藏亞的計畫後，亮晴他們便先後爬上青牙後背，然後，青牙彈蹬上天在半空中悄悄等待，彷彿藏亞所謂的祕密武器，是把天劍，能一劍分善惡，爭勝負似的。

「小姑娘，你們準備好了嗎？好戲要上場嘍。」

藏亞的聲音還在亮晴心底響著，一道壯觀晶亮如銀泉般的液態物，旋即從藏亞頭頂像五片花瓣張開的裂口噴出，讓原先扣緊祂頭部的廢鐵巨怪突柱，因銀泉的強勁衝力而崩解，遠遠望去，宛若在藏亞的頭上矗立了一棵巨大銀樹般。

接下來，這棵像銀樹的液態物，開始不斷向四面八方延展，霎時一朵超級大銀花，兀自在半空中閃耀綻放，然後，這朵大銀花驀地緩緩自轉，速度漸漸加快，花瓣慢慢收攏拉提，於是，大銀花又變成含苞花，再變橄欖核，最後，橄欖核從中向八方分裂捲曲，逕成張開的巨大十指。

接著，巨大十指彼此纏繞，並以螺旋竄進方式大迴轉，讓那些從祂身上發散出的滾滾硝煙被拉得老長，恍如半透明的翅膀在幽暗的天際飄搖輕晃，自此，青牙即一路踩著硝煙，像個小跟班似的，緊追巨大十指直搗烏靈堡而去。

在烏靈堡的城牆上，不管機械兵和剛鬼，如何以光炮、雷射或電磁波做出猛烈攻擊，都奈何不了巨大十指，好似祂對一切攻擊早已免疫。相反地，這些盡責的機械兵和剛鬼，都萬萬沒料到，自己會在祂近身前，就莫名遭其分指的分指的分指的分指的分指的分指穿心，或被分指形變後的利器削成數截，甚至連烏后傾全力陸續派出的怪物兵團，也都在與其錯身前，被祂瞬間噴射出的一道道鋒利游絲削成碎塊。

很快地，巨大十指便領著青牙，衝進烏靈堡的雄偉廳堂裡，然而，一面倒的殺戮，就像部快速剪接的驚悚動作電影預告，以目不暇給的速度，在亮晴他們眼前不斷重複播放著。

巨大十指每每穿過一道巨門，就會從各方湧上一堆不怕死的機械兵和剛鬼，它們雖使用各種武器打出熾烈火網，但都沒能讓破火網而出的祂速度稍減，反惹得祂更凶殘地見物就削、見動就殺，四處飛散的殘肢與頭顱，好像在祂身旁跳舞似的，直到下一道巨門，同樣畫面又再一次重演。

這般勢如破竹的場景，看在亮晴眼裡，不禁暗忖——好在今天，巨大十指幫的是我們，若換祂幫烏后，那我們的下場可想而知！

烏靈堡在巨大十指的肆虐下，猶如機械兵與剛鬼的墳場，一路殘缺堆疊的屍骸，早教亮晴不忍卒睹，要不是青牙得跟著祂找尋烏后，相信牠也不想親眼見到這些，儘管它們都是烏后手下，同樣也是烏撒韃亞的爪牙，但落此下場，未免太過殘暴可憐。

「沒辦法，只要棄轅一出，就會有這樣的場面，祂嗜殺成性，只要察覺到任何動靜，活物都非清除不可。祂是我的寄生靈，平時就躲在我體內吸食元氣，我跟祂，算是彼此共生共榮——祂沒有我，會乾涸至死；我沒有祂，會氣爆而亡。另外，棄轅對離術的操控頻率感應敏銳，應該很快就會幫你們找到烏后，請再忍耐一下。」藏亞頗引以為傲地介紹起一直與祂相依為命的死神伙伴。

棄轅繼續以遊龍之姿，且目中無人的，在烏靈堡錯綜複雜的空間裡凌空穿梭，無理嗜血的殺戮，依舊不斷進行著。

Φ

「到了今天，我才知道，在這個世界，竟然還有比我更嗜血好鬥的力量存在。」這是棄轅的分指的分指的分指的分指的分指的分指的鋒利指尖，在將要穿刺烏后腦袋前一秒陡地停住時，慢慢從烏后嘴裡輕輕吐出的話。

烏后的黑長髮柔亮飄逸，身材更是玲瓏有致地被裹覆在無肩微露酥胸的緊身黑皮衣，以及長拖地鏤空雕花邊襯黑蕾絲的黑皮裙裡，她大得誇張幾乎遮蔽了半個大殿的半透明黑紗披風，好似漫天黑霧綿延八方，這恍若惡魔新娘的奢華邪氣嫁衣，一直在無風廣闊的烏靈殿裡向上款擺飄舞，讓它看起來，不僅是大殿裡最震撼人心的巍峨佈景，也是黑血亟欲拓展地盤的鏡像呈現。

另外，圍在緊身黑皮衣上的黑紗罩衫，因與巨大黑紗披風相互交錯襯映，形成了奔放繾綣的黑瀑效果，令烏后的冷酷神祕意外增添了些許輕盈嫵媚的味道。其他像后冠、胸飾、項鍊、耳環、手環和戒指等飾品，無不造型典雅刻功精緻，但它們的顏色，全跟烏后的指甲、雙唇、半臉面具、手套與罩衫毛領、毛袖一樣，都是發亮的黑，讓烏后的白皙皮膚更顯蒼涼無情。

不過，烏后在面對距她面具眉心僅零點零一公分的棄轅鋒利指尖時，不但沒絲毫緊張畏懼，甚至還能宛若旁觀者，氣定神閒地淡淡說出自己對棄轅的評斷，這樣的威儀與膽識，教亮晴他們不得不讚歎佩服。

烏后就高坐在一張寬大且雕有猙獰百怪模樣的黑高背后椅上，四周除了慘遭棄轅削成碎塊的機械兵與剛鬼的殘骸之外，一顆顆直徑約莫三米，顏色各異的靈晶球，則分別被高高嵌在圍著烏靈殿的八尊頂天立地的黝黑巨像手裡。

在棄轅攻進烏靈殿的前一刻，這些靈晶球還在忙碌地發出一道道璀璨的七彩流光，這些流光彼此追逐，直在烏靈殿的半空中分合聚散，這跟黑天頂、黑牆、黑柱、黑地板、黑石階、黑擺設、黑雕飾，以及上下全身黑的烏后，皆形成強烈的對比，教人不禁想像，它們定是因為貪玩，才不小心被困在闇黑世界裡的光精靈。

其實，從這些七彩流光，可清楚見到一幕幕棄轅一路橫闖的不同角度畫面，原來，烏后除可藉由靈晶球，接收無所不在的監視器畫面，和各個機械兵及剛鬼眼部的攝錄影像之外，也能同步利用靈晶球傳輸指令，所有邪惡醜事，就這麼在此看似魔幻奇豔的天地裡，被逐一執行著。

Φ

桑迪王子再也忍受不住對姊姊的思念：「姊，我好想妳，我是桑迪，妳還記得我嗎？為了救我，我知道妳吃了好多好多苦，姊，我真的好想妳，妳快醒醒，待會兒，就跟我們一起回家好嗎？」

亮晴也加入親情喊話的行列：「海倫公主，您母親無時無刻不念著您，您弟也為了您，一路冒著生命危險闖關而來，還有您寵愛的醒兒，更是幫您找到了重要的失物，相信禁錮您靈魂的魔咒，馬上就能解除。」

亮晴說著說著，便伸手想從衣襟托出醒兒，沒想到牠卻死命往裡鑽。不曉得醒兒這是怕我？還是烏后？亮晴不禁心想。

不想為難醒兒，亮晴索性改從衣襟暗袋掏出藍寶石，她攤開手掌，尷尬囁嚅道：「醒兒，好像很怕這……沒關係，我們先看看您的失物，對這兩顆藍寶石，不知您還有沒有什麼印象？」

亮晴原想走上前奉上藍寶石，但烏后似乎對藍寶石頗感興趣，她比亮晴快一步地逕從高背后椅站起，以致一直近抵其面具眉心的棄轅鋒利指尖，吱的一聲，在她面具上直直劃下一道細長痕。

接著，烏后依然不把棄轅看在眼裡地慢慢走下石階，遮天蓋地的黑紗披風也跟著婀娜飄盪起來，黑得發亮的石階，更在她優雅的踩踏下，幽幽發出叩叩叩的聲音，聽起來，就像電影高潮戲出現時，為營造緊張氛圍所刻意搭配的揪心音效。

烏后突然冷不防地側身甩臂，一串直攻亮晴的月形暗器，逕自她的黑手套暗囊射出，隱隱的咻嘶聲，宛如魔鬼飛刃刷過的風切聲，采甚雖機警推開亮晴，自己卻不幸被其中一支暗器劃傷臉頰，一道血痕雖淺，但怵目驚心。

棄轅見狀，旋即凌空抓回烏后，她毫無反抗，只靜靜任由棄轅分指的分指的分指裏纏雙臂高掛於半空中，幾道冷哼的輕蔑笑聲，也在這個時候，逕自其半臉黑面具下若有似無地傳出。

亮晴慌亂地先收好藍寶石，再一邊急著檢視采甚傷口，一邊紅著眼嚷道：「都怪我太大意，在沒拿回藍寶石前，她依然是心狠手辣的烏后啊！」

「沒關係，皮肉傷而已，沒事的。」采甚反而安慰亮晴。

「哈哈哈，皮肉傷？你已經沒多少時間可活了，你知道嗎？剛剛的暗器，就是我的終極密招！我早了悟，不管離術多高明，要造成真正的身心傷害，總是事倍功半，唯有最原始、最真實的武器，再加上毒，才可能打出百分百、萬無一失的致命一擊！」烏后的身體雖被箝制住，但內心的張狂妄念，仍藉由話語張揚出窩藏在優雅外貌下的可怕禍心。

「毒？什麼毒？姊，他是我最要好的朋友，妳可千萬別傷害他啊！」桑迪王子仍未認清現實，抑或選擇自欺逃避？

「你這小毛頭，我是烏后，不是你姊！」烏后接以不屑的嘴形叫道：「你朋友中的毒，叫七步毒，顧名思義就是指中毒後走不過七步，便會毒血攻心而亡！這毒不但沒解藥，只要見血，無論傷勢大小都能奪命，所以，你朋友雖只破皮見血，不致走七步就死，但他剩下的時間，應該也不夠你去找神仙來救，哈哈哈！」

「為什麼？為什麼妳要這麼做！」亮晴一聽到采甚為了救她，即將失去性命，不禁歇斯底里起來。

「為什麼？就是因為妳！」烏后聲調提高：「妳是女卡羅，來這裡的目的，無非就是要殺掉我！有哪個蒐孤，最後不被女卡羅殺死的？我不知道妳為何要假好心，去幫我找什麼失物，笑話，我既已成蒐孤，為主人捨去無用的東西，天經地義，根本無須妳多事！」

「然而這些，都不是我想殺妳的主因，我想殺妳，是因為妳害我失敗，妳讓主人遠離我！妳說，失去主人的蒐孤，還有何用？雖然我不知道，主人為何要收走我大半的靨離，也不回應我的困惑，但我臆測，一定是我表現不好，祂想換人！」

烏后咬牙切齒地繼續發洩滿腔怒火：「為了報答主人，我計畫在除掉妳之前，另幫主人找到新的蒐孤。於是，我下令留你們活口，打算在親手殺掉妳之前，先利用妳，讓愛妳的人，或愛妳愛人的人，自願當新蒐孤。沒想到，妳竟找了個厲害的幫手闖進來，教我再次失去挽回主人的機會，害我再也沒辦法讓主人永遠記得我！更可恨的是，我雖然陰錯陽差地殺了妳的愛人，但終究還是沒能殺成妳，不管他的死，會帶給妳多大的痛苦，都難抵我對妳的忿恨於萬一呀！」

「亮晴，她瘋了，別理她，妳看。」采甚為了證明烏后在發瘋亂說話，索性調皮地繞著亮晴跳舞，再連翻三個筋斗，最終還以弓腿張臂的定格動作收尾，接著才起身氣喘吁吁地笑道：「沒事，我真的很好。」

亮晴幾乎就快要被采甚的賣力演出說服了，孰知她的臉色在數秒後大變：「采甚，你的臉！」

「怎麼啦？」采甚似乎也隱約察覺到身體有點不太對勁。

亮晴難過地輕撫采甚的臉：「你的臉，有一塊塊紫斑……」

亮晴的話還沒說完，采甚便猛然跪地，亮晴不由大喊：「采甚！采甚！」

采甚仍然嘴硬，他吃力地抬頭，露出蒼白且紫斑處處的臉：「我沒事，只是突然腳軟而已。」

此刻，桑迪王子已禁不住悲傷，暗自在旁啜泣——一個是他最莫逆的好友，命已危在旦夕；一個是他最敬愛的姊姊，卻不認得自己。更悲哀的是，他現在誰都幫不了，只能眼睜睜看著悲劇發生。

「青牙，怎麼辦？我要怎麼做，才救得了采甚？」亮晴把最後的希望，放在無事不曉的青牙身上，她急切地在心底向青牙求救。

「ㄚ頭，七步毒的確無藥可解，除非……」青牙的回答重燃起亮晴的希望。

「青牙，除非怎樣？求求你，請快說！」

「本來能解七步毒的，就只有九陽、孤獨水跟烏撒韃亞，而現在，九陽自身難保，孤獨水已錯過，只剩下烏撒韃亞能救采甚……」

「烏撒韃亞怎麼可能願意救采甚？祂恨不得我們全死光光，祂不可能同意的。」

「我一直害怕一件事——讓條件再好的麼姆人當蒐孤，絕對比不上找女卡羅來當強，所以，我想，烏撒韃亞似乎正在利用烏后做這件事。」

「青牙，你的意思是說，烏撒韃亞想要我當祂的蒐孤？」

「丫頭，這只是我的揣測，不過，妳看現在的狀況，不正是烏撒韃亞在利用采甚的性命逼妳就範？」

就在亮晴求助青牙之際，硬撐著身體的采甚，終於抵擋不住毒血攻心的衝擊，碰的一聲前倒仆地，亮晴的心，彷彿也應聲像地球被一顆超大慧星狠撞，頓時天崩地裂！

幸好先一步下定的決心，很快幫亮晴像女媧補天般收拾好心緒，接著，亮晴心疼地坐地摟起昏迷的采甚，再仔細端詳他變得紫黑的臉，雖遺憾在一生最後清醒的時刻，沒能再見他開朗的笑臉，但只要有機會能令他再展笑顏，任何方法她都願意嘗試。

亮晴輕輕放平采甚，然後站直身在心底嚷道：「好，青牙，請告訴我，我要怎麼做，才能召喚烏撒韃亞？我要告訴祂，只要能救采甚一命，我願意當祂的蒐孤！」

很不巧地，全身髒汙且傷痕累累的明美和悠，也在這時闖了進來。

原本疲憊不堪的明美，一看到采甚的臉，即聲淚俱下地瘋狂吼道：「亮晴，妳這個女魔頭！妳發瘋似地殺了這麼多機械人和半人，最後連采甚都不放過，當初他幫妳掩飾走火入魔的事實，如今換得如此回報，妳還算是人嗎？我現在就要替他報仇，今天非殺了妳不可！」

「明美，妳誤會了……」亮晴還來不及辯解，便慘遭明美離探變出的長鞭狠甩，啪的一聲，左肩內外三層衣布全應聲爆開，一陣辣刺的劇痛，同時在她肩頭跟心底揚起。

青牙見狀，馬上側飛向前，一口便咬住明美再次甩向亮晴的長鞭，明美使勁抽不回，氣得大叫：「青牙，你怎麼可以是非不分？她已經走火入魔，她已經不是以前的亮晴！」

悠雖一時還搞不清楚眼前狀況，但似乎頗認同明美的說法，畢竟他也曾目睹亮晴疑似走火入魔的樣子，更何況，當他跟明美終於千辛萬苦地趕到烏靈堡時，即從滿地的機械人殘骸驚覺，這可能是亮晴女卡羅神力發威的結果，然而，隨著他們愈深入烏靈堡，所見場景便愈殘酷懾人，尤其許多半人的屍體，被極其殘忍地切剮支離，讓整座烏靈堡宛若血腥味沖天的屍城煉獄，他們不禁暗忖，亮晴是不是走火入魔了？正常的女卡羅，怎可能下得了如此毒手？

為了替采甚報仇，悠猛地前衝，一把紅光劍隨即從他手裡的離探變出，他鐵了心，打算將走火入魔的亮晴一劍斃命。

所幸一道黑影及時撞倒悠，接著，悠跟黑影不但一同倒地，還連翻幾滾，待悠俐落起身，持紅光劍正欲反擊，卻發現黑影竟是桑迪王子。

「怎麼你也分不清好人壞人？亮晴已經走火入魔，她殺了這麼多人，甚至連采甚都殺，你還幫她！」悠難得激憤地大聲喝斥桑迪王子。

「你們進城看到的那些屍體，都不是亮晴殺的，而采甚會昏迷受傷，是因為中了烏后暗器的毒，都跟亮晴無關！」桑迪王子鄭重地幫亮晴申冤。

烏撒韃亞

經過桑迪王子的一番說明，悠跟明美對亮晴的誤會終獲冰釋。

但在明美得知，采甚是為了救亮晴才中毒昏迷時，仍不忘落井下石：「都是因為妳，采甚才會落此下場，什麼女卡羅嘛，只會帶給他災難，還不趕快使用妳那了不起的神力救他！」

亮晴對明美的責難與嘲諷，感到非常難過又心痛，但也無力反駁，只得在心底再問青牙：「青牙，我該如何召喚烏撒韃亞？」

「亮晴，妳真的已經想清楚了嗎？難道不怕魘姆和人類世界，從此毀在妳手裡？妳在人類世界的父母、弟弟，和在魘姆世界的朋友們，都可能因此命運丕變，妳真不管他們了？犧牲這麼多人，只為采甚一個，值得嗎？」

「如果，剛才采甚沒救我，換我中暗器，那魘姆和人類世界的共同危機，還跟我有關嗎？采甚因救我而受傷，現在有辦法救他，我卻不救，理由是救活他，魘姆與人類世界就會毀滅，你覺得，我真能這麼做嗎？我不能為了一些可能發生的假設狀況，就眼睜睜看著采甚無辜嚥氣死去，我現在必須救采甚，其他的事，我無力也無能可管，真的，現在的我，只想救活他，我一定要救活他！」

「既然妳心意已決，我再多說也無用，好，就先這麼辦，等召喚出烏撒韃亞救活采甚後，再見招拆招吧。」

青牙悄悄後退幾步：「嗯，要召喚烏撒韃亞，得先閉眼大聲唸出，法旦努力亞，阿夸努西瓦它，再張眼，接著連喊烏撒韃亞七次即可。」

接下來，桑迪王子、悠和明美即不明所以地望著——突然闔起眼的亮晴，在嘴裡大聲叨唸怪詞後，然後張開眼，再一次又一次地不停高嚷烏撒韃亞。

轉眼間，天搖地動，一道驚天的裂痕從烏靈殿天頂直劈而下，就像一條黑巨龍自穹頂一路遊過牆壁，再猛竄進地板，一塊塊尖拔巨石就這麼從地裡漸次翻掀穿出，直到青牙面前，這股騷亂才驟然煞住。

大夥兒都被突如其來的巨變，震得東倒西歪，僅有棄轅和烏后，依然高懸在烏靈殿半空，待大家站穩，循裂痕及石陣望去，只見青牙全身猛地冒出熾盛綠火，接著綠火放肆狂捲，整個烏靈殿一下子便恍如以綠火當特效噱頭的遊樂場。然而，儘管現場綠火熊熊湧動，但沒人感覺到溫度有任何異常，而明美和悠對眼前的異象，除了震驚，還有更深更多的疑慮——這一切都是在亮晴胡亂叫喊後發生的，如果她真如桑迪王子所言沒有走火入魔，那為何會對一直傾力幫她的青牙下如此魔手？如果這些都跟她無關，那青牙怎會變成這樣？被綠火吞噬的青牙還活著嗎？

Φ

「亮晴，我來啦，我們終於正式見面了！接下來，我會很樂意地幫妳達成心願，先救采甚一命，不過，妳已準備好當我的蒐孤了嗎？」青牙的軀體依舊文風不動，只有嘴巴像機械人一開一闔地吐出低沉沙啞的嗓音，綠火也隨嘴部的張合陣陣噴湧而出。

青牙居然開口說話了！悠、明美跟桑迪王子皆詫異萬分地望著青牙。

桑迪王子不禁心想——青牙本來就是這樣說話的嗎？之前，牠不是一直都只以心靈力和亮晴溝通，為何現在突然開口？而且，牠說話的樣子很怪，不僅不像平時靈活老練，眼神更是呆滯無神，渾身關節全像被長釘穿鎖住般，簡直就像一具毫無生息的傀儡。

「烏撒韃亞，這是怎麼回事？青牙跟祢有什麼關係？」亮晴心底有個非常可怕的推測。

「從薩忒國出發到這的一路上，我是青牙，也是烏撒韃亞。」每個人聽得無不瞠目結舌。然後，悠、明美跟桑迪王子面面相覷，一時之間，被不知是不是真相的真相搞得無所適從。只有亮晴潸然落淚：「為什麼？為什麼？我一直當祢是親人、是知己，而祢，居然是……這到底是為什麼？」

「因為愛啊，丫頭。因為愛，我失去一切，也因為愛，我將得到一切。愛，自始自終都是你們的致命弱點，海倫公主是，青牙是，妳也是。我找蒐孤，是因為需要蒐孤作為力量的基底，就好比力量的發射台，不過，我把蒐孤分成兩種——一種是在我修養生息數十、甚至數百年後，重返魘姆世界所找的第一個蒐孤，叫蒐孤后或蒐孤王，像海倫公主便是；另一種則是繼續鋪陳延展我力量的子蒐孤，青牙即屬此類。妳看，我利用桑迪王子的病，讓海倫公主自願做我的蒐孤；也利用銀雪的安危，教青牙甘心做我的蒐孤；最後，我再利用采甚的性命，令妳就範，哈哈，愛，多好用啊！哈哈哈……」烏撒韃亞像個作弊成功的學生，在其他認真準備考試卻沒好成績的同學面前，極盡嘲諷地大笑起來。

桑迪王子開始淚眼簌簌：「想不到祢的心腸這麼惡毒！祢害我、害我姊姊還不夠，現在又要害采甚跟亮晴！祢一路跟著我們闖關，難道從未被亮晴的勇敢與善良感動過？祢居然還狠心要她當蒐孤，教她變得跟姊姊一樣！我絕對不能讓你得逞！」

桑迪王子一個翻飛，便以離探變出的藍光劍朝青牙刺去，一團從青牙嘴裡吐出的捲動綠火，宛若綠蟒倏地纏繞桑迪王子全身，下一刻，他睜大眼，張大嘴，抓藍光劍，身形如兔的不自量力行徑，就這麼好似一具吊掛著的生動蠟像般，被硬生生地凍結在半空中。

「奉勸各位，別再試探我的耐性，對我來說，你們脆弱得比螻蟻還不如，不過，也正因為你們太脆弱，我才需要找青牙當蒐孤來好好跟著你們。當然，薰他們三個是比你們難纏，為免礙事，我先利用黑龍風除掉他們。」被當蒐孤的青牙繼續面無表情地開合著嘴巴。

「接下來，就讓我帶你們好好回想這一路上有多精彩。首先，要不是我在瘋狂之城，另外安排侏儒茲夠做蒐孤，教他不時提供解謎線索給我，除了在哀塔石室和老月臺的地下甬道這兩處，因他的疏漏與怠惰，害我出錯差點搞砸之外，單憑你們的實力，有可能破得了瘋狂之城的難關？更甭提，若沒有我接著利用駕駛機械兵和飛艇，幫你們找到藏亞，請祂跟棄轅出馬，你們有可能突破烏靈堡的重兵自己找到烏后？我費盡心力籌畫這一切，為的就是想利用各種試煉機會，細細琢磨我絕地大反攻計畫裡的靈魂人物——亮晴。亮晴，妳知道嗎？這一路上，我真的非常努力，一直想方設法地要逼出妳女卡羅的潛質，像我在老月臺那關，故意沒拿第三節車廂裡的駕駛手冊，就是希望火車對撞逼妳『出繭』，可惜，離鏡攪局，又沒能成功，沒想到之後火鬼蜂出現，竟意外幫我完成心願！」烏撒韃亞的說法，教亮晴他們聽得相當氣餒。

「當然，亮晴，我也無時無刻不在保護妳的安全，像我方才便利用氣膜，偷偷幫妳擋掉不少支烏后射出的暗器呢。」亮晴望著依然揪著烏后的棄轅，一陣心酸猛然湧上，她忍不住哀歎，原以為烏撒韃亞這次終將潰敗，沒想到真相竟教人如此難堪。

亮晴絕望地吼道：「為何非我不可？」

「我早厭倦在麼姆世界裡，一次又一次地玩官兵抓強盜的遊戲，有一天，我終於想通，麼姆世界的生命泉源來自九陽，而九陽的能源來自人類世界的夢，那麼，我只要能控制人類世界，那麼姆世界不就自成囊中物？再說，人類世界比麼姆世界更亂、更黑暗，更值得我好好開發統治，而從人類世界找來的女卡羅，絕對是人類與麼姆世界之間的最佳橋樑與介質，所以，拿女卡羅來同時控制人類與麼姆世界，再合適不過了。」

「因此，由海倫公主變成的烏后，其實只是個餌，是引天覺者找女卡羅來救她而非殺她的餌，再加上，救海倫公主比殺烏后難，風險與危機都更高，如此一來，我才好隨時掌握機會讓妳自願當上蒐孤。沒辦法，儘管我力量強大，仍受麼姆世界先天善惡法則的制約，一定得先獲得真心的許可，才能使對方變成蒐孤，所以現在，嘿嘿嘿……」烏撒韃亞得意洋洋地陳述其狡詐的陰謀。

「祢得先救采甚，還有放了海倫公主跟桑迪王子。」亮晴自知無力再改變什麼，但最起碼她現在還能救人。

「救采甚和放桑迪王子，都輕而易舉，不過，要讓海倫公主復原，妳就得先將那兩顆藍寶石放回原位。」烏撒韃亞的說法，教亮晴大吃一驚。

「原位？難道祢要我將它們送回巫打谷？」亮晴忽覺自己的心，正無端地空洞起來。

「丫頭，所謂的原位，我當然不是說巫打谷，我是指海倫公主的眼眶，不過，這件事，無須妳來做，交給明美去放就行。」

「那時，因厭惡海倫公主的美麗藍眸，卻又不忍玷汙它，所以讓它們變成藍寶石；現在，雖痛恨妳的善良，但也讚歎它曾帶來的感動，因此，我要把妳的心變成紅心鑽！不過，請注意，等會兒就在藍寶石回到海倫公主眼眶裡的同時，我會同步將妳的心變成紅心鑽，記得接著妳就要馬上扔掉它，這樣，煩人的蒐孤轉換步驟才算大功告成，海倫公主便能得救。」烏撒韃亞的殘酷，可從新舊蒐孤的更替過程深刻感受到。

Φ

「好，別再浪費時間，丫頭，快把那兩顆藍寶石交給明美。」

就在亮晴緩緩伸手到衣襟暗袋掏藍寶石的時候，醒兒立刻靈敏感應到，從亮晴輕顫的手指流露出的巨大恐懼與無助，於是，牠畏怯又好奇地微微探出頭來，卻旋即被詭譎怪誕的綠火場景，嚇得迅速退回衣襟深處，以致牠微顫的身形，好似亮晴的心因驚懼而退卻至腰腹間。

「明美，趕快去拿藍寶石。」烏撒韃亞以軟中帶硬的語調，半強迫地催促明美。

明美躊躇地站在原地，並不時看看悠，瞥望采甚，和慚愧地怯對亮晴。

「明美，妳還在等什麼？亮晴一除，妳跟采甚的感情不就又可回復從前，這樣的結果對妳來說，不是很圓滿嗎？況且，你們遠征的目的，不正是為了救海倫公主？」

明美仍舊不願淪為烏撒韃亞的走狗。

「沒關係，我可以慢慢等，不過，妳可得好好想清楚，亮晴已經答應當我蒐孤，所以，蒐孤她是當定了！只可惜，她為了采甚犧牲自己，而我也希望結局完美要救他一命，但妳卻不聽話，妳要知道，再這樣拖磨下去，只會讓七步毒在他體內造成更嚴重的傷害，等妳甘願動腳了，我可不敢保證將來，會不會出現什麼教人扼腕的後遺症，反正，我絕對會遵守承諾，但承諾實踐的結果完不完美，就全看妳願不願意配合嘍。」

明美雙唇緊抿，淚水不停簌簌落下。

明美原本不想助紂為虐的心，開始動搖，她想——現在已經救不了亮晴，是不是該好好救活采甚？或許海倫公主平安回到薩忒國後，以其曾為烏后的經驗，應能想出什麼好辦法來救亮晴才對。再者，大家都已經知道，亮晴變成蒐孤的失物是什麼，失物的掉落地點，也不像瘋狂之城那麼複雜難破關，想救亮晴，難度似乎比這次低，更何況，烏撒韃亞實在太強，此刻還願意保持風度，倘若觸怒祂，害祂抓狂，其他人可能連自救的機會都沒有，那亮晴還有誰能救？

萬分掙扎地，明美終於朝亮晴緩緩跨步。

悠沒阻止明美，因為他們的想法一致。

「亮晴，對不起，真的很對不起……」明美來到亮晴跟前，隨即哭跪在地，她再也承受不住良心的譴責，直向亮晴認錯道歉。

亮晴扶起明美，接著喃喃說：「沒關係，快拿藍寶石去救海倫公主，等采甚醒了，麻煩妳轉告他，謝謝他為我所做的一切，真的，有他這麼一位至情至性的朋友，我覺得很幸運。」亮晴已經心死，在說話時，平靜得流露出寒意。

「亮晴，不會有事的，我們一定會像救海倫公主一樣，很快再回來救妳！」明美激動地伸手搖晃亮晴雙臂，但亮晴僅以苦笑應對。

「謝謝妳，快去救海倫公主吧。」亮晴的語調已冷得像冰。

Φ

明美拿著從亮晴手裡接過的藍寶石，踩著沉重不堪的步履，穿過滿地的碎石、廢鐵與殘肢，才慢慢走到棄轅陰影下，棄轅見狀便徐徐放下不知已昏迷多久的烏后。

待明美悄悄掀開烏后面具，即被猛然映入眼簾的揪心面容攪得心碎。

明美淚眼汪汪地望著佔據在海倫公主秀麗臉龐眼窩處的兩窟黯洞——她的兩顆眼球已被整個移走，徒留闇黑深邃見不到底的空眼洞，彷彿兩口深埋許多祕密的古井，幽幽抱怨著過往的無奈。

明美小心翼翼地將藍寶石一一放進空眼洞裡，緊接著，兩道璀璨的小小藍光即自眼洞底如湧泉盤旋而上，原本荒涼的眼洞，就這麼像被春神施了法般，瞬間變成兩畦波光粼粼的小小藍洋，然後，藍光漸息，一雙湛藍眼眸隨即陡現，最後，修長微翹的睫毛在像被清風掃過的芒草搖擺了一下之後，一道輕柔的聲音隨之揚起：「妳是誰？這是什麼地方？」

就在明美跟海倫公主簡賅說明當前狀況的同時，不僅采甚已甦醒過來，原被高吊在半空的桑迪王子，更因摔落地面而哀叫一聲。

此刻的亮晴，已整個人渾渾噩噩地被綠火冉冉升離地面，一顆發出耀眼晶瑩彩光的巨大紅心鑽，正緩緩從她變得半透明的左胸口移出，她很快就要變成烏撒韃亞的分身——一個無心的蒐孤。

正值烏撒韃亞得意地望著亮晴伸手去抓紅心鑽，並預期接下來，她會以扔掉紅心鑽這樣的動作來宣誓服膺決心的時候，突然發生一件教祂難以置信的事。

海倫公主居然以自己的雙手，活生生地從眼窩挖出才好不容易放回去的眼珠子！汩汩湧出的鮮血，將她的臉、她的手、她的黑衣染得通紅——這要多麼大的愛跟勇氣才能做到？這要多麼堅韌的意志與信念才能力行？

蹲在海倫公主身邊的明美，早泣不成聲；原想急奔姊姊懷抱的桑迪王子，更被如此場景嚇得愣在原地；也震驚目睹慘事的采甚，則因體力孱弱，手腳不聽使喚，只得任淚潸流。

「妳瘋啦！妳想幹麼？啊，我知道了！妳要……」

烏撒韃亞的驚吼聲猛然中斷，就跟原先洶湧纏繞在亮晴身上的綠火，忽像被人用力吹熄一樣，亮晴驀地從半空跌落，青牙也跟著昏厥倒地。

一切都轉換得比瞬間更瞬間，比意外還意外！

綠火不見了，棄轅也不見了，原先幽暗晦澀的烏靈堡大殿，突如撥雲見日般漸漸明亮起來。接著，明美跟悠開始手忙腳亂地替海倫公主包紮止血，而桑迪王子仍手足無措地跪坐一旁，不停淚眼叫喚姊姊。

同時，亮晴慢慢甦醒，等意識清楚後，她馬上忍痛急奔至采甚身邊。

采甚臉色就像被惡作劇倒進整罐黑紫墨水的杯水，才復原一會兒立刻又被捲土重來的黑紫狠狠掩上。

采甚好不容易才勉強擠出一絲苦笑，並在哭倒他胸膛上的亮晴耳邊，用力將輕如游絲的聲息凝聚起來：「對不起，讓妳失望了……看到妳為我哭泣，我好難過，真的很對不起……」

采甚在大力喘了幾口氣之後，再吃力吐字：「亮晴，之前我好害怕，等妳完成任務，重回人類世界那天，我該如何跟妳道別……更不知接下來，該如何度過沒有妳的日子……可是現在，我等不到那天了……亮晴，我常常在想，如果來生能在人類世界遇見妳，那該多好……這樣，我就有機會守護妳……照顧妳……愛……妳……」

采甚的最終告白，讓亮晴心碎得哀號起來，采甚在木屋火舞忘離前說的話——被死神奪走的愛，是世間最最傷痛磨人的愛，也是無藥可救的蝕心毒劑，此刻，正深深地侵蝕著亮晴的心。

Φ

這次烏撒韃亞之所以失敗，是因為海倫公主在得知亮晴的犧牲後，即不顧一切地想以雙手挖出自己的眼珠，她告訴試圖阻攔的明美說：「如果現在不這麼做，我這輩子將永遠無法原諒自己，況且，這也是我贖罪的唯一機會！」

事實上，烏撒韃亞無法將主魔力同時存放在兩個蒐孤后身上，一旦海倫公主在轉換過程中挖出眼珠，便會讓在她身上完成的轉換流程產生逆轉，以致烏撒韃亞原本轉移到亮晴身上的主魔力會被強行拉回，最後，進出兩力拉鋸互斥至極限，烏撒韃亞即被撕裂成兩半。

因為愛，烏撒韃亞這次又輸了，不過，采甚也因此失去活命機會，亮晴他們哀痛之餘，仍不忘打起精神，先找到無望塔，解放不計其數的冤靈苦魂後，還幸運找到意識已恢復自主的薰、葛瑞漢和克拉克他們。

雖然，青牙已不再受烏撒韃亞控制，卻因再生囊被移除而不再是不死獸，因此，當牠在水牢找到奄奄一息的銀雪後，便下定決心接下來的每一天要當一千年來用，要毫無保留地愛銀雪，希望哪天先走了，能留給不死的愛人足夠永生回味的愛。

修養生息一陣後，青牙夫婦即載著大家，先到巫打洞瘋狂之城完成采甚遺願接走于豔，再一起回到薩忒國。

回到薩忒國，伊莉莎女皇終能與日夜思念的女兒緊緊相擁，九陽馬上像更新的燈泡陸續一顆顆恢復明亮，整個壓姆世界就這麼沉浸在多年未見的燦爛光芒當中。

雖然海倫公主從此失明，但她的人性之美以及因其犧牲所帶來的光明世界，在在都教壓姆子民感佩萬分，也讓她在身為烏后時期所鑄下的種種罪行，獲得真心的原諒。

在卡羅殿的高臺上，亮晴依依不捨地告別了遠征隊員、伊莉莎女皇、海倫公主、醒兒、桑迪王子與青牙夫婦，天覺者們也一一上前為其祝禱，除了蘇格拉底傷感地輕摟了一下她之外，粗魯瓢蟲宙斯最後還滿臉通紅地低頭飛到她面前，語調在粗魯中帶了點感性說：「亮晴，我錯了，其實在我所知道的女卡羅當中，妳是最勇敢、最聰明、也是最有善心的女英雄，妳為壓姆世界所做的一切，大家都非常感激，只要有機會，我們一定會在人類世界好好報答妳。」

粗魯瓢蟲宙斯的話言猶在耳，亮晴即慢慢走進一具環形機器裡，待她轉好身，九道環狀液體便像九條半透明的水龍般直從機器邊槽緩緩游出，接下來，一顆自天邊九陽串連射出的彩光球，就像顆拖著萬丈彩光的慧星直朝她飛來，繞著她的九條水龍不僅像接到指令般開始快轉，還變薄展延成水膜，接著，再一層層裹覆彼此形成透明水球，然後，就在彩光球與水球碰觸的剎那，彩光球旋即分裂成無數道極速纏繞水球的彩光束，置身在水球中心的亮晴漸漸失神昏眩，覺得自己恍若水中的氣泡，正冉冉繞升至意識以外的地方。

驀地，亮晴終於從公車座椅上醒來，她看了看窗外熟稔的夜景，接著在心底默數還剩幾站到家。待會兒就可以再看到媽媽、爸爸和弟弟了。

亮晴像突然想起什麼似地看了看手錶。

剛剛的夢長得離譜，但卻只花了短短二十多分鐘，實在不可思議，不過，這夢好像會吸人元氣似的，亮晴覺得好累好累。

亮晴故作無意地轉頭以眼尾餘光偷瞄，心想，不曉得坐在右後方那位她喜歡的不知名男生，此刻是否也在偷瞄自己？她抓了抓頭髮，再摸摸嘴角，接著納悶，這男生怎麼老愛坐同一個位置？

看到便利商店，亮晴準備下車。

「鈴……」亮晴揿了下車鈴，背好書包，站起身，離開座位，才走沒幾步，司機突然緊急煞車，她踉蹌前傾，頓時就結結實實地撞上前頭的高個兒男生。

站穩後，亮晴直道歉，高個兒男生則很有風度地轉身點頭微笑致意，一看到他的樣子，她不禁愣住——是個老外，長得超像克拉克！在那個長夢裡，模樣酷似超人的克拉克，竟然就這樣出現眼前，難道我還在夢中？

亮晴甩甩頭，決意不再受長夢的騷擾，她禮貌地繞過高個兒男生，很快就走到車門前。

車門打開，亮晴一個人下車，走沒多遠，忽然有人叫住她。

「嗨，妳的東西掉了。」是個有禮好聽的男生聲音。在這聲音裡，有良好的教養、勤奮健康的活力、善良體貼的個性、溫文儒雅且允文允武的氣質，以及一顆澄澈透亮的心。

亮晴緩緩回頭，好奇地想看看，有這麼美妙聲音的主人到底會是什麼模樣。

是他，就是車上那個我喜歡的男生！亮晴不禁在心底高嚷。

「哦，對不起，我叫江采丞，上個月才搬來這一帶。」男生很有禮貌地先自我介紹。

亮晴驚喜的心情尚未平復，只傻愣愣地呆在原地說不出一句話。

「很抱歉，是不是嚇到妳了？妳千萬別誤會，我不是愛搭訕的登徒子。」男生尷尬地搔了搔頭。

「剛剛在公車上，因為司機緊急煞車，不經意看到有東西從妳身上掉了出來，恰巧它還一路滾到我腳邊，本想馬上還妳，卻因怕太唐突而猶豫了一下，等我鼓足勇氣，妳已先一步下車，沒辦法，我只好謊稱睡過站請司機放我下車，這才及時追上妳。」

亮晴盯著男生掌心裡的東西，心情頓時複雜紊亂到不行。

亮晴心想，是離鏡！離鏡在長夢裡，對我而言只是個破銅爛鐵，但現在，居然活生生出現眼前！而且，還是藉由我一直默默喜歡的男生拿來，我是不是真的還在夢中……

男生看亮晴沒打算拿回離鏡，便像洩氣的皮球默默低下頭：「對不起，都怪我多事。」

就在男生準備轉身離開之際，亮晴終於認清現實，情急輕嚷：「喂，東西你要拿走，不還我啦。」

「哦，對不起，我忘了手裡還拿著妳的東西。」男生趕快把離鏡遞還亮晴。

亮晴隨手一扳，離鏡這次竟被她輕易打開，一面潔亮的鏡子，正映照出她開朗的神情。蘇格拉底曾說——這面離鏡只能在妳真正需要它時打開，它能適時助妳一臂之力，直到此刻，亮晴終於真正明白離鏡對她的意義。

「我叫辜亮晴，非常謝謝你幫我撿回這面鏡子，你真好心。」

「這沒，沒什麼，應該的。」

「很不好意思，害你提前下車，那，我陪你等下班車，聊表謝意。」

「不，不用，我家離這不遠，我走回去就好。」

「好，那我陪你走回家。」

「不，這怎麼可以，這麼晚了，妳一個人回來太危險。」

「拜託，現在才十點多，而且我也長得很安全。」

「不，我覺得妳很漂亮。」

「哦，你還說自己不是登徒子！」

「我說的是真心話。」

「好吧，那你回你的家，我回我的家。」

「不，我陪妳走回家。」

「為什麼？」

「想跟妳多聊聊。」

「……」

「如果不方便的話，讓我陪妳走到巷子口也行。」

「……」

忽然，亮晴從男生的黑瞳裡，感應到一股熾烈的超時空悸動，它真純得教人心慌，但也熟稔得讓人放心。

「嗯，走吧。」

亮晴驀地抬頭輕瞥一眼今晚純淨圓滿的月，她想，這次，不能再失去他。

（全書完）

釀奇幻38　PG2315

馭夢少女・麼姆國度

作　　者	李永平
責任編輯	喬齊安
圖文排版	林宛榆
封面、內頁插畫	李永平
封面完稿	蔡瑋筠

出版策劃	釀出版
製作發行	秀威資訊科技股份有限公司
	114 台北市內湖區瑞光路76巷65號1樓
	電話：+886-2-2796-3638　傳真：+886-2-2796-1377
	服務信箱：service@showwe.com.tw
	http://www.showwe.com.tw
郵政劃撥	19563868　戶名：秀威資訊科技股份有限公司
展售門市	國家書店【松江門市】
	104 台北市中山區松江路209號1樓
	電話：+886-2-2518-0207　傳真：+886-2-2518-0778
網路訂購	秀威網路書店：https://store.showwe.tw
	國家網路書店：https://www.govbooks.com.tw
法律顧問	毛國樑　律師
總 經 銷	聯合發行股份有限公司
	231新北市新店區寶橋路235巷6弄6號4F
	電話：+886-2-2917-8022　傳真：+886-2-2915-6275

出版日期	2019年9月　BOD一版
定　　價	350元

Printed in Taiwan

國家圖書館出版品預行編目

駁夢少女.麼姆國度 / 李永平著. -- 一版. -- 臺
北市 : 釀出版, 2019.09
面 ;　公分. -- (釀奇幻 ; 38)
BOD版
ISBN 978-986-445-355-9(平裝)

863.57　108015061

讀者回函卡

感謝您購買本書，為提升服務品質，請填妥以下資料，將讀者回函卡直接寄回或傳真本公司，收到您的寶貴意見後，我們會收藏記錄及檢討，謝謝！

如您需要了解本公司最新出版書目、購書優惠或企劃活動，歡迎您上網查詢或下載相關資料：http:// www.showwe.com.tw

您購買的書名：______________________________

出生日期：________年________月________日

學歷：□高中（含）以下　□大專　□研究所（含）以上

職業：□製造業　□金融業　□資訊業　□軍警　□傳播業　□自由業

□服務業　□公務員　□教職　□學生　□家管　□其它_____

購書地點：□網路書店　□實體書店　□書展　□郵購　□贈閱　□其他

您從何得知本書的消息？

□網路書店　□實體書店　□網路搜尋　□電子報　□書訊　□雜誌

□傳播媒體　□親友推薦　□網站推薦　□部落格　□其他__________

您對本書的評價：（請填代號　1.非常滿意　2.滿意　3.尚可　4.再改進）

封面設計____　版面編排____　內容____　文／譯筆____　價格____

讀完書後您覺得：

□很有收穫　□有收穫　□收穫不多　□沒收穫

對我們的建議：______________________________

____

____

____

請貼
郵票

11466
台北市內湖區瑞光路 76 巷 65 號 1 樓
秀威資訊科技股份有限公司 收
BOD 數位出版事業部

（請沿線對折寄回，謝謝！）

姓　　名：＿＿＿＿＿＿＿＿　年齡：＿＿＿＿　性別：□女　□男

郵遞區號：□□□□□

地　　址：＿＿＿＿＿＿＿＿＿＿＿＿＿＿＿＿＿＿

聯絡電話：(日)＿＿＿＿＿＿＿＿＿＿(夜)＿＿＿＿＿＿＿＿＿＿

E-mail：＿＿＿＿＿＿＿＿＿＿＿＿＿＿＿＿＿＿